夜《よる》を浚《さら》う

森 昌文

鳥影社

夜《よる》を浚《さら》う

目次

昏睡《せらぴい》

芳潤な匂いが枕辺に端座しているよう思われた。覗き込んでいるそのものの貌《かお》が少しずつ輪郭をつややかにしながら己《おれ》の顔面にうすい影をつくりだしている。そのものの貌は面上一メートルほどの高さにあって、音もなくただ己をじいっと真上から覗き込んでいるようだった。

(ねえ、起きてごらんなさい)

音もないのにゆるい振動が己の鼓膜をさわさわと揺るがしてくる。繭《まゆ》のような白い楕円のふくらみが螺旋《らせん》によじれながらその輪郭を少しずつ大きく、そしてつややかな匂いをそそいでくる。つる首のような白いうなじが夜に揺曳《ようえい》し、おどろくほど細かった。

(ねえ、起きてごらんなさい)

白い楕円のふくらみが螺旋によじれながら徐々に口を開き、夜の闇を呑み込んでいこうとしている。寝ているようでいて寝ていない、寝ていないようでいて寝ているこの己は、いったいどこの領域にいるものなのか……夢か現《うつつ》か、まるで夢幻のなかにでもいるのだろうか。

露出を開いたままの楕円のふくらみは、だらんと細い首をかしげながらも螺旋によじれた白い口を徐々に徐々に開いていった。そのたびに白い口に吸い込まれていく夜の闇は青く影ろうた。

青く影ろうとともに芳潤な匂いはいよいよこうして面上に降りそそいでくる。

（さあ、すっかり起きてみるのです）

己はそのものにとうとうつかまりそうになって半眼の瞼《まぶた》を開いて見せた。眼の上一メートルほどのところ、つる首のような白いうなじの先、楕円のふくらみをしていたそのものの貌が妖しげな触手によってこじ開けられ、ようやく白い輪郭のすべてをあらわにした。芳潤な匂いが面上に滴ってくる。もうむせ返るほどだ。

（おまえはなにものだ）己は問うた。

（命を夜に生きるものです）白い貌が応えた。（だからわたしと夜を生きてみませんか）付言して白い貌をゆるく揺すった。

甘いその匂いに己の中枢はもう麻痺しているのだろうか、夢幻のなかから肩と背中とそうしてこの顔面が、自然、垂直に立ちあがっていた。目前に白い貌があった。夜の闇を吸いとり、青夜に灯しながらそのものが耳もとで微笑んだ。

（どうかわたしの灯《あか》りをたよりに夜を歩いてみるのです）

月下美人はそう云った。

（どうせすっかり寝入ることなどできないのだ）

己《おれ》は行灯《あんどん》のような月下美人といっしょに夜へ出た。

(どこへ行きます?)

数歩まえをひたひたと歩き、足もとを青夜に灯した月下美人はしずかにこう訊いた。

(さあ、どこへ行こう)

今宵は湿っているのか、月下美人の輪郭が青白くにじんでいるのを見ながら己は思案した。

(できるなら平生《へいぜい》でないところを歩いてみたい)

そう云うとすっかりわきまえたのか、

(それならついてきてください)と月下美人はそれきりを応えた。

己は灯りのあとへそぞろについていった。

四囲はもう寝しずまっていた。丁字路の住宅街を右に折れた空き地で黒い犬が寝そべっている。野良犬なのか、ちっとも眼を開けないで寝入っているこの犬はバカなのではないかと思いつつ月下美人のあとをついていくと、やがて遮断機のあがった踏切へ出た。列車は夜明けの始電までもうないのだから遮断機はあがり放しだった。

(さあこっちです)

踏切をわたるのかと思ったところそうではなかった。上り下りのレールがそれぞれ二本ずつ、踏切に入ってその中央で立ち止まるとつる首の細いうなじでふり返り、月下美人は(ではまいりましょう)というぐあいに顎を沈めてうなずき、合図を送った。

軌条《きじょう》の散歩か……わるくないと己は思った。むしろ夜の散歩にこれ以上ふさわしい道はないとさえ思われてひどく愉快な気分になっていた。

四本あるレール……左から二本目のレールにするりと浮き、まっすぐ向こうへしずしず歩いていく月下の美人はもう見返ることもなく、青夜にレールを仄《ほの》白く浮きあがらせ、芳潤な匂いを揺曳させながらただただ己を誘導していったのだ。

平生ではけっして歩くことのできない散歩道をいまこうして一人占めにしている気分は痛快だった。

（ざまあみろ！）

快哉《かいさい》を叫びたくなるところをぐっとこらえていた。

住宅街のどの部屋からも灯りは漏れていなかったが万が一ということもある。己とおなじようになかなか寝つけない人間だっているのだ、声が聞こえてはまずい。昨今はどうやら犬より人間どものほうが夜に敏感なようだった。

（ざまあみろ）快哉は人家の途絶えたあたりまでお預けにし、胸のうちでこう呟いておこう。

月下美人はレールの上をしずしずとわたっていった。レールはいかにもすべらかで、白い夜露が玉となり音もなく転がっていきそうだった。

はじめのうちこそレールをわたっていったのだがあまりに細くすべらかなので、しだいにバランスが乱れてしまい、漸《ようよ》う歩きにくくなってきた己はレールを降りた。道床はごろごろした砕石《バラスト》だから否が応にも足音がひびき、寝しずまった深更《よふけ》、だから枕木の上を己は歩いていくことにしたのだ。どっぷり濃く防腐処理されたクリ材の枕木は月下美人の灯りにうすぼんやりと映え、まるで馬の背のように厳《いか》つくも黒々と光っている。そうだ、うっとりするほど延々と地平線の彼方まで馬の背がつづいているのだった。もっとも地平線まで見えるわけはない。横に伏した馬肌の黒い光沢が地平線へ向かうにつれ、漆黒の闇夜と溶暗《ようあん》しているのだったが……。

枕木をわたる歩幅に問題はなかった。いや問題どころではない、枕木の中心からつぎの枕木の中心まで己の歩幅はぴたりと合う。己の歩幅は約七十センチだ。歩いてみてはじめて知った己はある種の感激を覚えたのだった。枕木は歩幅にそろえて敷かれたものなのか……。

しばらくレールはまっすぐつづいた。道路とおなじようにレールもイギリス式の左側通行だった。左から二本目のレールをしずしずとわたっていく月下美人はそのレールだけを花貌《はなかお》の白い影に浮きあがらせ、誘導灯となってまっすぐ闇夜へ延びていった。誰もいない深更の散歩なのだ、ゆっくりと、あくまでゆっくりと月下美人は闇夜のレールを音もなくわたっていく。

風景がぼんやり灯っている。

月のない、星月夜だった。

夜空に星々がさんざめき、饒舌に照り光っている。天の川が朦朧《もうろう》とした光の帯となり南北に広遠と散らばっていた。眩暈《げんうん》するほどの散光だ。空からは月のないぶん澄明な星影が、そして地上のレールからは月下美人の白い花影が夜の風景を淡く、仄《ほの》と、浮きあがらせている。青夜に灯る四囲の風景はとてつもなく静謐《せいひつ》であり、中世の田舎町のように厳粛で妖しかった。うす黒い輪郭にふちどられ、青に浸った街の風景はまるで魔法の夜が眠っているようで五百年まえの海底にも似ていた。

青夜のシルエットには容積がなかった。

悲しみやら怒りやら憎しみやら喜びやら愛おしさやら慈しみやらのもろもろの容積がすっかり封印された家々のシルエット、いっさいの感情を剝ぎとられた青のシルエットが夜の半円ドームに貼りつけられているばかりだった。人がただの静物となり、昏々《こんこん》と眠っている。そんな風景が十分も二十分もつづいた。いや正確な時間などわからない、時は流れているようでありながら止まってもいた。

(昏々と眠っている)

己とおなじようにすっかり寝つかれないものもいるのかと思ったところ、そうではない。

(みんな昏々と眠っているようだ) 己はいまいちど復唱していた。

(そうです) 月下美人がすずしげに応えた。

(夜はすっかりみんなをシルエットにさせてしまうのですから)

ふり返らず、レールをまっすぐわたりながら月下美人はそう云った。

(いつもそうなのか) いぶかしげに己は訊いていた。

(いつの夜もこうして昏々としているというのか)

己は夜を昏々と眠ったためしがない。眠りたいのに眠れないでいた己の感情は夜の底から満ちあふれ、眠ろうとすればするほど怒りやら苦しみやら憎しみやらに苛《さいな》まれるのだったから、こんな己がただの静物となりシルエットになれるはずなどないのだ。それなのに月下美人はあいかわらずすずしげにこう応えた。

(そうです。ほんとうの夜はきっとこうして昏々としているのです)

(己は昏々と眠ったためしがない)

(ええ、ですからこうしてあなたを夜の散歩にお連れしたのです)

(なぜ、どうしてそう親切にしてくれる)

数歩まえを白く灯していく月下美人がつとふり返り、(にや)と全円の貌《かお》に笑みをこぼした。黒の輪郭にふちどられた家々の風景は青く浸っているのに、月下美人の輪郭はといえば青くふちどられ、そうして白の透明に沁みていた。

(なぜこの己だけを夜に連れ出してくれるのか)

立ち止まった月下美人、その白の透明の花貌を覗き込んで己はいまいちど問うた。白く反射した己の顔面がにわかに小暗くなった。眼前の月下美人がそれには応えず、前方へふいと向き直ったのだ。そうしてなにも応えないまましずしずと、ふたたび二本目のレールをわたっていった。

家々の輪郭が途切れると茫々とした野面《のづら》へ出た。

風が出てきたようで丈高い草が線描になり、斜めにゆらゆら揺れている。けれども野放図にも視界の開けた左と右を見わたしてみるとどうにも奇妙であり、左の草は西へなびいているのに右の草は反対の東へなびいているのだった。レールを挟んだ左右の風が互いに背を向けながら流れている。二本のレールはまったく諍《いさか》いでもしているごとく風を左右にふりわけているのだった。

（いったいどういうことなのだ）

まっすぐ延びていたレールの前方、液状に揺らめくどんよりとした黒い塊が凸レンズのように盛りあがって仄見えた。どうやらあれは海だった。そうか、向こうまっすぐから海風が吹きわたり、左右の丈高い草をふりわけているのだと己《おれ》は知った。

（ああ、海だ）己が呟いた。

（そうです、海です）

レールをしずしずとわたりながら月下美人が応えた。月下美人の芳潤な匂いと汐の香りとが交じり合いながら海風に運ばれ、この鼻面をまっすぐになめてくる。胸もとが開け、首筋《はだ》が秋のようにすずしくなった。丈高い草が左右にふりわけられると、草に隠れていた地から小さく黄色いものが砂金のようにきらきら光った。大草原の草陰にひそんでいた黄色の砂金は、さながらいっせいのホタルにも似ている。

（あれは何だろうか）己が訊いた。

（あれは忘れ形見です）月下美人が応えた。

（忘れ形見？）

（はい）

（どういうことだ）

（ここは廃墟なのです）

月下美人の言によれば、この地はついちょっと以前まで大きな港町としてたいそう栄えたところだったが、それが空港の建設計画が浮上し、強制的に立ち退きが命ぜられたのだという。

（大きな明るい街で、たくさんの人が幸せに住んでいました）

足もとを見ると、上り下り二本ずつの複線軌道だった四本のレールがシーサースクロッシングになり、十八本ものレールとなって、ぐねぐね交差しては向こう海のほうへ延びている。どうやらあの複雑に絡まったレールあたりに駅舎があって、それはホームが六つも七つもあるそうとう立派な駅舎だったにちがいないだろう。ホームや駅舎は跡形もなかったが幾筋にも流れるレールだけは星影と月下美人の花影に灯されながら、こうしてぼんやり見えていた。

（それで、あの忘れ形見とは？）

（貝殻です）

（黄色く見えるあれらのものは貝殻だったのか）

（はい。この街の風習では人が死ぬと縁の下に貝殻を埋めたのだそうです。それはもう小さな漁村だったころからの昔の風習で、人ひとりが死ぬと貝殻をひとつ埋めたのでした）

（ほう……）風になびかれた草陰からちろちろ灯る黄色のものを、己は百八十度の視野で見わたしていた。

（星月夜になると貝殻はあのようにも黄色に光ります。貝殻の成分が星影に感光して、あのように美しく灯るのです。ですから……）

（死者の数だけ灯っている）

（はい。あれらは死者が置いていった忘れ形見の影たちなのです）

（ばらばらに散った、まるできょうの星月夜のようだ）

（ええ、ほんとうに……）

　気づくと足もとはさっきまでの砕石《バラスト》軌道ではなく、びっちりコンクリートを敷きつめた平面板《スラブ》軌道になっていた。枕木も木製ではなくあっさりしたコンクリート製のもので、足下から伝わってくる弾力に夜露の冷たさを感じた。コンクリート製の道床は水に濡れたようにきらきら光り、幾筋にも流れるレールは、向こうの海へまるで投網となって放射している。海風に揺すられるたびに貝殻の黄色い影がちろちろと丈高い草陰から灯った。己は眼球を転がしながらそれらの風景を半円の視界に捉えていた。

　己は訊いた。

（それで、その空港はいつできるのだろう）

（……）月下美人からすぐに応えはなかった。

（ああ、そうだったか……）己はようやく思い出していた。国家によればこういうことだ。もろもろの国際情勢の変化により、このさい空港建設をとうぶんのあいだキャンセルすることに閣議決定したと……。貝殻が黄色に影る廃墟をあとにすると、月下美人の灯すレールは海のへりを大きく弓なりにしなって右へ折れ、林の中をくぐり抜けていった。

レールはたった二本の単線であり、見あげればトロリー線もないのでディーゼル列車が走る軌道なのだろう。コンクリートの平面板軌道《スラブ》からふたたび砕石軌道《バラスト》へ、枕木も木製の黒々としたクリの木材にもどっていた。

それにしてもこんな深更の散歩はレールの上にかぎるものだと己は陶酔した。ここはどうやらローカル線なので貨物列車も走らないし、二本のレールばかりが整斉《せいせい》と邪魔されることなく闇夜に延びているばかりなのであった。枕木間の幅おおよそ七十センチ、こうして己の歩幅とそっくりそろって並んでいるのだし、なにより月下美人の灯す高炭素鋼製のレールは静謐で厳粛で白光りして妖しかった。おまけに花影のその芳潤な匂いが青夜にひったり溶けていて、陶然と安らいだ。いくら歩いたって少しも疲れない。鉄の道はジャックナイフにも似て恍惚《こうこつ》としたすべらかさでまっすぐに、そうしてときに絶妙な曲がりぐあいの切れ味になって、向こう闇夜へしなりながら溶暗していった。

（こんな清らかで妖しげで危うい散歩があったのか……）

錆《さ》びた匂いの鋼鉄レール、月下美人の甘いアロマが鋼鉄レールを仄く灯しながら整斉とこの己を向こう闇夜へ連れていってくれるのだった。レールはジャックナイフとなって向こう闇夜を刺し殺しながらも美女の妖しいアロマに癒されていた。己はただ歩いているだけで幻妖な気分に浸されていたのだ。

刺殺と眩惑《げんわく》……相反するレールが乖離《かいり》することなくぴったり寄り添っている。

カラマツ林のつづく青夜の風景はいかにも単調だったが、林のいただきを星月夜が電光飾のようにきらきらと、うっすりとした光を鏤《ちりば》めていた。誰も見ていなくても整然とした林の息吹が、星々の息吹が、ここではこれほど荘厳に充ち満ちているのを己は知った。星影と花影とに淡くも照射された青い影と黒い陰……レールの両脇から迫り、そうして延々とつづくカラマツ林は湿った夜気に包まれて、巨きな青黒の陰影にうねりながらその生命を人知れず胎動していたのだった。

己は声をかけたくなって口を開いた。

（おおい！　おおい！）

月下美人の細いうなじがひくりと動いたがふり返ることはなかった。そうだ、己は青夜にただそう呼んでみたくなっただけなのだ。青い影と黒い陰とが巨きく胎動するカラマツ林、その先に黒々と溶暗している風景に向かい、ただ声を出して呼んでみたくなっただけのことだった。だが、それにしても月下美人はつれない。こっちが呼んでいるのだ、ふり向いてくれたっていいのに……。

そのとき己の声に反応したものか、突如、暗闇の向こうで地を突き崩すような無気味な音がした。とともに間髪を容れず、枕木を伝い、足裏から地響きが突きあげてきて己ははたと歩みを止めていた。

(どうしたというのだ) ひっそりと訊いた。

(なんでもありません) すずしくも月下美人は応えた。(保線係のものが、砕石の突き固め作業をしているのです)

(こんな深更《よふけ》にか)

(ええ、そうです)

ダイヤのつまっていないローカル線なのだから、こんな時間に砕石《バラスト》軌道の保守管理に当たるとはなんとも不可解だった。レールの向こうは闇夜ばかりで、灯りが少しも漏れてこない。こんな真っ暗闇で突き固め作業などできるわけもないが、しかしあの音とこの振動はたしかに砕石の突き固め作業をしているものであること疑いようがなかった。

(しばらく休んでいこう。見つかってはまずい)

(いえ、だいじょうぶです。じき終わりますから。それに……)

(それに、なんだ)

（時間がありありません）

（始発列車が通るまで、まだ時間はたっぷりあるだろう）

（いえ、そうではなくて……）

声が消え入りそうになったとき、地を掘るようなあの激しい音も振動もぱたりと止んでいた。月下美人の言に嘘いつわりはなかった。

（ほうら、じき終わりましたよ）

レールに腰かけようとしていた尻を己がふたたびゆっくり擡《もた》げると、気忙《きぜわ》しげに、もう月下美人はしずしずとレールの上をわたっていた。


ようやくカラマツ林がなくなると川が流れ、鉄橋になった。赤い鉄橋は青夜に発色して熟れた葡萄《ぶどう》のように蔓《つる》を絡めながら対岸へとつながれていた。橋脚およそ十メートル、枕木と枕木のあいだから透けて見える川面はちょうど天の川のように白く靄《もや》めいていて、音もなく流れていた。立ち止まってじっと目を凝らす。集中力が増して吸引されそうになった。音もなく流れるものに人は呑み込まれたくなるのだった。

（さあ、まいりましょう）月下美人はつとふり返り、平たい声でそう告げた。

（もう急ぐのです）こんどは忙《せわ》しない声で促すのだった。川面から目をあげると、単線の右側のレールが仄白い影となり対岸へわたっていく。仄白い影に反映したうす黒い陰、その陰となった左側のレールに己は飛び乗った。

（そうか、月下美人は川が怖いのだ）

枕木から陰のレールに飛び乗った己は両手を広げ、バランスをとりながら橋脚十メートルの鉄橋を危うげにわたっていった。

（爽快にして痛快だ！）

痺《しび》れた声を迫《せ》りあげていた。

川をわたると丘がつづいた。乳房のようなやわらかな丘がはるか向こう、うねるように幾重にもつづいているようだった。夜の陰影が青と黒とにゆるい谷あいをつくり、星月夜の空をまるで乳飲み子のように抱きしめていた。いつか来た丘というよりはすでに生前、遺伝子に組み込まれている、縹渺《ひょうびょう》たる丘々のゆるいうねりだった。あの丘の谷あいに沈んで、深々とした眠りに、昏々と落ちていたい。

線路横の砕石《バラスト》に勾配標の白い杭が浮かんで見える。黒く染め抜かれた数字は「４６」と記されている。四十六パーミル、つまり四・六パーセントの勾配という表示だ。駅舎がぼんやり前方に見えた。マッチ箱ほどに小さいが、やっぱりこれも中世の城郭を思わせるどっしりした石造りのようだ。黒にふちどられたその輪郭はゆるい丘々のうねりとは反対になんとも厳めしく直角で堅固だった。

単線だったレールが四本の複線に湾曲し、島式のホームを両脇から包み込むようにレールは流れていった。四両の列車が停まるほどの島式ホームの長さはぼんやり白く浮かび、まさに平らな島だった。座り心地のよさそうなベンチがホーム中央にしつらえてあった。きっとあれはリクライニングシートになるにちがいないと踏んだ己《おれ》は、青黒の陰影に染まったゆるい丘々を眺めながら、ゆったり傾いたシートに身を沈めて少し休んでいきたいものだと願った。そう思って馬の背のような黒い枕木から数歩まえをわたる月下美人に声をかけた。

(己はここで少し休んでいきたいのだが……。ほら、背もたれの長いシートが座ってくれといわんばかりにああしてあるだろう?)

月下美人は細長いつる首を蛇のようにぐんねり曲げながらこっちを窺い見ると、白い花貌をいとも凛《りん》と張って(いいえ)と否《いな》んだ。

(いや、どうしても休んでいこう。もう二度とここに来られないような気がするのだ。二人であそこに腰かけて、重たい首をシートに沈めて、こんなたおやかな丘々のうねりをほんのいっとき眺めていこうじゃないか)

己はどうしても月下美人と並んでリクライニングシートに身を沈めたいとそう願った。ふくよかな丘々のうねり、すぐ傍らに月下美人の芳潤な匂いがあればまさに桃源郷というものではないか。

(どうだ、そうしよう。いや、そうするのだ)

己はクリ材の枕木から月下美人のいる右側のレールをまたぎ、両手をホームの上に突き、腰を浮かせてもう上ろうとした。するとそのとき白く浮かんでいた島式のホームはまるで氷山が崩れ落ちるみたいに、力を込めた手もとからずるずると溶落《ようらく》していった。

(どういうことなのだ)

両手からべっとり焦げたアスファルトの匂いがした。夜だというのにこの熱はいったいなんだというのだ。

(ですからもう行くのです。あれらの丘は、レールの上からまだずっと眺められますから)

リクライニングシートからいっしょに並んで眺めるのがそれほど気がすすまないというのか、己はなんだか月下美人がうとましくなった。しかし焦げついたアスファルトが崩落してしまったのであればしかたないのだが……。

こんどはじゃがいものような駅舎が小麦畑のなかから雲のようにあらわれ、旧型の、腕木式信号機のある踏切を通りすぎると丘々のうねりはやがて尽きた。

ぽつんぽつんと家が散在したり、十軒二十軒三十軒と屋並みが固まったりしながら四囲の風景はなにとはなしに流れていった。地は平らでまったく起伏がなく、おなじ造りの軒並みのあいだからときおり小さな公園のような空き地が数本の樹に囲まれておとなしくあった。それらの輪郭はあいかわらず黒くふちどられていて、デッサンされた中身は深い青の宵にとっぷり浸されているのだった。

（ぐっすりと眠れるものが羨ましい）

昏々と更けていく夜に昏々と眠りに落ちているあれらの家が、なんとも平和で羨ましく妬ましい。でもいまの己にとって、こうした夜の散歩道を行くほうがどれほど心地よいものか。どうせ昏々と眠れないのだ、ならば誰もいない深更のレールをぞんぶんに整斉とわたっていこうではないか。どこぞの世人に「不道徳」だと叱られそうだが、どうやらこれは癖になってしまいそうだな……。

（ざまあみろ）声を漏らさず、己はひとりほくそ笑んだ。

それにしてもいささか疲れた。もうどれほどの時間を歩いたのだろうか。あしたは何曜日だ、一睡もせずにはたしてあしたを生きられるものだろうか。まずい、少し眠らなくちゃまずいのではないか。しっかり歩いたこの疲労感、やわらかい睡魔がきっと脳を休めにくるにちがいない。目の先、右側のレールをしずしずとわたる月下美人の花影がその照度《ルクス》を少し弱めているようだった。レールを映す鋭利な影がぼんやりとわだかまるように灯っている。

そうか、月下美人も疲れたのだ。どうしたってそうにちがいない。だからあのリクライニングシートで休んでいけばよかったのだ。二十分ほど休んでいけばこんなに疲れることはなかったのだし……いや、待てよ、そうか、ホームのアスファルトが氷山のように崩落してきたからしかたなかったのか……ああ、どうもやっぱり己は、疲れてしまったらしい……。

ぼんやり枕木の上に立ち止まってまっすぐ前方を見た。

影と陰の二本のレールは乖離することもなければけっして接近するのでもなく、影は陰に寄り添い、陰は影に寄り添いながら向こう闇夜へ、涯《はて》なく溶暗していた。影は陰を、陰は影を、どこまでいっても見放すことはない。執拗《しつよう》に地の涯まで、命の涯まで、ああしてぴったりくっついてくる。

(ああ、己はなんだか疲れたなあ……)

己はとうとう枕木を背にし、レールの上で仰向けることにした。

ここの枕木はどうやら標準軌間のようだ。二本のレール間の幅一四三五ミリ……頭蓋を仄く光る影のレールへ、そうして腓《こむら》を左側の陰のレールへのせた。

(ちょうどぴったりだ)

背にしたクリ材の枕木はベッドのようにあたたかかったし、白く冷えた影のレールに後頭部は心地よかったし、歩き疲れてぱんぱんに張った脛《すね》の裏は暗い陰のレールにめり込み、まるで指圧してくれているようで抜群だった。歩幅に合わせた枕木からはじまって、夜の鉄道はなんと人間にフィットするようにしつらえてあるのだろうか。己は満天の星月夜を仰ぎ見ながら陶然とした。

(とうとう昏々と眠りにつけるぞ)

南北に流れる天の川が真上に降りそそいでいる。

(もうすっかり休むのだ)

額をすずしい風がなでていった。

（ああ、すずしい……）

そうして己《おれ》はようやく気づいたのだ。すずしげにレールをわたり、夜の鉄道に案内してくれた月下美人が、ふたたび面上一メートルのところで端座して、なにやら横にうつむいているのを……。

己はレールにのせていた頭を少しく擡《もた》げて訊いた。

（なぜ、そうしておまえは暗いのだ）

闇夜に開いた白い花貌《はなかお》、横にうつむいているその花影《はなかげ》がやけに小暗いのだった。

（おい、どうした。聞いているのか）

（はい……聞いております）

籠もった声が余韻になってとどろいてくる。

（星はいっそうきれいに見えるが、そんな小暗い貌で覗き込まれていてはどうにも陰湿でいけない）

（………）

（おい、聞いているのか。おい、おい、おい……おおい！）

ちっとも反応のない月下美人にとうとう己は大きな声で呼んでいた。

（おおい！　おおい！）

たった一メートル面上にいるというのにまるで聞こえないのか。月下美人、おまえもそうして知らんぷりしているというのか。

(おおい！　おおい！　おおい！)

横にうつむいていた細いつる首をひんねりよじり、ようやく月下美人はおもむろに、こっちをじっとり覗き込んだ。

(お、お、お、お……)

なんということなのか……あの麗しい全円の花貌花影が、見るも無惨な皺くちゃの、歯抜け老婆になりはてて、糸くずみたいに萎《しお》れかけているのだった。

(お、おい……どうしたというのだ)

ざんばら髪の月下美人、くぐもった声でこう応えた。

(わたしの命が、もう尽きようとしているのです)

(………)

(ほんとうはこんな姿、お見せしたくはなかったのでしたが)

(………)

(でも、こんな一夜を過ごすことができて、わたしはとてもうれしゅうございました。わたしの命をこうして見とどけてくださり、ありがとう存じました)

その萎れたかけた花影を陰にして、己の面上五十センチのところまで月下美人はていねいに頭をさげると、皺だらけの細いつる首をのろりと擡《もた》げ、消え入りそうなうす白い灯をレールに反映させながら、向こう闇夜のほうへ溶暗していった。

(おい、待つのだ……おい……おおい)

指を伸ばして呼び止めているのにどうにも声が出ない。

(おおい、おおい！　待てというに！　おおい！　おおい！)

あらんかぎりの声がまったく外へ漏れず、腹の底へと逆流し、もういっぱいに膨満してきた。

指を伸ばし、レールから頭を擡げ、もっと擡げ、亀のように八十度まで逸らし、指を伸ばし、指をなお伸ばし、爪の先まで伸ばし、あらんかぎりの声で呼び止めようとしているのに、腹の底から絞り出し、己がこうして呼んでいるというのに、うす白に灯ったレールはどんどん向こうへ遠ざかっていった。

五本に開いていた指が化け物の手のように顎の下でだらんと垂れ、擡げていた頭が鋼鉄のレールへばっさり落ちると、朦朧とした眼だけで、己は月下美人のうす白い影を虚ろに追った。

(ああ、眠い。それにしても眠い)

影と陰との二本のレールが向こうへ延びている。鉄光りして冷え冷えの、それでも乖離することのない二本のレールがこうしてきちんと並び、地を這っていた。

(もう眠ろう、昏々《こんこん》と己も、もう眠ってしまおう、そうだ、どうしても眠らなければいけない……)

半眼の瞼が完全に閉じようとしたときだった。消え入ろうとしていた白い花影が従前よりもっと明るい影を灯しながら、こっちへ向かってくるのが仄見えた。己は瞼を全開した。いや、全開しようとした。月下美人がまた麗しくなって己のほうへもどってくるのだ。瞼を全開にし、己は彼女を迎え入れなければいけない。そうだ、そうしなければならない……。

(待て……どうにも変だ)

全開できず、半眼のこの目に映るのは影と陰の二本のレールではなかった。

(あの二つの花影は何なのだ)

照度《ルクス》をいっそう高めた眩《まばゆ》いばかりの花影が、片方の、そうだ、片方の陰のレールを焼き殺して光る影ばかりの二本となり、巨大に接近してくるようだった。

(おおい)と呼んでみた。

(おおい!)おまえはいったい何なのか、(おおい!)と己が呼んでいるのに聞こえないのだろうか……。

背中へ心地よいバイブレーションが伝わってくる。ほんのりあたたかい枕木に伝わるこの振動は何なのか……月下美人か、いや、月下美人ならもっとしずしずわたってくるはずなのだし、それにあの眩いばかりの照度は二つなのだ、陰を殺して、二つに光る影……彼奴《あやつ》はいったい何モノか……。

照度《ルクス》はいよいよ明るく巨大に接近し、背中のバイブレーションは「弱」から「強」へと切り替わって伝わった。

（ああ眠い、やっぱり眠い、分析なんてどうだっていい、眠ろう、こうしてレールに心地よく横たわり、昏々と眠ってしまおう）

星月夜も……夜はじき、白々と明けてしまうだろう。

（おおい！　おおい！　おおい……いや、もう呼びかけるな、己はもう、眠ってしまうのだ）


面上、丸いドームが白々と灯っていた。

瞑目していた瞼を半眼に開け、しばらく面上の光景を漫然と眺めていてからリクライニングシートをゆっくり起こした。芳潤な匂いが丸いドームの館内にほんのりただよっている。「月下《げっか》香《こう》」……チューベローズという花の香料だった。

手にしたパンフにはこうあった。

【夏の新番組　星月夜　月下香とともにムーンライトヒーリング】

夜七時からの約五十分、ほとんど眠りに落ちていたことになる。千二百円の睡眠をこのプラネタリウムで過ごした俺は、夜のサンシャイン60通りを、池袋駅へ向かいながらひとり歩いた。そうして雑踏の喧噪《けんそう》にまぎれて、

「おおい！　俺はもっと眠っていたかったのだ。それなのにどうして起こしてしまったんだ。そ

うだ、昏々と俺はもっと眠っていたかったというのに。くそ、おおい！　みんな、聞こえている
のか！」
腹底に膨満していた声を、俺はようやく思いっきり外へ吐き出した。

片割れたツクヨミ

狭青《さあお》の霧が流れている。湿った夜の天空は、たしかに蒼海原《あおうなばら》といってよかった。あれにあるは一艘《いっそう》の舟か、薄《う》っすりと光に浮かんでいる。やはりそうか、月は蒼海原にあったものか。生命の源泉たるその海原に、狭霧に揺られ、一艘の月舟がゆっくり蒼く天空を漕いでいく。しかし待て、どうにも奇怪《おか》しい。

男は暮れても暮れても月ばかりを仰いだ。

どうにも奇怪しいではないか。

男は暦をめくってたしかめた。

もう一月《ひとつき》も過ぎるというのに満月というものがない。新月にもならぬ。天空、蒼海原に浮かぶのは弦月ばかりで、片割れたその分身を薄《う》っすりと陰に隠しているばかりだ。

いったいどうしたというのか。

故《ゆえ》をなくした男は、故をなくした己《おの》が胸の片割れあたりにがりりと爪を立て、ぱっくり右眼を開けながら、冴え冴えとした蒼いばかりの月舟に憑《つ》かれていった。

…………………

「どうしておまえはそうなのか」

切歯《せっし》してイザナキはそう云い捨てた。

「そのようにおまえに命じた覚えはないぞ。黙《もく》していては皆目わからぬ。何か云わないか。ええ、どうなんだ」

震え立つこめかみに青筋を立て、イザナキは詰問する舌鋒《ぜっぽう》をゆるめない。

何故《なにゆえ》このようにも熱《いき》り立っているというのか。あいかわらず熱しやすく独善的で、身勝手きわまりない。それなのにひどく臆病者でもある。もう何歳《いくつ》になる。忘れた。はっきりしていることはすでに老人であるということだ。己《おれ》はこの父が好きではない。死した母の国からおずおずと逃げ帰り、その身代わりなのか、母にそっくりな姉だけを掌中の珠《たま》として可愛がる。その溺愛ぶりといったら反吐《へど》が出るほどだ。姉だけが至上のものではない。己《おれ》にも意地がある。ほんとうはこの父が、こんなに嫌いではなかったはずだ。それなのにどうしてこのような事態になったのか。すべては、やはり父上にあるのだ。

黙していた声をようやく挙げた。

「父上。私の姿は舟にもなるがそれだけではありません。弓にもなれ片刃《かたな》にもなる。それが私に背負わせられた宿命というものです。そう決められたのは父上、あなたではなかったのですか」

ツクヨミは、あたりまえのことをあたりまえに告げた。

「おまえは夜にあって海原のように静かにしておればそれでよかったのだ。それなのにどうして片刃など抜いた。おまえの役割はそうではなかったであろう。これは吾《あれ》の失錯だったかもしれぬな。おまえを女にしておけばよかった」

震え立つこめかみに青筋を立てながら、イザナキは述懐めいた言葉をごちた。

「今さらそのように云われてもどうにもなりません」

端座していた足をほどいて胡座《あぐら》をかき、ツクヨミはそっぽを向いた。指先から真っ赤な血が滴っている。それを膝頭で拭ってふたたび振り向くと大きな息を一つ吐いた。口尻から蒼い狭霧が立ち上がり、目前のイザナキの顔を曇らせた。

「姉上はどこにおられるのですか」

憮然《ぶぜん》としたままツクヨミは訊いた。

「おまえのせいだぞ。アマテラスは隠れてしまった。おまえの所業に怖れをなし、そのあと、すっかりかんかんになって憤懣《ふんまん》し、とうとう岩屋戸へ引き籠もってしまったのだ。見ろ、昼だというのに外は真っ暗だ」

揺らめく蠟燭《ろうそく》の前、イザナキの顔面をいっそうの皺が深く刻み込んでいる。その青白い蠟燭を立て、蛆《うじ》のたかった妻の死体を覗き込み、怖れをなして逃げ帰ってきたというのか……父は。

(醜い顔だ。消え失せてほしい)

死んだ母、イザナミを思慕しつつ、ツクヨミは、なお生きながらえている父を疎ましく思った。

暗闇の外でなにやら喧《かまびす》しい音が聞こえてくる。山川草木、生きとし生けるモノどもが慌てふためいていた。

（そうだ。もっと慌てふためけばいい。秩序など、もう壊れてしまえばいいのだ）

どよめく音の暗黒に、不気味に光る尾がすり抜けていく。視覚を失した獣がなお眼球を転がし、縮れた毛の長い尻尾《しっぽ》に火を放ったのだ。やがてこの国は火の車となり、あまたの死骸を並べるだろう。

（焼け爛《ただ》れてしまえ。汝《うぬ》らは、姉上ひとりに頼りすぎたのだ。死ぬのだ。死んでしまえばいい）

外のどよめきをせせら笑うように吐き流し、ツクヨミは、血塗《まみ》る眼《まなこ》で父イザナキを「なんだ」というばかりに睥睨《へいげい》した。

もう顔も見たくはない。なお詰問しようとする父イザナキを振り捨てて、ツクヨミの姿が消えていった。

暗黒の闇が広がっている。夜目の利くツクヨミにとってどれほどのことではない。満月の光を出すまでもないだろう。満月など糞くらえだ。父の顔が浮かぶ。苦しめばいい。のたうちまわって煩悶すればいいのだ。どよめく暗黒に光る尾が走り抜けていく。汝らも絶息してしまえばいい。焼け爛れてしまえ。

眉を吊り上げ、片刃を執ったツクヨミから鋭利な光がぎらりと一閃し、どす黒い闇を斜めに切り裂いていく。獣の光る尾など比すべくもないほどの閃光である。中空を闊歩《かっぽ》するツクヨミの姿があっという間に遠くに浮かんだ。

事の発端はこうである。

妻イザナミが死してヨミの国へ身隠れたとき、夫であるイザナキは妻恋しさにあとを追った。ところが死者の国は実に陰惨だった。暗黒の闇に蛆《うじ》が這いまわっている。美麗であった妻の顔は蛆に食われ、瞼はどろり塞がって、その皮膚は真っ赤に爛れていた。怖れをなしたイザナキはそれでも妻を連れて帰ろうと必死になった。けれども妻はもう以前の妻ではなかった。爛れた顔でおぞましくも見返し、はねのける言葉が爛れた口尻から吐かれていた。

「見るなといったのにあなたは見てしまったのですね。まだわたしに恥をかかせるつもりですか。お帰りなさい。二度とあなたの顔など見たくもありません」

凄切な拒絶があった。拒絶は言葉だけではなかった。あまたの軍勢をくり出し、武でもって締め出そうともした。ただし殺してはならなかった。夫を亡き者にすればふたたびこの死の国で同衾《どうきん》することになる。それを絶対拒絶してやりたかった。

「二度と会いたくない。だから殺してはなりません。殺してこのヨミの国へ連れてきてはならないのです。もう顔も見たくはないのですから」

軍勢にそう云い含めてイザナキを撃退させた。

おずおずとイザナキはヨミの国から逃げ帰ってきた。見てはならぬものを見てしまった。復讐する妻の声が、爛れたあの顔から漏れてくる。眼球もどろんと黄ばみ、膿《う》んでいた。二度と会いたくないのはこっちも同じだ。ああ、飯もまずくて喉を通らぬ。臓物に蛆がたかっているような吐き気がする。

「それにしても信じられぬ。あれほど恨んでいたとはつゆほども思わなかった。夫唱婦随で何もかもうまくいっていたはずなのだが……」

頭《かぶり》を振り、イザナキの顔が青く翳《かげ》った。途端にまた吐き気がした。もう忘れなければならない。愛おしかった妻のことは葬り捨てよう。

まだまだしなければならぬことがイザナキにはあった。甘い過去などにしがみついている場合ではなかった。イザナキは次々に神を生んでいった。国を作らなければならなかったのだ。次々に神を生んでいったはてに、ついに三柱の神を生んだ。

女神アマテラス、男神ツクヨミ、男神スサノヲである。

アマテラスは妻に似ていて美麗だった。そればかりではない。知的で調和的でおっとりしていた。それに比べ、末っ子のスサノヲは次男でもあったためか気性が激しく直情的で暴虐的なところがたぶんにあった。根が単純であるだけに一度暴動を起こしたら手がつけられない。そのくせ甘えん坊ですぐベソをかいていたかと思うとそのうち大声で泣き叫ぶ。おまけに醜男《ぶおとこ》ときている。同胞《はらから》であるというのにどうしてこれほどまでにちがうのか。アマテラスとスサノヲはあまりに対照的な神だった。案の定、二神の諍《いさか》いは絶えることがない。それにひきかえ、長男のツクヨミはおとなしかった。いつもひとりで空想に耽《ふけ》っているようなところがある。スサノヲがアマテラスに突っかかって悶着を引き起こしても知らぬ存ぜぬ、ひとり静かに別な世界にいて遠くを見晴るかしているような孤絶したところがあった。

「おまえは兄なのだから少しはスサノヲの乱暴ぶりを諫《いさ》めなくてはならぬ」

いくらイザナキが忠言してもツクヨミは動こうとしなかった。それが歯がゆくもあり、けっして事を荒立てない性質に安心してもいられた。こいつは放っておいても秩序を乱すような真似はしないだろう。そうイザナキは思った。問題はスサノヲだった。こいつをどうするか。いずれ天地をひっくり返すような暴挙にでることは容易に察せられる。イザナキはひとりスサノヲの処遇だけに頭を悩ませた。そしてついに意を決し三神に告げた。

「アマテラス、おまえは日の神になって天上のタカマノハラを統治しなさい」

次に告げた。

「ツクヨミ、おまえは月の神になって夜の国と海原を統治しなさい」

また告げた。

「スサノヲ、おまえは兄上を助けて海原を統治しなさい。そのさい、兄のツクヨミによく従い、けっして軽挙妄動にでぬよう心がけなさい。頭を使うのだ」

こうして三神の役割が決まった。

ところが案に相違した事態がすぐ起きた。早くも不安が的中したのである。アマテラスに食ってかかったスサノヲが天上の世界を滅茶苦茶にした。己《おの》が領域である海原から天上のタカマノハラへ駆け上り、さんざん悪態ついたあげく暴挙にでた。住み分けの統治命令を完全に無視したスサノヲに父イザナキは訊いた。

「おまえはどうして姉上のところにやってきたのだ。おまえが統治しなければならぬのはタカマノハラではない。海原であろう。そう吾は命じたはずだ。それなのにどうしてなのだ。云え、白状しろ。髭面《ひげづら》のいい歳した男がみっともないぞ。泣くな、云え。この父の前で云ってみろ。おまえの本心を云わないか。泣いてばかりいては言葉が通じないではないか」

号泣した髭の奥から、スサノヲは声を漏らした。

「父上。己《おれ》は、母君に会いたいのです。タカマノハラに上って、せめて母の面影を見たいと思ってやってきたのに、姉上は猜疑の目ばかりで己を見た。この天上の世界を、己が奪いにきたと姉上は云ってひどく怒った。そうじゃない。そんなんじゃない。己にはそんな野心なんてこれっぽっちもなかった。己はただ母に似た姉上の風貌を一目見たくてやってきただけなんだ。それなのに姉上は己の云うことをちっとも信じようとしない。ただやみくもに怒ってばかりいるんだ。これじゃ納得いくはずなんかない」

苔むしたようなむさ苦しい顔が目前にある。

見るに耐えられぬ男だ、イザナキは思った。吐き捨てる言葉が突いてでた。

「見苦しいぞ、スサノヲ。ならば勝手に母の国へ行けばいい。否、これは命令だ。二度と吾の前に顔を出さぬことだ。あの真っ暗闇の死者の国で、一生おまえは暮らすのだ。とっと失せろ」

血管が膨張し、白眼が充血した。突き出した指先をぶるぶる震わせながらイザナキはなお痛罵した。

「この醜男《ぶおとこ》が！」

こうしてイザナキはスサノヲを追放した。次にツクヨミを呼び寄せた。

「兄のおまえがついていながらこの不始末は何ごとだ。弟の監視もできぬというのか。おまえはもの静かなところだけが取り柄だが、吾の命もきかずに弟の勝手な振る舞いをただ傍観していたというのか。それでは糞の役にも立たぬではないか。何故、静かに教え諭すことができなかった。スサノヲはおまえの弟であり海原を統治する補佐でもあったはずだ。ただ静かにしておればそれですむと思うな。この役立たず奴《め》が！」

激昂《げきこう》の罵倒はツクヨミにまで及んだ。

「お言葉ですが、父上」

鋭角的な顎先を突き出し、ツクヨミは云った。

「なんだ。おまえにも言葉というものがあるのか。黙ってばかりでうっそりしているおまえが、この吾に説教でもたれるというのか。聞いて呆れるわ！」

唾が額に散った。蒼々とした広い額に手をやり、ツクヨミはゆるりと唾を拭った。

「父上」

「だからなんだというのだ」

「姉上ばかり庇護《ひご》するものではありません」

「なんだと？　やはり説教か。吾の命は絶対なのだ。それをぬけぬけと忠言でもしようというのか。うっそりしていればいいのだ、おまえという奴《やつ》は」

出かかった言葉を奥歯で嚙み殺した。

「そうですか。もう退去してよろしいのですね」

「ああ、もう用などない。自分勝手に明後日《あさって》ばかり見ているようなおまえに用などあってたまるか。早いとこ、おまえも失せてしまえ」

三日月になった舟を浮かべ、ツクヨミは夜の海原へ漕ぎ出していった。


ツクヨミは事の経緯を額になぞった。

臓腑が煮えかえる。憎いのは父一人ではない。姉のアマテラスこそもっと憎い。そう思考していた。何を思い上がっているのだ。同胞であるというのにあの高慢な態度が気に食わぬ。おっとりしていると父は評すが、あれほどヒステリックな女は見たことがない。弟スサノヲに対峙《たいじ》したあの態度だってそうだ。愚直なスサノヲに嘘などつけるはずもない。なんら野心のない弟に向かい、姉は理解する心というものをとうとう最後まで開かなかった。

それにしてもスサノヲが羨ましい。あれほど愚直にも己《おのれ》という本性をさらけ出してみせる性向が羨ましい。とうてい己《おれ》には真似などできやしない。母が恋しいのはこの己も同じだ。それがスサノヲときたら姉に直談判に出かけたというのだからまったく恐れ入る。姉が首を縦に振らないと見るや今度は父に直訴した。泣いて騒いで本音を吐いた。髭を垂らした大男がぼろぼろ泣いて訴えたのだ。今ごろ弟は母と二人で何をしているのか……。

そこまでを思い浮かべ、うっすらと涙腺のゆるんでいくのを感じながら、ツクヨミの眼光がまた鋭く光っていった。

憎しみが甦《よみがえ》った。

(姉上は、事態を知らないのだ。何もわかってない)

高慢な態度が事態を把握する力を鈍らせたのだ、とツクヨミは思った。知性は磨かなければ鈍磨するものだ。永遠が永遠のままでいることなどない。秩序はいつか、信じられないような決壊をみせてしまうだろう。そのことに明朗な姉はまったく気づいていないではないか。もはや姉上は知的ではなくなった。自分がすべてだと信じて疑わないその高慢性がやがて事態を深刻なものへ陥《おとしい》れていくにちがいないだろう。老いさらばえた父上に、もう頼むべく力量などないに等しい。あるのは、智慧《ちえ》を失った激情だけだ。智慧がなくては老人の役割は終わったようなものだろう。激情と猫可愛がり、話にならない。

現世《うつしよ》は、日蝕ごときで、もう騒がなくなっているのだ……。

ツクヨミは思考した。静かばかりではもういられない。無視したい姉であったもののやはり相談しなければならないだろう。なんといっても天上の世界を支配しているのは姉上であるのだから、筋を通さねばまた父上がどのような激情をたずさえてくるかわかったものではない。

ツクヨミはタカマノハラに向かった。すると猜疑の目がすぐに光った。高慢から出た猜疑心だ。

「何しにきたのですか」

美麗な風貌はあいかわらず母とそっくりだが棘《とげ》ある言葉をいきなり突き刺してきた。

「これはこれは。明朗なる姉上が弟を迎える目ではないですね」

「あなたのことだから暴れまわることなどないのでしょうが、ほら、スサノヲの一件があってからというもの、ついつい防御する癖がでるようになってしまったのですよ」

白い笑みを装った口元から、煌《きら》めく歯を照り返してくる。まぶしいほどの燦爛《さんらん》たる容姿、その中枢に燃えたぎるヒステリックな赤が蜷局《とぐろ》を巻き、伏しているはずだ。

「恙《つつが》なくいられるようですね」

「ええ。元気でいますよ」

「それはけっこうなことです」

「なんといっても現《うつ》しき青人草《あおひとくさ》のものらが幸《さいわ》いであること、何よりこれがいちばんですからね」

「民《たみ》たちですね？」

「ええ、永遠の幸いこそわたしの願いです」

「ご存じでしょうが、幸いは災いにもつながるのですから、そうたやすく永遠などと仰ってはいかがなものでしょうか」

いつまでも雑談などしている場合ではない。ツクヨミは冷静さを面相にたたえながら語気を強めて云った。一瞬、アマテラスの眉間に翳りが走り、ゆったり構えていた上体をやや引き気味にしてから言葉を返してきた。

「まあ、あなたのことだから冷静にお考えになっての発言でしょうが、どこかこう、いつも悲観的なところがあなたにはあるのよね。幸いの源は太陽にあるのですよ。わたしがいるかぎり、現世の幸いは永遠であることに変わりはないわ」

あいかわらずの高慢ちきぶりだ。ツクヨミは苦笑した。

「それは姉上、日神であるあなたの存在は永遠です。これを否と云うものは誰一人としていないでしょう。しかし姉上の存在が、民の幸いを永遠に保証するとはかぎりませんよ。海に生まれ、太陽に育てられた民は、自然のなかで成っていったものですが、いつしか甚大なる智慧というものを身につけ、もはや反自然的な生物として進化しています。まさに日進月歩の飛躍と云っていいでしょう。驚くべきことです」

どこ吹く風のおおらかさでアマテラスは微笑した。

「ツクヨミ。あなたの夢想はいつも物憂いのね。どんなに時代が変わろうと、わたしの存在なくしてすべての存在はないのですよ。蒼白な顔してそんなに深刻ぶるのはおやめなさい」

微笑のなかから、しだいに、燃えたぎる赤が首をもたげてくるようだった。ツクヨミは冷静に姉の腹の内を読んでいた。

(そろそろくるな……)

「だいたいあなた、そんなこと云うためにわざわざここへ来たっていうの？　あなたを見ていると、わたし、なんだかイライラしてくるのよ。ああ、心気臭い。憂鬱になるわ。用が終わったらさっさと帰ってちょうだい」

「まだ終わっちゃいませんよ。姉上に理解してもらわなければ困るのです」

「何を理解するのよ」

「客観的事態をですよ。あるいは相対的思考力といってもいい」

「わけのわからないことを云うのね。わたし以前から思っていたのよ。あなたはいつもわけのわからない弟だった。何を考えているのかちっともわかりゃしない。蒼白い顔していつも自分だけの世界に閉じ籠もっている。それに比べればスサノヲのほうがもっとわかりやすかったわ。あの暴力的なところにはうんざりしたけど、父上譲りの直情的で、ストレートでとってもわかりやすかった」

「そのわかりやすかったスサノヲを、姉上は猜疑の目で迎えた。これはいったいどうしたわけです。スサノヲは母恋しさのあまり姉上に会いに来たのですよ。それなのに姉上はまず猜疑の目を向けた。ストレートでわかりやすい弟のはずなのに、どうしてそのような態度をとられたのですか」

舌の色と同じ赤に染まりながらアマテラスの頬がひくひくと引きつっていった。

「あなた、父上の命令を忘れたの？　スサノヲはあなたの補佐になって海原統治を命ぜられたのよ。それが荒々しくもずかずかとタカマノハラにやってきたのです。無礼っていったらありゃしない。住み分けの教えは父上の命です。それに背いたものは死者の国へ赴かなければなりません。スサノヲは自ら望んで死の国へ赴いたのですよ。私にどのような責めがあるというのですか。何もありはしない」

「しかしスサノヲは姉上を脅かしにきたのではなかった。タカマノハラを奪いにきたのではなく、母上を慕って姉上に会いに来たのではありませんか。わかりやすい弟の心情を何故、姉上は理解してやらなかったのですか」

「あの粗暴ぶりを見れば、誰だって疑心が生ずるというものですよ。だいたいスサノヲは、あちこち動きまわりすぎるのです。暴力的に動きまわってくるから猜疑を抱くのも当然のことでしょう」

「猜疑を抱くのは姉上の勝手です。けれど問題なのは、何故聞く耳をもたなかったかということです。もう少しスサノヲの云い分を聞いてあげてもよかった。そのうえで判断すればよかったのです。それを姉上はいきなり猜疑ばかりの目を向けた」

橙《だいだい》の領巾《ひれ》を払い上げ、顎を突き出してアマテラスは云った。

「それじゃあなたに訊くけど、スサノヲに変な野心がなかったと、あなた云い切れる？　いくら直情的でわかりやすいといっても、それに暴力が加わればどういうことになるのよ。いくら母上の面影を慕うためといったって、それだけでわたしに会いにくるなんて、ちょっと変よ。わかりやすいのと純粋なのとはちがうでしょう。どうなのよ、返事しなさいよ。スサノヲに野心がなかったって、あなた絶対に云い切れる？」

「云い切れませんよ。あったかもしれないし、なかったかもしれない。自分ごとき存在にわかるはずもありません。ただ問題なのは――」

「もういいわよ！　ああ、なんだか憂鬱になる。むしゃくしゃするわ」

紅潮した頬から激怒の熱が射し込んでくる。目が眩《くら》むほどの熱射だった。知的で調和的であったはずのアマテラスにヒステリックな荒魂《あらみたま》が燃えさかっていた。

ツクヨミは思った。弟スサノヲの暴虐性は暴虐のままに閉じるのではないだろう。あの暴虐性は、使いようによっては甚大なるエネルギーを投げかけ、民たちに幸いを与える力ともなるはずだ。しかも底知れぬ幸いをだ。あいつはいずれ死の国から甦り、復活して現世の英雄になるやもしれぬ。それにひきかえ、姉アマテラスはどうだ。方位が逆である。知的で調和的なアマテラスの性《さが》は、それに甘んじて本性を見失い、永遠の幸いは自分一人だけがもたらすものと信じ切ってこれを疑わない。疑いは実に些末《さまつ》なところに向いているだけだ。いずれとんでもない事態を招来するのではないか……。

そこまで思ってツクヨミは苦笑した。

(これは己《おれ》の僻《ひが》みかもしれんな)

ツクヨミの存在は薄かった。アマテラスとスサノヲの二神にはさまれ、まさに薄《う》っすりとした影のような存在にあって浮かんでいた。とくに燦々たる光明を投げるアマテラスに比して、あまりに蔑《ないがし》ろに配されたその反射光は微々たるものである。陽と陰というが、対比ではなかった。対比は両者にそれ相応の価値を認めるものだが、そうではない。父イザナキは一方的に、絶大なる力をアマテラスに認めただけでツクヨミの存在は軽んぜられたのである。

姉の存在は絶大なのだ。そのことはまちがいない。日神がいなければ、たしかに民らは生存できないのだから……。しかしこのままではまずい。まずいのではないか。

(杞憂《きゆう》にすぎなければいいのだが)

思案していると、ふたたび声がかかった。見上げると血相変えた姉の顔がまだそこにある。耳を疑う言葉を浴びせてきた。

「ツクヨミ。あなたこそ奪いにきたのでしょう。そうにきまってる。このタカマノハラを奪いにきたんだわ。考えてみればあなたほど薄気味悪い神はいない。蒼白い顔でうっそりとしていて、何を考えているかわからなかったけど、ようやく本性を剝き出しにしたのね。スサノヲよりもっと陰湿なやり方でわたしに取って代わろうと陰謀している。そうでしょう、図星にきまってるんだから。早く白状なさい、白状しろ！」

いったいどうしたっていうのだ。姉の猜疑は異様をこえて狂気にも近い。何をそんなに苛立っているのだ。昔の姉はそうではなかった。明朗で知的で調和的で、いつもおおらかに笑っていた。何か奇怪《おか》しい。どうにも解せない。高慢をこえた何かがあるのではないか。

ツクヨミは蒼白の広い額で考え込んだ。

翌日、ツクヨミは父イザナキに呼ばれた。

容易に察せられた。

昨日の一件で父は激怒しているにちがいない。どこかへ追放されるのか。死の国ならいいだろう。もし住み分けの教えに背いたことが理由であるならばまちがいなく死の国へ追放されるはずだ。死の国は母のいる国である。母に会えるのなら行ってもいいが理不尽な咎《とが》で追放されるのは本意ではない。スサノヲは本意で死の国へ赴いたのだ。住み分けの掟を犯したために死の国へ追放されたのではなく、自ら願って死の国へ行ったのだから結果的にスサノヲにとっては本望といえるだろう。母に会いたい気持ちはスサノヲと同じだが、濡れ衣を着せられてまで追放される筋合いはない。父はすでに老耄《ろうもう》だ。老耄な裁断でもって処せられてはいくら寡黙の己だって黙過するわけにいかない。しかし父の命は絶対である。どうする……。

「まあ、座れ」

嗄《しわが》れた声でイザナキはまず云った。意に反して平穏な風情にある。ぐんねりと背骨が曲がっている。端座した上体はツクヨミの半分ぐらいのところで拉《ひしゃ》げていた。

(老いたものだ)

息子としての憐憫《れんびん》の情ではなかった。父は父であるが情を殺したところに立たなければならない。如何にしてわかってもらえるか、激情させぬよう冷静に事を運ばなくてはならないと、そればかりをツクヨミは考えていた。

「昨日、タカマノハラへ出向いたようだな」

「はい。出向きました」

「うむ。それで何用で参ったのだ」

「姉上に相談したいことがありまして参りました」

「どのような相談だ」

「そのまえに一つお聞きしたいことがあります」

「なんだ」

嗄れていた声が、しだいに張りのある声に変わっていった。

「姉上のことです」

「アマテラスがどうした」

「父上から見て、何か変わったところが見えませんか」

「アマテラスにか」

「そうです。姉上にです」

「どういうことだ」

拉げた上体が前方へ倒れてきた。

倒れたぶん、深い皺が顔面から浮き上がって見えたが、まずは成功した。激情を殺した表情にひとしきりの関心が湧いている。溺愛するアマテラスのことが気にかかるのだろう。何か芳しくないことが娘の身に起こったのか、心配でたまらぬといった顔がツクヨミの鳩尾《みぞおち》あたりに迫っていた。

「いや、杞憂であればいいのですが、このところ何か激しい苛立ちといったようなものを感じておりましたので、何かよくない心配事でもおありなのだろうかと思っていたのです」

「心配事？」

「ええ、そうです。父上は何かお気づきになりませんか」

「心配事などきまっているだろう。アマテラスに悩みがあるとすればスサノヲやツクヨミ、おまえたちだ。スサノヲは追放したからいいが、問題はおまえだ。おまえ、何用でアマテラスに会いに行った。呼び出したのは吾だ。質問するのはおまえではない。吾のほうだ。主客をたがえるな。おまえに質問される道理はない」

張りのある声が怒声になり、眉間の縦皺がどす黒く光った。

「いいか、変な料簡おこすとただではすまんぞ。スサノヲと同じように死の国へ葬ってやるからな。蛆のたかる、あの薄汚い国へ永久追放してやる。二度と生き返ってこれぬようにな」

「父上。それはちがいます。死の国は死のままで終わるところではありません。甦ってくるところでもあるのです。私の統治する蒼海原では多くの魚の死骸を糧にして、あらたな魚がまた生まれてきます。死のあるところは甦りの場でもあるのです」

述べきってから失敗したとツクヨミは思った。こんな教え諭すような真似をしたら火を見るよりも明らか、父の激情が伸《の》しかかってくるにちがいない。

案の定、鳩尾あたりにあったイザナキの顔が、飛び上がるようにしてツクヨミの頭上にあった。

「この戯《たわ》け！　おまえに説教されるほど吾は耄碌《もうろく》などしてないぞ。出しゃばることはせぬことだ。おまえはただ静かにしておればそれでいいのだ。うっそりとしたおまえには力もなければ野心さえないだろう。だから吾は心配などしていない。履きちがえるなよ。おまえにはタカマノハラを統治できる能力など、からっきしもないと吾はそう云ってるのだ。無用にアマテラスを悩ませぬことだ。二度と会いに行くな。黙って引っ込んでろ」

立ち去る足音は、ツクヨミの額を踏みにじっていくような音だった。足蹴にされたと同然な気分でツクヨミの腑《はらわた》が煮えかえる。平伏《ひれふ》した頭を暫時そのままにし、屈辱の口尻をぎりりと嚙んで、気の落ち着くまでツクヨミは顔を上げなかった。

蒼海原に帯の光が仄白く這っている。まっすぐ伸びる月光の道、ひたひたと静かであるのに帯の縁《ふち》のところで光が弾ける。弾けた光は魚腹の銀である。豊饒たる海の幸が月道の縁で躍っていた。死影があまたの命を宿す銀光の生彩だった。

満ちる顔のなか、孤影が静かな夜に浮かんでいる。

もう長い間、頬杖をつき、ツクヨミは物思いに耽っていた。

(静かばかりでいられるか)

もう長いこと、頬杖ついて考えているのにまるで思考が固まらない。物思いは好きだが深慮に乏しい自分に嫌気がさしてきた。たしかにイザナキの云うとおりかもしれぬと思った。

(己には能力というものが足りない。全体を見渡すことのできる思考という能力だ)

認めるのは業腹《ごうはら》だが事実そうなのだから仕方がない。これはもって生まれた己の宿命というものなのだろう。しかしこのままではまずい。悲観と姉は嗤《わら》うが、幸いという平和が永劫《えいごう》つづくものと信じて疑わないほうがよっぽど嗤われる事態であるにちがいない。幸いが災いに転じていくように悲観へ転じない楽観などあってはならないのだ。これは誰しもが知っている約束ごとなのではないか。表と裏、光と闇、そして生と死、現象はすべて反転するなかで循環していくものなのだ。このことは姉だって知っているはずだし、もちろん父も知っているはずなのだ。知っていながら何か自分のことばかりに執着し、全体を見失いつつあるように思えてならない。

（それとも、己はやっぱり悲観的にすぎるのか）

またツクヨミは自省した。全体がぼんやり悲観的であるのに思考という力で全体を分析することがどうしてもできない。この得体の知れぬ悲観とはいったい何なのか。

月齢をいくつ数えたか。ツクヨミの孤影が薄《う》っすりと、今宵も光の帯を曳いている。蒼海原に物憂い影が孤独にいた。孤独は月神の宿命であるのか、誰にも相談することなく満ちては欠け、欠けては満ちる光をただ薄っすりと、海原に投げかけてばかりいたのである。

とうとうツクヨミは疲れた。この物憂い悲観をなんとかしなければ気が奇怪《おか》しくなりそうだ。そこでツクヨミは相談相手を誰にしようかと考えた。あまたいる神々のなか、やはりこの神しかいないだろう。オモヒカネという神だった。深慮の神と称《たた》えられたオモヒカネは、分析する思考力をもつという点で図抜けていた。

ツクヨミは舟を浮かべ、オモヒカネに会いに行った。

「おやおや、おひさしぶりですね。あなたがわたしに会いに来るとは思ってもいませんでしたよ」

鼻梁のとおった深遠なる双眸《そうぼう》でオモヒカネはツクヨミを迎え入れた。あいかわらずの端正な風貌に歓迎の笑みがこぼれている。深慮の神に激情など走らない。喜怒哀楽、周囲にうごめく情といった厄介な代物を論理で束ねる力をこの神はもっている。その説得力はどの神も一目をおき、イザナキもアマテラスもこのオモヒカネには絶大なる信頼を寄せていたのだった。

激情のないぶん、言葉を選ばず話せる。どのような分析を聞かせてくれるのか、ツクヨミはゆっくりと口を開いた。

「実は、あなたに相談したいことがあってやってきました」

「ほう、どのようなご相談で」

「二つあります。一つは姉、アマテラスのこと。もう一つは下界の青人草、民のことです」

「なるほど。日神アマテラスと民のことですか。根幹にかかわる問題ですね。それではまず日神のことから伺いましょう」

顎先を右手で支え、ゆったり構えたオモヒカネの姿態から両眼だけが鋭く光った。

「このところアマテラスの様子が少し奇怪に映るのです。奇怪といっては語弊があるかもしれませんが、どうにも変な苛立ちというものがあるような気がしてならない。何か原因でもあるのか。原因がなければ単なるヒステリックだとしかいいようがないが、これはこれで困ったことでしょう。しかし、もし何か原因があるとするならばこれは座視できぬもっと大きな問題となります。なんといっても姉上は日神なのですから現世《うつしよ》の民に与える影響力は絶大です。そこでオモヒカネにお訊ねしたい。アマテラスに何かあったのでしょうか。苛立たせる原因というものが……」

オモヒカネは、なかなか口を開こうとしなかった。右手を顎下にあてがったまま視線を下に向け、思考している。両眼が床板を射抜くようにしてまったく動かない。瞬きしないその両眼は、どこかに瞼を捨ててしまったようだ。

やがてするりと顔を上げ、オモヒカネは答えた。

「原因があるとすれば、それは民のことです。あなたが云うもう一つの相談事、下界の民のことと通じ合うものでしょう。原因のおおかたはそこにあるとしか考えられない」

「どういうことです」

「こういうことです。民の数が存外に膨れ上がってきているのがその主たる原因です。それで日神は悩まれているのでしょう」

ツクヨミの思考の一端に、このことが漠然とあった。もっとも孤絶したツクヨミにとって、うごめく衆の存在など昔から苦手であったのだから、これは単なる好悪の問題にすぎなかったとも云えた。ツクヨミは独り、静謐でいることが好きだったのだ。

オモヒカネは事の次第をまず述べた。

「あなたもご存じでしょう。あなたの母君であるイザナミがヨミの国へ身隠れたとき、父君のイザナキが後を追いかけていきましたね。そのとき死の国へ赴かれたイザナミはこう述べた。これからは一日に千人の民が死んでこの国へやってくるだろう。それに応えてイザナキは、それならば吾は一日に千五百人の民を誕生させよう。そう述べたのです。このことがあってから、つまり、一日に五百人の民が増えていくことになりました。このことはツクヨミ、あなたもご存じでしょう」

「ええ、承知してます」

「民が増えていくのは歓迎されるべきです。そこになんら問題はない。民らはけっして滅びず、より豊かになっていくはずだったのですから」

「ところが増えすぎてしまったのですね？　民の数が」

「そうです。あまりにも膨大になってしまった。なにしろ日に五百人もの民が増えつづけていくのですから、そういつまでも手放しで喜んでばかりいられない。過剰なる民の増加は、やがて衆の揉《も》めごとやら諍《いさか》いに発展しかねない。めんどうな事態を招来していくわけです。民の減少も問題なしとは云えないが、本質において、さしたる大事ではありません。民の増加が問題なのです」

そのとおりだとツクヨミは思った。生来の孤独癖だけで思うのではない。客観的事態としてそうなのだとツクヨミは肯《うべな》った。さすがにオモヒカネだ、しきりにツクヨミは感心した。

「そのことが原因で姉上は悩んでいると、そう考えるのですね？」

「ええ、たぶんそうでしょう。しかし――」

熟考する目尻に棘のあるような光を走らせ、オモヒカネは重い口をゆっくり開いて言葉を継いでいった。

「しかし、気高く高邁《こうまい》な御心が高慢《こうまん》にならなければいいのですが……。いやいや、これはわたしの杞憂でしょう。日神にかぎってそのようなことはないと信じてます」

「いえ、告げ口などけっしてしませんから忌憚《きたん》のない意見を聞かせてください。実は、姉上に対しては、私もオモヒカネと同様な意見をもっています。先ほどヒステリックと云いましたが、姉上の高慢ぶりが絶対ないとは云い切れない。姉上は、いつまでも永遠というものを信じている。自分の手によって永遠の幸いが保証されていると信じ切っているようなのです。自分を絶対だと、そう思ってるんだ。見るに見かねる振る舞いごとに、そうそう黙ってなんかいられるもんか」

寡黙でもの静かなツクヨミが、尖った顎を突き出し、いささか興奮気味にまくし立てた。その紅潮したツクヨミの顔を意外に受け止めながらオモヒカネは云った。

「日神はあまねく存在に陽光を投げかける。膨大なエネルギーをです。すべての物実《ものざね》は日神なくして生育できない。これはおそらく永劫に変わることはないと思考します。日神アマテラスに高慢があるとすればおそらくここにあるのでしょう。自分の存在は未来永劫、絶対なのだ、そう信じた。それは道理であり、けっして否定できるものではない。不変の真理でしょう。けれどそこに胡座をかいてしまえば傲慢になる。苛立ちの一端は、そのような我がままからきていることも考えられます。なにしろ父君のイザナキはアマテラスを溺愛してますからね」

失笑の声が漏れた。ゆるめた口元をすぐに引き締めてオモヒカネの弁舌はつづく。

「すべての物実は日神なくして生育できない。わたしはそう云いました。けれどもこれは正しくはない。たとえば物実の生育には水も必要だし土も必要だ。水はどのようにして生まれるか、それは海です。そこにも日神の力が必要とされます。膨大なエネルギーである陽光によって海が暖められ、水が蒸発していきます。蒸発した水は大気を上昇していき、冷えて雲になる。水などに凝結した雲は重くなってやがて落下しくる。これが雨です。雨が土を潤し、物実の生育には欠かすことのできない条件がこうして揃っていくのです。とくに穀物の類にはどうしてもこれらの条件が必須になる。こんなことを云うとイザナキの神に叱られてしまいそうですね。天地はそのようにして出来上がったのではないと罵倒され、下手すると追放されかねない。これらの創成はむろん神々のなせる業《わざ》であることにかわりはないのですが、父君は血相変えて怒鳴りつけるでしょう。けれどもわたしの思考によればそういうことなのです。ですから日神だけがすべてではない。月神であるツクヨミ、あなたも重要な役割を果たしているのですよ。水は海から生まれてくるのです。蒼海原を統治なさるあなたの存在なくして物実は生育できないのです。したがってあなたも下界の民を潤す大きな力となっているのですよ。大切なことは、多くの神々、すなわち八百万の神々が結束したところの力によるものなのです。天、海、地、そして地中と、壮大なる神々の循環作用によって、すべての営みが行われている。真実は循環する力にある。そう考えてほぼ誤りはない。でもまちがわないでください。わたしはあなたの父君イザナキと母君であるイザナミ、その二神の偉大なる功績を否定しているのではないのですから。そのことを念頭に置きつつ今わたしの述べたことを参考にして、あなたなりに姉上アマテラスや民のことを考えてみてください」

刮目《かつもく》に価する思考であるとツクヨミは思った。

海原を統治する自分の存在を認めてくれたからではない。もちろんそれもなくはなかったが、それよりもこのような思考をする神がいることに驚きの目をもったのである。たしかにイザナキがこれを聞けば烈火のごとく怒るだろう。天地の成り立ちはそうではないと息巻くはずだ。父イザナキの果たしてきた功績はたしかに認めなければならない。認めなければならないが相対的な把握力という点で、今、オモヒカネの思考力はイザナキを上回っていると考えざるをえない。父イザナキはなにぶんにも年老いた。さすがにオモヒカネだ。深慮の神として天に鳴るだけのことはある。しかしこのような考えをもっていたとはまったく知らなかった。

ふうっと息を一つ吐いて感心し、ツクヨミは頭のなかを整理していた。そしてもう少し突っ込んだ話を訊くべく開口しようとしたそのとき、オモヒカネは手を上げてこれを制した。

「あとはツクヨミ、ご自分で少し考えてみてください。今ここで滔々と弁じてしまっては、わたしの考えを押しつけてしまうようで気が引けるのです。わたしは絶対ではない。多くの神々の一神にすぎないのです。まずは一考してみてください。それで何かお気づきの点がありましたら後日、また話し合うことにしましょう」

深慮の神は、あくまで客観であることに身を保った。

どういうことなのだ……。

星光まで呑み込んでしまうほど皓々《こうこう》たる光を天空に放ち、まったき独り、物思いに耽っていたときだった。使いの神が激しい声でツクヨミの瞑想を打ち破っていた。

「アマテラス様がお呼びです。何か火急の用件がおありのようで、すぐに来いとのご伝令です」

どうも姉は一方的でせっかちだ。

性急というせっかちはまちがいなく生来のもので、己《おれ》がゆったり物思いに耽っているときにかぎってせかせかと何か伝令を下してくる。どれほどの用向きかというとさほどのことでもない。たいした話ではないのに妙に急《せ》き込んで一大事かのごとく振る舞う。温容でおっとりしている一面を見せつつも何故ああしてせかせかしているのだ。どうやら己の腹時計と姉のそれとでは時間差があるようだ。おっとりとは異なる時間がゆっくりと己のなかにはある。一日のありようが己と姉とは決定的にちがうようだ。

おそらく先日の一件があって、姉はまだ己に猜疑の目を向け、苛立ちの激怒を抱えているだろう。激怒でいうなら己も同じだ。どうして一方的に責められなければならないんだ。しかもあれほどの嫌みを唾吐くようにして投げつけた。オモヒカネの云うように、たしかに姉には悩みがあるのだろう。過剰な民の増加を憂い、底知れぬ苛立ちを内部に溜め込んでいるのかもしれない。しかし己に当たることなどないのだ。己には主み分けの掟を破る野心もないし、ただ夜の海原にいて、己の腹時計のままにゆっくり時間を送りたいだけなのだから。物思いをしつつ静かでいたいのだ、ほんとうは。

ともかくツクヨミは姉のもとへ向かった。これは日神の命であるから拒否することはできない。いったいどのような用向きなのか。場合によっては姉と諍《いさか》いを起こすかもしれぬ。そのときはそうなったまでだ。


長い首をかしげ、浮かぬ顔で姉のもとからツクヨミは戻ってきた。

どういうことなのだ……。

ツクヨミの顔にまだらな影がよぎっている。どうにも不可解な謎の影がふつふつと幾何学模様になって沁《し》み上げてきた。身が重い。浮かぬ心は身をも沈め、海原すれすれのところからなかなか這い上がれないでいた。

物思いに沈んでどれほどの時間がたったのか。ようやくツクヨミは頬杖の手を振りほどいて舟を走らせた。

「どうにも解せないことあって訊ねにきました」

相手が迎え入れぬまえに早くもツクヨミは腰を下ろした。

「いったいどういうことなのか説明してもらえませんか」

膝を突き出し、めずらしくも早口になる。なお性急にツクヨミは言葉を投げ出した。

「あなたは、暗黙の約束を破った。言動不一致、これではまるで道理というものがない。深慮はあっても、平気で裏切りもするのですか」

オモヒカネは顔色一つ変えず、悠然とツクヨミを見つめていてから口を開いた。滑舌ある口跡だ。

「どうしたというのです。わたしが何を裏切ったというのです。言葉は相手あって成り立つのであり、理路は整然としてください。そうでなければ荒ぶる神どもに堕するも同質です。あなたともあろうかたが、届かない言葉を吐こうとはつゆほども思いませんでした。まず訂正してください。侮辱ある言葉を訂正なさい」

利発な物云いだった。激する情がないかわりに理の言葉が、矢のように突き刺さってきた。

「訂正は、あなたの発言を聞いてからにします。では順序立てて話しますからお答え願いたい。オモヒカネ、あなたは先日、アマテラスに呼ばれたようですね」

言葉を発するかわりに、オモヒカネの首は縦にまっすぐ振られた。感情を殺した端整な顔立ちが言葉以上の迫力を蔵している。理知の刃《やいば》そのものの面相だ。まっすぐに動かない。

動じないでツクヨミは早口に云った。

「そこでアマテラスに何を話したのか説明してください」

目をそらせないままオモヒカネは答えた。

「アシハラノ中国《なかつくに》にウケモチの神がいる。この神のもとに誰か派遣させたいのだがどの神がよいか、そう日神に相談されたのです」

「一点だけでいい。あなたが私を、どう語ったかです」

「前提がなければ語れません。部分だけを抜き出して語れば曲解につながります。あなたはさっき、順序立てて話すと、そう云ったばかりではありませんか」

「ではいい。前提を話してください」

オモヒカネの話をまず聞いてみるより仕方ないとツクヨミは思った。激するだけでは父や姉と同じになってしまう。黙することはそう苦しいことではない。本来の自分に戻るのだ。そうツクヨミは己《おのれ》に云い聞かせた。

「述べましたように、日神は民の国、アシハラノ中国へ派遣する神を探しておりました。それで誰がよいのかと訊ねられましたので、わたしはツクヨミの神がいちばん適任であろうと進言したのです。あなたが最適だと思ったからです」

「どうしてだ」と口を挟みたいところをツクヨミは黙ってうなずき、オモヒカネの言葉を待った。

「その理由はこうです。ウケモチの神は五穀の神であると同時に海の幸、山の幸の神でもあります。いわば食物のすべてを司る神といっていいでしょう。それであなたを推挙した。何故ならば蒼海原を統治するあなたは海の幸を誕生させる神だからです。海は生命の源泉です。原始の生命は海で生まれた。海の元素と生命を構成する元素は、その組成においてほとんど同じです。したがってあなたは生命誕生を司る神であり、その誕生した生命を食物にして民へ与えるのがウケモチの神なのです。あなたとウケモチの神は反目するはずがない。それにです。なんといってもツクヨミ、あなたのもの静かなその性質は他に比類がない。あなたなら悶着など起こさないでしょう。ウケモチに気に入られるだろうと、そうわたしは判断したのです。ですから先ほどの無礼な言葉は慎んでください。そうでないとわたしの立場がなくなる。日神アマテラスに大目玉を食らってしまうことは必定でしょう。それでは困るんだ」

吐き捨てる言葉が喉まで出かかっていた。はじめの説明はよかった。さすがに深慮の神だった。

ところが「もの静かなその性質は他に比類ない」と述べるあたりからなんだか屈辱感のようなものが芽生え、最後の自己の「立場」を主張してやまないオモヒカネの発言に、とうとう頭に血が上った。淡々としたオモヒカネの言葉はここへきて、一気に威圧する語調に変わっていたのである。

じりじりとした怒りが込み上げていた。黙ってなんかいられない。もの静かなままでいると思ったら大まちがいだ。溜め込んだ物思いを、狭霧《さぎり》に嚙んで吐き出し、云い募った。

「それだけか。あんたの云ったことはそれだけか。そうじゃないだろう。紳士面したその二枚舌を吐き出してみろ。なんと云った？　アマテラスになんて云ったんだ。かわりに己が云ってやる。論理を失った言葉はあんたの口から出てこないだろうからな。あんたはこう云ったんだ。ツクヨミなど適当に利用すればいいんだ、そうあんたは云ったんだ。まだある。うすぼんやりした奴なのに、日神アマテラスを批判してましたよ。ヒステリックでどうにも手のつけられない女だと、あのうすぼんやりしたツクヨミが、いっぱしなことを抜かしてました。そうあんたは告げ口したんだ」

話しているうちに過剰になっていた。言葉が熱で膨張している。「適当に利用」とは云ってない。「どうにも手のつけられない女」とも云ってない。アマテラスが云ったのはこうだった。

「オモヒカネはわたしにこう述べたのです。ツクヨミはふだんもの静かでぼんやりしているようだが、あれでなかなかの批評家だ。日神であるあなたのこともいろいろ批評して帰っていった。どうしてあのように苛立っているのか、父上の寵愛に少し甘えすぎているのではないか。杞憂で終わらなければいいのだが。それとも何か悩みごとがあるのだろうか。そうオモヒカネが云ってましたが、ツクヨミ、それはほんとうですか」

アマテラスはそう云ったのだ。しかしそう云ってから「あなたのようなうすぼんやりした神に、わたしの悩みがわかってたまるもんですか」と吐き捨てた。

この「うすぼんやり」というアマテラスの言葉がずうっと胸底に突き刺さり、それにこのオモヒカネの保身の言葉が油をそそいで、ツクヨミの発言に過剰なる熱が生まれていった。自分という存在が過小で取るに足りぬ、そのように思われていることがどうにも我慢ならなかった。〈もの静か〉とは、けっして褒め言葉ではない。すぐその裏側に〈うすら馬鹿〉という意味が反転してくる。毒にも薬にもならない。黙って引っ込んでろ。屈辱の悲観が反転した熱になり、オモヒカネに向かってぶちまけられていた。

吐き出したあとで妙に空《むな》しくなった。黙っていればよかったか、ツクヨミの長い首がひんねり前方へ垂れていった。

「これは驚きましたね。わたしはあなたを勘違いしていたようだ。これほどまで激しく戦闘的であるとは思いもよらなかった。激しい情は父君譲りなのかもしれませんが、まずいですね、曲解逸脱されては。昨今、いくら日神が苛立っているにせよ、事実をねじ曲げた発言をされるわけがない。むろんわたしだってそんなことは日神に云ってない。告げ口などと冗談ではない。わたしがするわけがないでしょう。だとすればツクヨミ、すべてあなた一人の勝手な創作劇ですよ。二枚舌はあなたのほうだ。病的な虚偽をでっち上げたのですからね。わたしとしたことが迂闊《うかつ》でした。まさかあなたがそのような神であろうとは夢にも思わなかった。考え直さなければいけない。あなたは適任ではない。……しかし困ったものです。もう日神に進言してしまったのだから今になってこれを反故にすればわたしの信頼はガタ落ちになる。あなただって嫌でしょう。そのようにも能力のない神だと日神に知りわたれば面目丸つぶれというものです。わたしの面目も完全に失する。はて、どうすればいいか……」

忌いかねたオモヒカネは暫時、熟考してから頭を整理してこう提案した。

「わたし一人ではどうにもならない。これはわたしとあなたにかかわる面目の問題なのですから、どうしてもあなたの改心という決意が必要になってきます。あなたが改心し、アシハラノ中国への使者としてその任を全うすればすべて事なきを得るのです。ツクヨミ、どうか冷静になって改心してください。本来のあなたに戻るのです。ウケモチの神との交渉には是非とも冷静で真摯な心が必要です。あなたは本来、そのような神であったはずです。わたしの目に狂いはないはずだ。後日、もう一度お会いしたい。あなたにもいろいろ云いたいことがあるかもしれない。承りますよ。腹にたまっていることをわたしにぶちまけてみてください。あなたも日神アマテラスと同じように何かに苛立っているのでしょう。ぶちまけなさい、わたしに。大事は一点です。使者としての任を全うし、あなたとわたしの面目を躍如させること、すべての大事はその一点にある。神々は、自らの役割をそれぞれに完遂することです。そうすれば天地は安泰だ。同じになっては駄目なのです。あなたは本来のあなたに戻ることです。激情を捨てなさい」

薄い唇をオモヒカネはようやく閉じた。

なんという光の海なのだ。

これは夜だからこそ見える。日の照り輝く昼ではこうも美しく見えるものではない。青と翠《みどり》とが溶け合うようにして地の縁を煌々《こうこう》と染め上げている。浮かんだ球体はゆらゆらと、部分が全体に、全体は部分に、流動体となって一体化し、やわらかでいてすべらかな、溶け合う輝きを青と翠とに放っている。

底知れぬ深い闇に、ひときわ美しくも浮かぶ球。地の球が月神の真下に照り輝いていた。

青人草という民、とりまくすべての生命。それらの生命が流動体となって光っている。光という名の海だった。

なんと綺麗なものなのか……。

見なれていたはずの光の海に、ツクヨミは感嘆の声を挙げていた。しばらく独りで眺めていてからツクヨミの顔に薄っすりした翳りが宿っていく。思い出したくもないオモヒカネ、その一言が突き刺さってきた。

（過剰なる民の増加——揉《も》めごと、諍《いさか》い、めんどうな事態）

この見当はちがっていないだろう。おおむね、オモヒカネの思慮には正しいと思われるところがある。過剰なる民の増加、この指摘はまずまちがいなく正論だ。日に五百人もの民が増えつづければ、いずれ過剰になるのは誰がみても知りうることで異論のあろうはずもない。それによって揉めごとや諍いなど、めんどうな事態を招来することになるという。

では、めんどうな事態とは何か。何故揉めごとや諍いが増えるのか。

はっきりわかっていることは食物だった。食物の量が民の数に追いつかなくなる。食にあぶれた民は生きてはいけない。生きていけなければ暴動を起こすだろう。その他に何があるか。過剰なる民の増加によってもたらされるめんどうな事態とはいったい他に何があるというのだ。よくわからない。よくわからないが民の知能には注目しておいていいはずだ。底知れぬ知能を民はもっている。その知能がよく活かされれば問題ないが過剰なる民の増加を憂うあまり、とんでもないことを考え出しかねない。そうではないのか。

ツクヨミは自らを振り返ってもそう思った。先日もそうだったのだ。屈辱の悲観が反転し、熱をもった言葉をオモヒカネにぶちまけていた。自分でも驚いたほどだった。激情だけではなかった。気づいてみれば事実を歪曲した話まででっち上げていた。怖ろしい自分に自分でぞっとした。現象は反転するものなのだ。

たとえば、アシハラノ中国《なかつくに》。今、真下に見えるあの光り輝く地の球の一角に浮かぶ国も、美しさが永遠に保たれる保証などどこにもない。これは父イザナキからも教えられたことである。

アシハラ――〈葦原〉の葦はアシだった。その葦を切り拓き、穀物を生育すべき地とし国にしていったのだ。茫々たる葦原の〈葦〉をアシからヨシに変えるために絶大なエネルギーをそそぎ込んだ。〈悪しき原〉から〈良き地〉へ、そして称《たた》えられるべき国へとである。まさにアシからヨシへと葦原中国は生まれ変わっていった。これは民の食す糧を確保するために必須なことだった。しかしヨシの状態がヨシのままでつづくとはかぎらない。いつなんどきアシの状態へ反転するかもしれないのだ。それは神々の仕業によることも多々あった。雷《いかずち》の神やあのスサノヲなどにみる荒々しい性が爆発したとき良き地は悪しき原へと逆戻りしてしまった。しかし神はけっして、ほったらかしにしたままではない。循環という力で復元していった。

〈葦〉――アシはヨシに、ヨシはアシに、反転しながら循環していく。

しかし、たぐいまれな民の知能は循環を捨て、まっしぐらにその知能を前進させてくるような気がしてならない。進化という知能でだ。この進化という知能が過剰なる民の増加に出合ったとき、はたしてどのような力をとるのか。いかなる反転をみせるのか……。

（よくわからない）

よくわからないがツクヨミにはどうしても譲れない主張があった。

（己《おれ》は、独りでいたい）

土足で踏みにじってきたり、うすら馬鹿あつかいしたら、いくら己だって、そうそうもの静かなばかりでいられるもんか。己は夜の蒼海原で独り、好きな物思いに耽っていたい。誰にも邪魔されることなく、たった独りでだ。

地の球は月神の真下で、光の海となり、煌々と照り輝いている。あまりに綺麗な輝きである。その輝きが反転しつつも、ツクヨミの顔に雫を垂らすように、まっすぐ、ぎらぎらと浮き上がって見えた。

そのとき閃いたものがあった。

（ひょっとして、姉の悩みは……）

苛立ったアマテラスの顔が浮かび上がった。頬杖をつき、しばらくツクヨミはまた物思いに耽っていった。

明日はオモヒカネと会わなければならない。どのような答えを用意しようか、ツクヨミの顔にまだらな影がよぎっていた。

端座した背筋はまっすぐである。ぐんねり曲がった父イザナキの背中とは好対照だった。好対照は見た目だけではない。理知と激情という点においてもまったく二神は対極にあった。

今日もこの神は、すくっと涼しげな居住まいで目前にいる。深慮の神にまったく隙《すき》というものがない。隙のない理知はまさしく諸刃の剣だろう。ぞくりとした波光は片手にもてば鋭い卓見を披瀝《ひれき》するものの、もう一方の手にもてば手前勝手なギラついた脂《あぶら》を撫でつけてくる。理知も二つに割れるのだ。

鋭い眼光にうっすらと笑みを浮かべた。

「どうですか。改心していただけましたか」

この言葉で、もうツクヨミは苦々しく思った。「改心」とはなんだ。己にも非はあったが、改心しろ改心しろと一方的に押しつけられる筋合いはない。それならばおまえの心はどうなんだ。〈公〉の仮面をかぶったその裏側に、醜い私利がうごめいているではないか。否、そうではない。保身の理知がまずあって、それから公をはじめて考えるのではないか、おまえという奴は……。

冷静に対処しようと出かけてきたツクヨミは、いきなり苛立つものを覚えて返答せずにいた。するとすぐに深慮の神はその鋭い矛先を柔軟に変えていった。

「このところ、どうにも父君イザナキは気弱になられたようですね。スサノヲを追放したこともあってか、ひどく淋しそうにしていることがあります。ああ見えても、つらいのでしょうね。だからあなたをとても頼りにしているようです」

懐柔の策にでたとツクヨミは察した。

なんとしてでも自分の面目を躍如させようとしている。この己を使者として推挙した手前、その任を全うさせるべく情にからめて説得しようとこの神は考えている。情のない深慮の神は、知を刃の下に隠しながら情で訴えようと企んでいるのは明らかだった。それも親子の情という、もっとも痛いところをつく情だった。この神は己の性質をも熟知している。冴え冴えとした孤絶を装っても、己は情に弱いところがある。弟スサノヲのようにすっぱり割り切れるところが己にはないのだ。いつまでも頭で考えている。それでも目前のオモヒカネのように理知で整理できる能力がない。そうかといって考える先に行動に移せるスサノヲのようにもなれない。思考する頭にいつしか霧がかかってくる。この薄っすりとした青霧が思考を遮断し、最後にはなんとも割り切れぬ物憂い気分に襲われてくる。そこにあるのは疎ましく思いながらも父の顔があり、姉の顔があった。死んだ母のように身隠れてしまえば情や思考は一本に束ねることができる。「妣《はは》の国」……母は原郷そのものになっていた。けれども生身の父や姉をこの目に見てしまえば、そのつど情と思考は蔦《つた》のように絡み合い、折り合い、圧《へ》し合って、まとまらぬまま千々に乱れてしまうのだ。邪魔だ、邪魔だと厭いつつも切って捨てられない。そういうどうしようもない己の性質をこの神は突いてきた。

ツクヨミは、ますます嫌な気分になっていた。口をへの字に曲げ、押し黙っていると、またオモヒカネは口を開いた。

「ところで日神アマテラスは、やはり苛立っているようですね。わたしから見れば少々過剰なところがおありのようです。何もそんなにイライラすることなどないのです。あれでは誰だって腐る気分にもなろうというものです。あなたの気持ち、よくわかりますよ。腐りたくもなりますよね」

こんどは同調だった。姉に窘《たしな》められたこの己に、こんどは同調を示してきたのだとツクヨミは思った。けれどその姉をすぐに祭り上げてきた。

「でも心配ご無用ですよ。なんといっても日神です。最後にはきちんと調和的なお考えでまとめられる。根幹を誤ることはけっしてない。たえず全体を見渡していなければならぬので苦しくもなる。その苦渋を弟君であるあなたにぶつけているだけのことです。あなたもつらいでしょうが受け流す術も必要です。日神の苛立ちは根幹ではない。枝葉末節です。気にすることはない」

「枝葉末節？　枝葉末節は根幹から生じるものでしょう。気にすることはないと、何故そう云い切れますか」

ようやくツクヨミは言葉を発した。揚げ足をとったのではない。案じるところがあって真にそう云ったのである。

「道理はそうです。根幹なければ枝葉は発生しません。言説をもてあそぶつもりはないが、わたしが云ったのはそういう意味ではない。日神の苛立ちは単なる甘えだと、そう云ってるのです」

「先日、あなたは云った。日神の苛立ちは、過剰なる民の増加にその原因があるのではないか。そうあなたは発言しましたね。ならば、それは嘘だというのですか。苛立ちは単なる甘えで、根幹を揺るがすものではないと、こんどは主張を変えてくるのですね。そうそう主張を変えられてはあなたの本意がどこにあるのか、わかったもんじゃありません。それでは困りますよ。あなたは深慮の神として信望が厚い。そのあなたがころころ考えを変えていっては深慮の神としての任を全うしない証左になりますよ」

冷静な物云いができたとツクヨミは、ほっとした。感情が先走って足をすくわれてはそれこそ面目が立たない。面目は自己存在の意地というに近かった。先日の轍《てつ》を踏んではならない。相手はなんといっても深慮の神、オモヒカネなのだ。ツクヨミは少し余裕をもった。

「いえいえ、考えを変えてなどいません。もし日神に苛立ちがあるとすればそれは過剰なる民の増加にあると、たしかにわたしはそう云いました。けれどもそれはわたしの意見ではない。日神の立場にたって推測したまでですよ。もし苛立ちがあれば民の増加にある、そう日神アマテラスは思われているのではないか。これは日神の心境を察したわたしの推考であってわたし自身の考えではない」

「ならば改めてお聞かせ願えませんか。あなた自身の考えを是非聞かせてほしい。過剰なる民の増加をどのようにオモヒカネは思慮しているか、披瀝《ひれき》してください。わたしも使者の命を受けたものです。聞いておかないわけにいかない」

「使者の命」と云った言葉にオモヒカネは目聡く反応した。

この神にとって今、頭にこびりついているいちばんのことは、面目だった。どうしても自己の面目を立てなければならない。己を推挙したのはオモヒカネだ。使者の命を己がしっかり果たさなければこいつの面目は丸つぶれになるのだ。

気に入られる言葉などツクヨミは望んでいなかった。いくら褒めちぎられてもそんなことはどうでもいい。言葉も、真実と虚偽が背中合わせにある。ツクヨミは真にオモヒカネの考えを聞きたいと思った。深慮の神はどのように考えているのだろうか。是非とも拝聴したかったのである。なんといっても相対的思考力という点でこの神はずば抜けていたのだから。

根幹にかかわる命題である。蒼白の額を冷静にし、ツクヨミは息を殺した。

「問題の一等にあるのは、エネルギーの絶対量です。どこまで民の糧をまかなえるか。そのエネルギーの絶対量がまずもって問われなければならない」

こう口火を切ってから、延々と話はつづいていった。

聞いたこともない言葉がぽんぽん飛び交い、多面にわたって論が及ぶ。言葉づかいから論の展開、途中、何を云っているのかさっぱりわからなくなった。いちいちの分析力には破綻というものがいっさいないように思われる。一方の考えを出してこれを分析し、対立するもう一方の考えを出してこれまた十全と分析する。対立し、矛盾する二つの考えをもののみごとに裁断していってより高みの論へと収斂《しゅうれん》していくその弁舌には澱《よど》みがまったくない。さすがはオモヒカネだと唸《うな》らざるをえない反面、何か言葉に騙《だま》されているような気がしないでもない。それとも自分の能力がやっぱり劣っているのか。誰もがわかるというのに自分には理解できないのか。朗々たる神の語り、神語り、それとはまったく異質な響きと内容とで、畳みかけるように迫ってくるのだった。無駄がない。刃のような語り方だ。

弁舌は二時間にも及んだ。途中、話を挟む余地など一度もなかった。相手が弁舌爽やかだったこともあったがそのまえに何を云ってるのかほとんど理解できなかったので、ツクヨミは茫然とばかりしていたのである。そして己《おのれ》の能力のなさに悄然《しょうぜん》ともしていた。

「おわかりいただけましたか」

あいかわらず涼しい顔でオモヒカネは云った。応える言葉がない。黙ってツクヨミは爪を噛んだ。みっともないと知りつつ、そうするより手立てがないように思えて、少女の真似事みたいなしぐさをとってうつむいた。

意地の悪い奴だ。何かそっちから救いの言葉でも出してくれればいいのだ。あれほど饒舌なのにいつまでも黙って悄然とした己の顔を覗き込んでいる。沈黙の腹で、こいつは何を思っているのか、わかりそうな気がする。いや、はっきりとわかる。

（おまえごときうすら馬鹿に、わかるはずもないだろう）

勝ち誇った顔が目前で見下ろしている。糞っ！　と、喚《わめ》きたくなったが堪《こら》えた。堪えるしか術のないのがこれまでの自分のような気がしてきた。

（何か云え！　オモヒカネ。何か答えてみろ！　能なしの己《おれ》……）

歯ぎしりさえ出ずにツクヨミはうなだれたままでいた。

「だから心配することはないのです」

ようやくオモヒカネの口が開いた。けれども「だから」というその理由がまったくわからなかったのでなおも口を噤《つぐ》んでいるより仕方なかった。

ようやくツクヨミの口が動いていったのは、オモヒカネが次の言葉を吐いたときである。

「まあ、そんな理由で、日神の悩みは杞憂なのです。民の悩みなど愚というものです。愚の民に心血をそそぐ必要などない。捨て置けばいいのです」

これがこいつの云いたかったことなのか。うなだれていた長い首をツクヨミは、じりりと上げた。

「どういうことです。愚の民とは、いったいどういうことなのですか」

「聞いていなかったのですか。わたしがあれほど説明したのに。まさか理解できなかったわけでもないでしょうに。話は聞くものですよ。物思いに耽ってばかりいると他を顧みなくなりますからね。使者に立つときにはくれぐれも相手の話に耳を傾けていてください。そうでないとまずいことになる」

「私は使者に不向きかもしれません。正直、あなたの云ったことがよくわからなかった。聞くほうも大事だが、話すほうも相手が理解しやすいように話すべきではないでしょうか。あなたの弁舌はよくわからない。よくわからないのは私の能力が劣っているためかもしれない。そうであるならば使者の大任を辞退しなければならない。私には無理だ」

案の定、オモヒカネは慌てふためいた。語りに酔いしれたような表情が一気に変転していった。ツクヨミを推挙したオモヒカネの面目がこれでは失墜してしまう。

「あっ、いやいや。これはわたしの悪しき性癖でしてね、あなたがいつも独りで物思いに耽っているようにわたしもたえず独りで思索に耽っているのですよ。わたしの言葉は自分に向けて発し、自分の言葉で返ってきてしまう。自分でわかっているつもりの言葉が往々にして他者には理解不能のような言葉になってしまう。わたしの物云いにも些《いささ》かの非があったかもしれません。あなたが劣っているなどとわたしは思ってもいない。でなければ日神にあなたを推挙するはずなどないのですから」

「それならば簡単に説明してください。愚の民とはどういうことなのか。改めてその理由を聞きたい」

こんどは要所をわかりやすい言葉で話してきた。

聞きおわってツクヨミは慄然とした。

オモヒカネは循環の思想で押し通してきた。循環の思想には肯《うべな》うところも多々あった。以前にも聞いたようにたとえば海で生まれた水は循環してふたたび海へ戻ってくる。陽光、海、天、山、地、地中、川、そして海へ、この壮大な循環のなかで水はまわっている。水なくしてすべての生命は生きられない。宇宙の素とでもいうべき水はこうして巡り巡っている。ところがオモヒカネはこの循環の思想を民にもそっくりそのまま当てはめた。生々流転ではない。死はふたたび生となって巡ってくるというのではなかった。

オモヒカネはこう云ってのけたのだ。

過剰なる民の増加は、やがて解消される。民は、民自らの手で民自身を殺戮《さつりく》していくものである。民の史はこれまでたえずそうだった。戦《いくさ》をやめた例《ため》しがない。戦は容赦なく死体を転がしていくが浄化作用にもつながっている。戦によって死がもたらされ、死者の血と、残された者の血涙とで大地や海は真っ赤に染まるだろうが、それだけで終焉《しゅうえん》するのではない。すべての何かが浄化され、新たな何かを生んでいく。民の数が減り、減ったなかからまた何かを志向していくものなのだ。だから放っておけばいい。過剰なる民の増加は、これまで以上の大量な殺戮によってほどよい均衡が図られていくにちがいない。循環するのだ、すべては。民の性《さが》というものに任せておけばそれでいい。摂理は自動的に保たれる。生命とは畢竟《ひっきょう》、そういうものなのだ。

歯の根が合わない。滑るオモヒカネの舌先に反し、ツクヨミの歯がガタガタと震えた。

なんという空怖ろしい奴なのだ。自然死が甦ってあらたな生が誕生するのではなかった。民の殺し合いを待っているのだ。待って待って待ち望んでいるんだ、楽しんでいるんだ、こいつは。これは智慧ではない。循環思想の悪しき応用だ。深慮の神と聞いて呆れ返った。神の考えることではなかった。とうてい許せるものではない。

(こいつは何もわかってない。アマテラスの苛立つ悩みというものを……)

削《そ》げた頬影で、ぞろりと、ツクヨミは睨《にら》み上げた。


数日のあいだ、ツクヨミの影が海原に蒼く這った。

今宵も地の球は光の海に浮かんでいる。けれども見ていなかった。自らの灯す青影だけをツクヨミは海面に眺めていた。ぼんやりと、まとまらない頭で、反芻《はんすう》しながら飽くことなく影の中身を覗き込もうとしていた。影の下に、深々とした海の闇が横たわっていた。どことなく痩せているのに異様な黒でどんよりしている。そう見えるのは自分の悩みが深いからなのか、それとも頭が混濁しているせいなのか。

神々はそれぞれの任を全うする。全うしなければならない。ならば己のしなければならぬその任とはいったい何なのか。

あの神のようにだけはなりたくなかった。深慮の神として称えられたオモヒカネは自らの任を全うしようと鋭意努力するどころか放棄さえしようとしている。否、放棄したのだ。もはや弁舌だけに酔いしれた神に成り下がったも同然だろう。あいつの吐く言葉は虚空《こくう》で遊んでいて、言葉が事を達成する力となって機能していかない。言霊《ことだま》を失した神など神ではなかった。そもそも智慧さえもうないのだ。あの慧眼《けいがん》はどこへいったか、どこへ捨ててしまったというのか。昔はそうではなかったはずだ。玲瓏《れいろう》たる眸《ひとみ》の輝きに、もうそれだけで事が十全と機能していくようで、とどこおりなく首尾が整えられていった。それがいったいどうしたというのか。

オモヒカネだけではない。いずれの神もどこか歯車に支障をきたしてきているようで仕方ない。老いたとはいえ、父イザナキもそうだ。姉アマテラスもそうだ。みんな激して苛立ってかつての顔がよく見えない。しかし、そういう自分も苛立っているではないか。何かに怯えている……。

虚ろな視線を地の球、全体へ向けた。優れた知能が光を突き刺してくるように思われた。けれども光の海は闇を吸いとるように、底知れず綺麗だった。

悶々と送っていた数日はあっというまに過ぎていった。ツクヨミはアマテラスに会いにいくべく舟を浮かべ、なお、まとまらぬ考えをまとめようとしつつ櫓《ろ》を漕《こ》いだ。苛立つ姉の心境だけは近くにあるような気がした。

目が眩むほどの橙《だいだい》の領巾《ひれ》を打ち払い、アマテラスの顔があらわれた。柔和な顔だった。昔のままだ。

「オモヒカネの推挙により、あなたをウケモチの神のもとへ派遣します。よろしいですね。首尾よく役割を果たしてきてください」

ゆったりと告げた。

「はい。わかりました」

ツクヨミは諾《だく》した。

「あなたのことゆえ、粗相《そそう》はないと信じています。なにしろ月神であるあなたはこのたびの使者としてこれ以上ない適任者なのですからね。しっかり役目を果たしてきてください」

やわらかに念を押した口調から笑みがこぼれた。この様子なら平静に話を受け止めてくれるかもしれない、そうツクヨミは思った。

実を云えば使者としての任を諾すべきかどうか、逡巡の思いがまだ脳裏にこびりついていた。オモヒカネの面目をへし折ってやりたかったのだ。

己《おのれ》の非力さを重々と説き、丁重に辞退しようという思いが募っていた。オモヒカネの判断は自分の真なるところを見抜いていない。洞察する力量に欠け、判断に大いなる誤りがあると嘯《うそぶ》いてやりたかった。けれども日神の指令は絶対である。理がわかってもらえれば姉も承知してくれようが下手すれば逆鱗《げきりん》に触れる危惧もある。それではすべてが無に帰してしまう。

姉の真にあるところを聞きたかった。なんでそんなに苛立っているのか、その原因を聞かせてはくれないか。もしかしたら自分だけがアマテラスの苛立ちが理解できるような気がする。この途方もない不安といった苛立ちはやり過ごすだけではすまされぬ、根幹にかかわる問題を孕《はら》んでいるのではないか。根幹を失えば枝葉は枯れてしまうのだ。放ってはおけない。オモヒカネの思慮はまちがっている。ほんとうは使者の命を辞退しつつオモヒカネを吊し上げ、そのうえでアマテラスとゆっくり語り合いたかったのだ。けれども柔和な姉を目前に見ているうち、思わず首を縦に振り、承諾してしまっていた。

このままでは引き下がれない。迂遠《うえん》になるのはやめよう。ツクヨミはそう判断して口を開いた。

「姉上に、お聞きしたいことがあります」

「なんです」

アマテラスは柔和なままだ。ツクヨミは云った。

「以前私は、猜疑の目を向けすぎぬようにと、不遜にも姉上に云いました。私はずうっと思い及んでいたのです。そして気づいたのです。姉上の猜疑の目は、スサノヲや私に向けられたものではない。ほんとうはもっと別なものに向けられているのでしょう？　住み分けの掟を破る、もっと別の、巨大な力といったものに姉上は怯えているのではありませんか。そうでなければこれほど苛立つわけがない。昔の姉上はちがった。もっとおおらかで、もっと優雅だった。教えてくれませんか、同胞なのですから。どうか腹を割って話してください」

「なんですか、藪《やぶ》から棒に。また心気臭い話ですか。そんな話、わたしはしたくなんかない。ますますイライラしてくるわ」

「イライラしている場合ではないでしょう。根幹にかかわる問題だと私は思っているのです」

「根幹？　ああ、驚いた。まさかあなたの口から根幹なんて言葉がでてくるとは夢にも思わなかった」

「茶化さないでください」

「茶化してなんかいないわよ。ほんとうのことを云っただけです」

「どうしてそうやって話をはぐらかそうとするんですか。これは大事な話なんだ」

「大事な話なら父上やオモヒカネと相談するわよ。なにもあなたと話し合うことなんかないでしょう」

「父上はすでに老耄です。オモヒカネは信を置けません」

アマテラスの両眼が斜めに吊り上がった。

「あなた、侮辱するの？」

「侮辱じゃない。これはたぶん、姉上と私にしかわからないことなんだ」

「あなたと、わたし？」

「ええ、そうです。日神である姉上と月神である私にしかわからないことです」

ツクヨミの目はすがりつくように日神アマテラスの顔へ張りついた。

「何を云ってるのよ。いくら日神と月神といったって、わたしとあなたとではまるっきりちがうわ。冗談じゃない、一緒くたにしないでちょうだい。わたしはタカマノハラ、あなたは夜の蒼海原を統治してるんでしょ。全然ちがうわよ」

「役割について云ってるんじゃない。役割なんか今はどうだっていい。己が云いたいのは……」

「今、なんて云った？　とんでもないこと、あなた云ったわね。あなた、役割をどうでもいいって考えてるの？　謀反でしょ。父上に対する反逆よ。父の命に背く大罪を、今あなたは平気で云ったのよ」

「そうじゃない。そういうことじゃないんだ」

「役割を無視する神なんて、もう神なんかじゃない」

「冷静になってほしい。怖ろしいほどの不安が、姉上、あなたにはあるはずだ。その不安の根幹について、己は真剣に話し合いたいんだよ」

ツクヨミは銀光に輝く物体を思い浮かべた。進化という民の知能が銀光の物体となって自分の額に降り立ったあの日のことを思い出していた。日神の放射エネルギーは絶大だ。いくら銀光の物体といえども焼け爛れてしまうにちがいない。それでもツクヨミは未来を案じた。その同じ杞憂が日神にもあるのではないかと切に訴えようとした。

「また根幹？　笑わせないでちょうだい」

アマテラスは鼻で嗤《わら》い、つづけて云った。

「あなたにわたしの根幹がわかってたまるもんですか。なにが根幹よ。あなたはあなたの役割をきちんと果たせばいいのよ。黙って忠実に執り行っていればそれでいいんだから。それ以上のことに口出しするのはおやめなさい。うっそりとしているくせに、どこで悪智慧なんか仕入れてきたのよ。根幹？　似合わないからよしておきなさい。滑稽だわ。それよりか……何よ、その目つきは。わたしに楯突《たてつ》く気？」

どうしてこうなんだ……。

ツクヨミの広い額に、青い烈火が燃えさかっていた。口尻に切り裂く痛みが走っている。叫喚《きょうかん》の声を発したかったが、かろうじてこれを堪《こら》えた。オモヒカネに対する鬱憤も、何もかも果たせずに、使者の命だけを諾してしまった愚鈍な自分がいる。

（うすら馬鹿奴《め》が……）

腹の底から、何ものかの声が昇ってくる。たしかに自分の声なのだが、霧のようにまとわりついてくるその声は、青い凶器をたずさえ、静かでいて、やがて激しく、もう一つの自分の声となり、反転しながら聞こえてきていた。


激したイザナキの顔が目の前にあった。

何を熱《いき》り立っているというのだ。すべてはアマテラスを溺愛した父上にある。この己を無能扱いにし、聞く耳をもたせないような姉にしたのは父ではないか。そうではないのか、そうだろう。

「おまえに命じたのはそうではなかったはずだ。何故、吾《あれ》の教えに背く。何故、アマテラスに謀反した。おまえの任はなんだったのだ。この戯《たわ》け者奴《め》が！」

「お言葉ですが父上、神々とはその役割を十全と果たすことにあるのではないですか。私はそれをしたまでです」

「誰が片刃《かたな》を抜けと云った。誰が殺してこいと命じた。おまえはもの静かにいて海原を統治するものだ。オモヒカネが云っていた。ウケモチの神とおまえとはたいそう相性がいいようだな。そのおまえはただ静かに交渉してくればよかったのだ。それをこのうすら馬鹿奴《め》が。どこが役割だ、どこが十全と果たしてきただ。減らず口をたたくほど立派でもないくせして、この吾に意見でも云おうっていうのか。身のほど知らず奴《め》が！」

「私はただ舟のように静かに浮かんでいるばかりではない。鏡のように満月でいるばかりでもない。弓にもなれば片刃にもなる。そのように生んだのは父上、あなたでしょう」

指先から真っ赤な血を滴らせながらツクヨミは反論した。反論は暴論ではなかった。月神であるツクヨミは、満ち欠けの繰り返しのなかで弓を張る月にもなれば冴え冴えとした片刃にもなった。その片刃を抜いてウケモチを殺した。滅多斬りにしてこれを葬り捨ててきた。

「姉上はどこにいるのですか」

「馬鹿なおまえに怖れをなし、岩屋戸に籠もってしまった。おかげで外は真っ暗闇だ。スサノヲのときもそうだったがこんどはもっとたちが悪い。信じていたおまえに裏切られたのだからな。従順でもの静かだったおまえに唾吐かれたアマテラスの心痛は甚大だ。もうかんかんになって憤懣をぶちまけていた。憤懣だけじゃない。裏切られた悲痛の叫びも挙げていた。すべてはおまえのせいだ、おまえ独りのせいなんだ！」

黒い塊のような闇に不気味な音がざわめく。獣の長い尻尾から異様な光が飛び交っていた。モノどもが跋扈《ばっこ》している。魑魅魍魎《ちみもうりょう》としておぞましくも踊り狂っている闇から焼け爛れたような匂いが鼻先を突いてきた。異形の眼光が不敵に笑った。眼光の底は赤黒い、もう一つの闇だ。闇はただ黒いばかりなのではない。黒の底からどろどろとした液状の影がどす色にどんでん返してくる溶岩のようだ。外界はまさに混乱《カオス》の極に達している。

「見ろ。アマテラスを怒らすとこのようになるのだ。日神のもたらすエネルギーはおまえなんかの比じゃない。うすぼんやりしたおまえの光なんかとわけがちがうのだ。こうした事態を引き起こしたのはおまえなんだぞ。間抜けなおまえのせいなんだ。アマテラスは云ってたぞ。もうおまえとは同胞の玉の緒を断ち切りたいとな。絶縁したいそうだ。吾も同じだ。二度と吾とアマテラスの前に顔を出すでないぞ。もう見たくない、おまえみたいな能なしの顔なんか。いいか、わかったな。愚鈍なおまえにもそのくらいのことはわかろう。わかったらさっさと消え失せろ！」

ぐんねり曲がった背骨をぼきぼき鳴らし、覆いかぶさるようにしてイザナキは唾棄した。

黙っていればまだ罵るだろう。

額にかかった唾を、ゆるり袖で拭った。耳にする、これが父の最後の声なのだな、そう思いつつ、一瞥も投げることなくツクヨミは立ち去った。

ツクヨミは誓った。

己《おれ》は、もう、穏やかな満月には決してならない。姿をくらまし、新月となって逃げ隠れるような真似も絶対しない。己の引力を弱めてやる。徹底的に弱めてやる。大潮をなくしてやる。そうすれば民の数を抑制することができるだろう。殺戮することなく減らすことができるのだ。二度と満月にも新月にもなってやるものか。この無念を、片割れ月となって晴らしてやる。片方を失ったこの光で、永久に、弓と片刃のまま、夜に吊されていてやる。

ざまあ、みろ。

長い独りの夜がつづくのだな。無念ではあるが、これからは誰にも邪魔されることなく思うぞんぶん、物思いに耽っていられるのだ。

不敵に、ツクヨミは笑った。

…………

もう一月《ひとつき》になるというのに弦月ばかりが浮かんでいた。

いったい、どうしたというのだ。

天を仰ぐ視線の先、男の首が傾《かし》いでいった。

蒼海原を一艘の月舟が、東から西へゆっくり漕がれていく。星は見えない。弾ける光が別な光を礫《つぶて》に散らし、ここから星は見えなかった。天空に浮かんでいるのは片方を失った月影だけである。それがもう一月《ひとつき》もつづいていた。

「おい、満月というものがないな」

傍らにいた者の声がなかった。薄《う》っすりとした影がもう一つの影を探している。

おまえだけではない。傍らにいた者は、おまえばかりではなかった。

「おい、満月というものがないな」

おまえ以外の別な者に、男は問うた。やはり声はなかった。

男はまた云った。

「おい、弦月ばかりじゃないか」

探しているもう一つの影に自分もいたはずだった。片影を失った男は、自分自身にも問うていた。

「ああ、弦月ばかりだ」

ようやく声がした。男自身のかすれた声だった。

「どうしてなんだ」

かすれた声がまた閉じていた。

「どうして、舟のような月ばかりなんだ。いや……待て。舟のような月？」

男は問い、男は答えなかった。

霧のような青いものが男の胸を湿らせていた。締めつけられるほどの青い霧、まとわりつく息苦しさが男の片胸を陰に沈めていく。陰はもう二度と影に反転することはないような気がする。

光の礫が、中空を朦朧とした明かりに包んでいる。月はもうだいぶ、西へ傾いているというのに……。

邂逅《かいこう》　饒舌なる元素

その家の周囲はなんども歩いてみた。そうして知ったのだ、その家が空き家であることを……。

一年ほどまえ、ある事情があって自分はこの町の小さなマンションに転居してきた。自由の身となった自分は誰にも会わず、古いマンションの一室に閉じこもるとくる日もくる日も本を読んで暮らしていた。現在を生きる時間と自我を生きる人間といったものにすっかり辟易《へきえき》していたので、なるべくそういった類のものと無縁な本や図鑑やらを引っぱりだしてきては机にかじりつき、むさぼり読んでいた。

そうして一年がすぎようとしていたときだ。なにやら網膜に異変を感じて悪心《おしん》におちいったので、目を閉じ、本も閉じて、しばらくベッドで仰向けに伏していた。青い蛍光スタンドのもと、一年も小さな活字やら図鑑にのるちらちらした写真を追いつづけていれば眼精疲労を生じるのはあたりまえの帰結であっただろうか。自分はじいっと一週間ほどベッドに伏した。網膜の異変はなかなか快癒しなかったが一週間もベッドに伏したままでいるとすっかり倦労《けんろう》してきたので、自分はベッドから這い出るとマンションのドアを開き、内から外へ、ぶらぶら散歩へ出るようになっていた。

自分は住まいのマンションを中心に四〇～五〇分あたりのところまで毎日ぶらついた。はじめて歩くこの町は意外にふところが深かった。駅周辺は高層マンションが何棟も建っていて店もずいぶんにぎわっているのに、そこから一〇分も歩けば庭木の深い閑静な住宅が奥へ奥へと並び、二〇分歩くと森のようにこんもりした社寺がいくつもあって、三〇分歩けば南西の丘には十字に光る白い教会の尖塔も銀に浮かんで見えた。

自分はマンションを出ると気の向くまま町のあちこちをぶらぶら歩いた。西へ向かい、東へ向かい、南へ向かい、北へ向かい、くる日もくる日も自由になった自分はくる日もくる日も町のあちこちを歩いてはひとり住まいの古いマンションにひとり帰ってきた。網膜の異変はすこしずつ気にならなくなっていた。

そうやってぶらぶら歩いていたある日のこと、空き家とおぼしき一軒の家を発見したのである。あの向こうの大都市では八〇万もの空き家があるというし空き家など探せば何軒《いくつ》もあるにちがいないだろうが、自分はなにも戸建ての一軒家を借りたくて空き家に興味をもったわけではなかった。その空き家に興味をもったのは家そのものではなく、庭だった。

その家は黒っぽいツゲの生け垣でぐるっと囲まれており、手入れがされなくなってもうだいぶたつのだろう、ぼさぼさに伸びた埃《ほこり》がかった生け垣のすきまから庭の一部がのぞかれた。ずいぶん広い庭のようだった。塀ぎわには大きな葉っぱの繁る高い庭木も数本あるが、芝生で敷きつめられた庭にはしんなりしなった一メートル足らずの低い木があちこちに植えられていて、淡い緑の枝先が線描のように揺れるその庭から甘い匂いがただよっている。自分は鉄条網のようなツゲの枝を指でこじ開け、もっと大きなすきまをつくり、鼻先をくんくんさせて甘い匂いを嗅ぎ、荒れ放題になっているその庭にぐるぐる目を泳がせた。索漠としていながら清爽のただよう庭……ぼうぼうと伸びた芝生の一角にはどうやら小さな池もあるようだ。

西へ、東へ、南へ、北へと、町のあちこちをほっつき歩いていたこの足先はいつしか空き家のある北だけへ向かうことになり、周囲に誰もいないのを確認するとぎざぎざしたツゲの枝をこじ開けては庭をうっとり眺め、そここに植えてある低木の甘い匂いに鼻をひくひくさせた。

散歩は昼にとどまらなくなっていた。この家が空き家であるのはきまっているがもっと確実な状況を知っておきたかったのだ。空き家に侵入する考えなどまったくなかったはずなのに、それでもどういうわけか、気がついたら毎夜マンションをこっそり出たこの足先はおのずと北へ向かい、いそいそと三〇分ほど歩き、そうしてこの家に電気の灯っていないことを確認すると、妙に安心し、誰もいない真空のような暗い庭をしばらく眺めまわしてからマンションへ引きかえしてくるのだった。雨の降る日も出かけた。風の吹く日も出かけた。どうしてこれほど虜《とりこ》になってしまったのか、その理由は自分でもよくわからない。荒れてはいても清爽で甘い匂いのする庭にただ魅了されただけなのだと理屈づけてみてもそれだけではすまされない、もっとちがうべつの要因に支配されている気がしたがその要因がすこしもわからない。この頭はすこし奇怪なのだろうか……。

昼に夜に、足先が北へ向かうようになって一週間以上たった。網膜の異変などもう頭にはなかった。

自重どころか気分はいよいよ抑止できなくなり、昼にはツゲの生け垣のまわりをぐるぐる廻って周囲の家の状況はどうなっているか、家の窓はどこについていて家の者の出入りはどれほど頻繁であるか、そんなことを周到に観察し、夜には月光に浮かぶこの影がどれくらい人目につくかシミュレーションを怠らなかった。

空き家の四囲には二軒の家が南と東にそれぞれ建っている。南の家はモルタルづくりの二階家だったが空き家に面したほうは北がわなので、トイレかなにかの小さな窓が二つついているだけであるし、おまけに葉っぱの大きい高木がその小さな窓をほとんど遮っていた。東の家は古い平屋建ての木造住宅で夜の九時になれば部屋の明かりはすっかり消灯されていた。昼になんどか歩いているうちに知ったのだ。この家《や》の住民は老夫婦の二人だけであると……。

駅から三〇分近くかかるこの界隈《かいわい》は住宅のあいまに畑や小さな林が散在していて田園風景の名残があり、空き家の西がわにも北がわにも家は隣接していなかった。

「よし、だいじょうぶだろう」

目を皿にし周囲の状況をしっかり把握した。決行日を明日《あす》の夜と決めると不敵な笑みを浮かべながら夜風を切るように自分は引きかえしてきた。

門扉は西がわにあった。ほそい砂利道の反対がわはマグネシウム色の花を咲かせたソバ畑が広がっていて、夜、その花は波がしらのように一面ぼうぼうと白く揺らいでいる。

周囲をうかがい、人けのないのを確認すると青い鋳物の門扉を開けた。

門扉は重く、軋《きし》んだ鈍い音をいきなり闇夜に放った。どきりとし、いったん引く手をはたと止めたが、音が立たないよう重い門扉をすこしずつ開き、自分は内《なか》へ入った。レンガを五メートルほどまっすぐ敷きつめた通路の先が玄関だった。玄関にまったく用はなかった。自分は玄関の手まえを右へまわると家づたいに進んでいって南がわの庭へ出た。眼前、荒れはててはいるが広遠な庭がストロンチウムの赤い月光に映え、ベリリウム色した緑の芝と炎色反応し、妖しくもコバルトブルーに広がっている。それは生け垣の外からのぞいて見たときよりはるかに好奇を揺さぶり、この視神経を強く刺激した。

ストロンチウムの月夜に反応したコバルトブルーの青い庭……ぼうぼうと荒れてはいるもののどこか清爽に沁み入っている誰もいない庭。青い炎色反応がこの脳髄にじわじわと満ちてくる。

自分は伸びきった芝生にからまれながら広遠な庭面《にわも》をゆっくり歩いた。ローズマリーかセージなのか、ハーブ系のほそい枝がゆるい弧を描きながらあちこちでそよそよ揺れている。それは噴水となってこぼれた青い水のようで妙にすずしい寂しさがあった。人のいない荒れた庭、歩くたびに足もとの虫の音は絶えた。けれどもその先を誘《いざな》うように虫の音は遠くですだき、自分を呼んでいる。自分はゆっくり歩いた。ハーブ系のほそい枝から滴りおちる甘くるしい匂いに酔い、すだく虫に誘われながら、荒《すさ》んだ庭をこうしてひとり占めにし、ふらふらと徘徊《はいかい》した。

ひとしきり庭面を歩いてからデッキにすわった。雨戸の閉まった家の南方、縁がわよりもっと広いデッキがあるのを外から見て知っていた。そのデッキは板張りの古い洋館にふさわしくがっちりした木製のものであり、ダークグレイに塗られたロッジ風の洋館は思ったよりコンパクトで、そのわりにデッキはゆったり広くとってある。そのアンバランスさがかえって広遠な庭とよく調和していた。ウッドデッキにつもった葉っぱを払いのけると両手をつき、足をまっすぐ伸ばして庭を眺め、そうした格好で三〇分も眺めているとそのうちこの身はデッキのうえで横になり、右手で肘枕をつくり、月光の沁《し》みた庭に夜半近くまで見惚れていた。

翌日の夜もおなじように過ごした。老夫婦の住む隣家の明かりが消える九時ごろになると秋の夜道を急ぎ、ハーブ系のほそい枝をめぐるようにそぞろ歩いては炎色反応したコバルトブルーの庭をデッキからあかず眺めた。周囲はまったくしずかだった。ときおり犬の啼き声が聞こえたり遠くにクルマの走る音がするくらいで、秋の夜は閑静であり質素であり、余分なものにまったくまみれていないようだった。月の出はすこしずつおそくなり、デッキで横になり庭を眺めているうち、ついうとうと微睡《まどろ》んでしまい、はっと気がついて目を開けると、顔面を丸ごと包みこむようにして月が真上から落ちていた。妖しい夢でも見ていたのか、赤い月に濡れた眼球を庭面のほうへ放ってみると、青く炎色反応した庭は夢以上の妖しさで、砂漠のごとく清楚に波を打ち、ストロンチウムの月光に皓々《こうこう》と映えている。

　数日おなじように庭を眺めているうち、心に微妙な変化が生ずるようになっていた。誰も住んでいない、荒《すさ》んだ夜の庭はたとえようもないほど美しい。噴水のように垂れたハーブ系のほそい枝、伸び放題の枝先から風に揺すられ、庭いっぱい甘い匂いをただよわせる香草……足もとにからみつくように伸びたエメラルド色の芝生は赤い月光を浴び、陰影にうねるようにして波打ち、庭ぜんたいはコバルトブルーに炎色反応して、ぼうぼうと広がっている……それら広遠な庭面《にわも》の底のほうから虫の音はデッキまですずしくも寂しくとどいてくる。こうした光景をたったひとりで占有しているのかと思うと、この陶酔感は、それだけでもうじゅうぶんなはずであったが、けれども心はべつの陶酔にすこしずつ突きあげられようとしていたのだ。

「この庭を、この手で、思うぞんぶん自分の宇宙にしてみたい」

　矢も楯もたまらなくなり、デッキからぬっと立ちあがると、そそくさとその家をあとにした。

　翌日、近くのホームセンターへ出向くと長い柄《え》のついた大小二本の刈りこみバサミと軍手を買いもとめた。そうしてじりじりしながらひたすら夜を待った。

　マンションを出たのは夜の八時、空き家まで歩いて約三〇分、とうとう老夫婦の眠る九時まで待てなかった自分は長い紙袋に大小二本の刈りこみバサミを忍ばせ、それに軍手とタオルを放りこむと夜道を北へ急いだ。

いつもなら三〇分かかるところ時計の針は二〇分も動いていない。老夫婦の住む平屋づくりの玄関灯はまだ鈍色に点灯している。南がわにある二階家の窓はぴたりと閉まり、高木の大きな葉っぱに小さな明かりは見えかくれしていた。

問題ないと決めた。あと四〇分もすれば老夫婦の玄関灯も消えるだろう。そうだ、老者は早いとこさっさと寝てしまえばいいのだ。自分はいつものように生け垣を西がわへまわると、白いマグネシウム色したソバ畑あたりをうかがい、それから門扉をそっと開いた。軋んでイヤな音をひびかせていた門扉に錆止めスプレーを吹きつけておいたのだ。音も立てずに開いた門扉、勝手知ったる庭先めがけ、自分はすたすた歩いていった。

一心にまず芝生を刈りこんだ。ぼうぼうと伸びた芝は刈りこみバサミにからみつき悪戦を強いられたが、それでも一時間ほど刈っているとそのうち要領というものを身につけていた。ハサミの刃を地と水平にし、芝の根もとのほうから力を入れずに刃をまっすぐ動かしていくとおもしろいように芝はさくさく切れていった。まさに一心になり頭のなかは空っぽだった。目の先にあるのは「しゅっ、しゅっ」と切れ味のいい音とともに平らになっていくベリリウム色した芝生の絨《じゅう》毯《たん》だけで、思考経路は他をまったくよせつけない。誰に誉められるわけでなく誰に文句も云われない労働がただ黙々とすすんでいく。ただそれだけだ、ただそれだけのことがこの身を風のようにすりぬけていった。

コバルトブルーに炎色反応した広遠な庭、芝刈りも三日目になると腰に疲労がおそってきた。そんなときは刈りおえた芝生に寝ころんで空を見た。ストロンチウム色した月の明かりはちょうどいい。この人影を周囲に目立たさせることなくベリリウム色した芝をほどよく浮きあがらせ、そうして眼前、コバルトブルーの宇宙が縹渺《ひょうびょう》と顕現している。

仰向けにころがってしばらく休むとふたたび黙々と芝を刈りこんでいく。こうしてとうとうすべての芝を刈りおえた。

ホームセンターで熊手を買い、刈りとった芝をすっかりかき集めると広遠な庭はもっとせいせいと広くなったような気がした。広々としたウッドデッキであぐらをかき、広々ときれいになった庭面に陶酔して自分はひとり眺めた。芝が平らになったぶんハーブ系のほそい枝先はもっとしんなり弧を描きながら月影に濃く映えている。虫はどこにも逃げないようだった。刈りおえた芝の匂いとともにちろちろ鳴いている。デッキから庭を眺めてはすっかり馴じんだ刈りこみバサミを手にし、デッキをおりると地につきそうになっているハーブのほそい枝を幹のほうから切断していった。月影にしんなり濃く映えた枝もそれなりの風韻《ふういん》はあったが、こみ入った枝を払いのけると庭はもっと清爽としてコバルトブルーの秋夜に映えた。ひと枝落とすたびにデッキから眺め、デッキからおりてはまたひと枝落とし、そうして毎夜うっとりしながら自分は夜半までここで過ごした。

芝を刈り、匂い立つハーブの枝を間引いてやると、こんどは池をきれいにしなければならない。池は時計のような円い形をしていてデッキがわのところにぽつんとあった。

広遠な庭に対し、円形の池は直径三メートル程度の小さなもので、池の水は月光さえ映さずどろんと淀んでいる。デッキから立ちあがってバケツを探した。デッキ下に頭を突っこんでのぞいたその先、ブリキのバケツが一個、見つけてもらいたかったようにスズ色でころがっている。デッキ横の散水用の蛇口、その下に置いてあったバケツは風にあおられ、ころころとここへころがりこんできたにちがいなかった。

匍匐《ほふく》してデッキ下へもぐっていく。そこで見つけたのはバケツだけでなくこれも風で飛んだのだろう、ガーデニング用の緑のスコップも目に入り、両方とも引っぱりだしてきた。

もう何時になるのか……周囲の照明はすべて消灯されている。老夫婦の住む東を見れば死んだように暗色に沈んでいて、西を見やれば生け垣のすきまからソバの花がマグネシウム色の白いベールにぼんやり揺らいでいた。揺らいで見えたのはストロンチウム色した赤い月光がまだ西の果てに沈んでいないからだ。バケツとスコップを手にとって池のほとりに立った。濁った水がほんのり青く浮かんでいる。かすかな月光をたよりに鼻をつくどろんと濁った水を浚《さら》い、池のかいぼりに夢中になっていた。

泥水のなくなった池は二日間そのまま放置した。

三日目の夜、池に水を注入した。満杯になった池を眺め、破顔一笑、拍手して自分は我《われ》をたたえた。

　翌日の夕方には縁日へ出かけた。縁日はマンションから東へ三〇分ばかり行ったところの神社で催されている。人が三々五々集まりはじめた平日の夕刻、古い神社の境内に、古いアセチレンの灯に映えた店がずらっと並んでいる。自分はわき目もふらずまっすぐ鳥居をくぐると屋台のまえにどっかとしゃがみこみ、身をのりだして金魚をすくった。

「一回三〇〇円、とれなくても二匹あげます」

　段ボール紙にそう書いてある。ポイをにぎり、夢中になって金魚をすくった。五回やってこの両手には一九匹の金魚が吊されていた。マンションへもどると五つのビニール袋から一九匹もの金魚を放ち、洗面器に浮かべ、一九の金色がくるくる泳ぎまわるその姿を、顔面を張りつけ、目のまわるほど自分は見入った。

「おい、おまえたち。もうすこしのがまんだ。夜になれば天国へ行けるのだぞ。あの広いコバルトブルーの庭……銀の水が満杯に張られた、あの銀河の涯《はて》の天国へおまえたちはようやく行けるのだ。いいか、もうじきだ、もうすこしのがまんだから楽しみにして待っていろ」

　楽しみにしていたときがようやくやってきた。洗面器からふたたびビニール袋へ金魚をもどしてやるとマンションをひとり出た。

　けれども赤い月光はすっかりほそくなっていた。これでは天国へ放流してもその金の色が見えないではないか。途方にくれ、デッキへあがると横に伏して肘をまげ、手枕にして虚ろな視線を暗い池へ放った。狂いの生じたプログラムが無為の身体をずいぶん長いことデッキに這わせたままでいた。手枕をほどいて仰向けた。月のない天はこの身が吸収されてしまうほど底なしの黒である。曇天か……雲があるからこうして黒になるのだ。星があれば天はたとえようのない重層的な陰影に青められるはずであった。

その夜は風というものがまったくなかった。

自分はマンションを出るとやっぱり足先をこの家へ向けた。デッキのうえであぐらをくみ、暗い庭へしばらく視線を放っていてからごろんと横に伏すと、重たい頭を手枕にして支えた。ストロンチウム色したあの衛星はとうとう月影さえ宿さず、炎色反応していたコバルトブルーの庭面は暗黒になり、この瞳孔も暗く閉じられた。しばらくデッキのうえで目を閉じていると、そのうち、ひんやりした清涼な風がすうっとふところへ浸潤してくるような気分になった。風は大きく、暗黒の大気をなでるようにすずしく流動している。自分はすずしく浸《ひた》った眼球をめいっぱいに開いてみせた。

目の先、ひとりの影がこっちへ向かい、しずしずと歩いてくる。デッキのうえから見るその影は立ちどまっては庭をしみじみ眺め、またしずしずと歩いてはだんだんこっちへ近づいてくる。自分は黙ったままデッキからそのものの姿を眼底でたどった。そのものは池のほとりまでくるとそこにかがんでなにやらしばらく思案しているようであり、やがてすくっと立ちあがり、周囲を眺めながらこっちへやってくる。横に伏していたこの身を起こして自分は立ちあがった。

そのものの顔がようやくこっちをまっすぐ見つめたのはデッキの階段をのぼってきたときだった。くるぶしまである長いワンピースのスカートをたくしあげながらのぼってくるそのものの顔にはやわらかい笑みがこぼれている。

「きれいにしてくれたのですね」

横に立ち、庭を眺めながらその女は云った。

「こんなにきれいにしてくれて　ありがとう」

女は庭へ放ったままの眼球を秋の夜風にすずしく光らせながらしばらく陶然としているようだった。

「ああ　なんとあまい空気なのでしょう」

吐息まじりの口調でささやきながら女はなお庭を眺めている。自分はデッキに突っ立ったまま統御できないこの頭で庭面へ虚ろな視線をただ投げていた。女はようやく庭からこっちへ眼球をころがせてくると「さあ　なかへはいってお食事でもいたしましょう　あなたさまもどうぞなかへ　いま玄関をあけますから」長いワンピースの裾をほそい指先でたくしあげ、デッキをおりてすべるように歩いていった。

対流式のストーブから香ばしい湯気があがっている。リビングにはレンガでくまれた暖炉もあった。

雨戸を開け、カーテンが放たれた先に広々としたウッドデッキがのび、その先には広遠な庭面が暗くしずまっている。部屋があたたまり、湯気を立てていた香ばしい銅鍋《あかなべ》をストーブからおろすと、女は「さあ どうぞこちらへ」と食卓のほうへ案内した。

ランチョンマットのうえには厚めに切られた三片のバゲットパンが平皿に並び、もう一つの大ぶりの深い皿にはストーブであたためられた山盛りのポトフが湯気を立てていた。ジャガイモ、タマネギ、ニンジン、太めのウィンナー、それに月桂樹の葉っぱが黒コショーの匂いとともに香ばしさを煎じている。

自分は木製のがっちりした椅子に腰かけてスプーンとフォークを手にすると熱々《あつあつ》のジャガイモをふうふう云いながら頬ばった。岩塩と黒コショーの味がたまらなく旨く、ふかふかと腑《はらわた》に沁みこんでいく。

「おいしいですね」

「まあよかった　どうぞ たくさんめしあがってください」

食欲があまりないのか、女はほんのすこしポトフに手をつけただけだったが自分は三杯もおかわりをした。

もう何時になるのか……そろそろ引きあげなければならぬと思いつつ、なんとも溜飲のさがらないこの思いの正体はやはり不法侵入という己《おのれ》の犯した咎《とが》だった。女の親切に甘え、まだ頭もさげていない。自分は申しわけ程度に食後のテーブルを片づけ、皿を洗いおわると、リビングで、背もたれのゆったりした籐椅子《とういす》に腰かけている女に向かい、ようやく頭をさげた。

「すこしも知りませんでした。てっきり空き家かと思いました。気がついたら庭に入りこんでいたのです。なにとぞこの罪をお許しください」

「ツミ？」女は卵型した白い顔をぽかんとさせ、空飛ぶような怪訝《けげん》な声を発した。

「ええ、罪です。不法侵入です」

「まあ　なにをおっしゃいます　あなたさまがなされたことはわたくしにとって罪どころかもう立派なことです　感謝しなければならないのはわたくしのほうなのです　こんなに庭をきれいにしていただいて　さあ　どうか頭をおあげになってください」

籐椅子からゆっくり立ちあがると女は軽く頭をさげながら微笑んだ。女は長いスカートでふんわりまた籐椅子に腰かけると「さあ　あなたさまもどうぞ」もう一脚の籐椅子にすわるようすすめてからこう告げた。

「この庭は　そのむかし　みんなでつくってきたおもいでの庭なのです　けれどもこの家のものはもうだれもいなくなって　わたくしひとりだけになってしまいました　どうにもならぬことがありまして　わたくしはしばらく不在にしておりましたから　きっと庭はあれほうだいになってしまったのではないかとずいぶん心配しておりました　わたしくはどうにもこの家にかえりたくな

りまして もう身体はいうことがきかなくなりましたけれど わたくしのふかい想いがこうしてわたくしをここにつれてきてくれたのです もうすっかりあれはてているにちがいないとおもわれた庭がどうでしょう こんなにきれいにしていただいて……」

女はほろほろと花のような涙を頰に点綴《てんてい》した。その涙をぬぐいもせずに女はすずしげな瞳孔をすうっと夜の庭先へゆるく放つ。見えるはずもない暗闇を透視するような深いまなざしで。咎《とが》められるどころか謝辞さえよこした女に甘え、自分は思わず本心をさらけだした。

「この庭のことなのですが、もっとこうしてほしいああしてほしいというご要望はありませんか。なんでもお手伝いしますから、もうすこしこのお宅に出入りさせてもらってはいけませんでしょうか」

庭にあずけていた視線がさしこむように流れてきて、女は「ええ ええ」というぐあいに大きくうなずきながら云った。

「まあ それはそれはうれしゅうございます わたくしひとりではさびしすぎますし あなたさまがいらっしゃればとても心づよいので ぜひとももうしばらくここにいらしてください そうときまればそろそろおやすみすることにいたしましょう わたくしもひさしぶりの外出なのですこしばかりつかれました せまくるしいところではございますがどうぞあなたさまは二階のロフトでおやすみください スプリングのかたいベッドがございます 天井がななめにひくいのでどうかお気をつけて」

女の指さす向こうに梯子《はしご》のような急勾配の階段が見える。自分はその狭い階段をのぼっていって硬いベッドにどっとばかり伏すと、ブラックホールに吸いこまれる勢いですぐ眠りに落ちた。

目が覚めると節《ふし》のある木製の天井が頭から足先のほうへ斜めに落ちているのが見えた。ブラインドの垂れた窓は南の壁にほそ長く小さくあって、そこから朝の陽光が棒状のうすい波長でさしこんでいる。壁にそって本棚がつくりつけてあり、背表紙のあつい書籍がぎっしり並んでいた。ベッドから這い出て、腰をすこしかがめながら低く落ちている南のブラインドをあげ、小さな窓も開け放った。眼下、はじめて見る朝の庭がせいせいと広がっていた。左からさしこんでいる秋の日は広遠な庭をカドミウムイエローに染めあげている。二〇分ほどその光景を眺めていてからゆっくり階段をおりた。狭くて急な階段をうしろ向きに這うようにおりてくると「よくねむれまして？」リビングのほうから女の声が明るく迎えた。籐の椅子に深く腰かけている女の視線はデッキ先の庭に放たれたままでいて、さらさらと光線を受けたその顔はソバ畑以上のきめこまかいマグネシウム色に白く映えていた。

「移動していいですか」

女は視線を庭に放ったまま「ええ　どうぞ」というぐあいにかるく首肯した。自分は向かい合わせにセッティングしてあるもう一脚の籐椅子を女の横に移動してくると着座した。正対した庭は波光のきらめきでパウダーイエローに照り映えている。まばゆいばかりだ。

「この庭をどうしたいですか。なにかご要望はありますか。なんでもいたしますから」

ここにこうしていられる唯一の存在理由を昨夜とおなじようにもう一度問うた。

「……いいえ」

小さく否んだあと、女はストローからゆっくり息を吐くようにしてこう云った。

「わたくしはただこの庭をながめていられればもうそれでいいのですし　それになにやらぼんやりしてしっかりした考えがどうにもおもいうかびませんので　どうぞあなたさまのおもいのままになさってください」

自分は思いきって訊いた。

「そうですか。それならあの池なのですがもうすこし形を変えて大きく広げてみてはいけませんか」

「ほう　どのようなかたちにかえるのですか」

「ええ。いまはあのように三メートルほどの円い池なのですが、あれをもっと渦巻状《うずまきじょう》の池に大きくしたいのです」

「ウズマキじょう？」

「はいそうです。正確に云えば棒渦巻状です。あの円形の池をもうすこし棒状にし、その二方から曲線の渦巻をぐるっとのばします」

「はあ……わたくしの頭ではなんのことだかよくわかりませんが　どうぞあなたさまの意のままになさってください　わたくしはこの籐椅子をデッキにいどうして　そこであなたさまの作業をたのしみながらゆっくり拝見しておりますから」

女はぼんやりした、空《うつ》けた表情でうすく笑った。

「そうですか。それならば改造してもかまわないのですね」

「ええ　おすきなように」

「ありがとうございます。それではさっそく準備にとりかかることにしましょう」

「いえいえ　そのまえに食事をめしあがらなくてはなりません　わたくしはいいのですがあなたさまはこれから力仕事をなさるのですから　きちんと栄養をとっておかなければなりません」

女はそう云いつつも椅子に腰かけたまま庭先をうっとり眺め、なかなか動こうとしなかった。

「朝食はぼくがつくりましょう」

そう告げると籐椅子からすくっと立ちあがり、キッチンの冷蔵庫を開けてみたものの食材らしきものはほとんどないようなので「いろいろ仕入れてきますから」それだけを告げると自分は小高い丘をいっきに駆けおりていった。

スーパーマーケットにホームセンター、池づくりと食事に入り用な資材やら食材やらを仕入れてもどってくると籐椅子でうたた寝でもしていたのか、ゆるく閉じていた瞼をゆっくり開き、茫洋とした表情でこっちを見あげた女に「急いで朝食をつくりますから」そう云いおいて自分はキッチンへ入った。

サラダとトーストと挽《ひ》きたての珈琲を食卓に並べて女を呼んだ。すっかり朝食の用意までしていただいて申しわけありませんと椅子を引きながら「まあ ごちそうだこと それにひきたてのコーヒーまでいれていただいて」力のなかった女の表情に嬉々《きき》とした笑みがこぼれた。少食だったものの、女は「ああ おいしい」と感嘆の声をなんどもあげながら野菜サラダを食し、品のいい鼻先をカップへ近づけると香りを楽しみながら珈琲をすこしずつすすり入れた。

朝食をすませると女はデッキへ、自分は庭におりて池の水のかいぼりに励んだ。もう周囲の目を気にすることなく思うぞんぶん明るいうちからせっせと動くことができるのはやはり爽快だった。かいぼりをおえるとスコップを手にとり、池の周囲をすこしずつ広げながらどんどん土を掘っていった。天気は上々だった。空は青く、芝は緑で、ハーブ系のほそい枝先はしんなり黄緑のままであり、陽光の降りそそぐ日中は、広遠な庭面をごくあたりまえの色相で画然と包みこんでいる。

我を忘れて土を掘った。円形の池を長い楕円にし、さらにそこから二本の穴をほそい渦巻状に掘りさげていく。どれほどたってからか、「さあ 水分をほきゅうしなければいけませんから」デッキのうえから女の声がした。ようやく我にかえり、掘りさげた穴にスコップを突きさすと、女から手わたされた炭酸ソーダ水をいっきに飲みほした。籐椅子に腰かけ、ずうっと作業を見ていたらしい女は部屋へ入ろうともせずに、長いスカートにかくれた膝がしらをきちんとそろえ、両指をかるく結び、なんともふしぎそうな好奇ある表情でじいっと見物している。自分はふたたびスコップを地へ突きさし、なん杯もなん杯も土を放りあげた。そうして夕刻になり夜になった。

リビングに対流式のストーブが点火され、銅鍋がのせられている。女のつくった夕食は昨夜とおなじポトフだった。汗をたっぷりかいたので塩コショーのきいたポトフは格別に旨くパンを頬ばりながら夢中になって三杯おかわりした。女はあいかわらず少食で、スプーンを口に運ぶよりも、こっちの猛烈な食いっぷりのほうに興味があるらしく、スプーンを止めたままゆるい笑みを浮かべている。女はすっかり食べおわるのを待つようにして口を開いた。

「あなたさまはそうやってなんでも夢中になられて　わたくしはとてもかんしんしております　池をつくるにしても食事をとるにしても　まるでいっしんになって生き生きとされています　見ていてほんとうに心ちがよく　なんだかなつかしい時間がとりもどせたようで　わたくしは心からうれしくおもっているのです　でも　だいじょうぶなのでしょうか」

「だいじょうぶ、といいますと？」

「いえ　わたくしのためにきちょうなお時間をこのようにおくられて　あなたさまの毎日になにかししょうをきたすようなことはないのでしょうか」

「いえ、なにもありません。叱られもせず、こんなに自由にさせていただいてむしろ感謝しています」

「それならいいのですが　でも　お宅のほうでもいろいろとご用などおありになるのではないでしょうか」

「ご心配にはおよびません。ぼくはもう稼《かせ》ぐことはしませんし、周囲の者はみんな死んでしまいましたから好きなように動けるのです」

「みんな死んでしまった？　みんなといいますとお身内のかたがですか」

「……ええ」

「お父さまやお母さまやごきょうだい　みなさん亡くなられてしまわれたというのですか」

「ええ、そうです」

「まあ　それはお気のどくに……」

「しかし、あなたもひとりきりなのではありませんか。このお宅の住人はもう誰もいなくなってしまわれたと、そうおっしゃっていましたね」

「ええ　でもわたくしのばあい　身内のものはまだ生きております　父と母はもうだいぶいぜんに亡くなりましたけれどね　それに……」

女は眉根をぼんやりさせながらしきりになにかを思い出そうと瞳孔を一点にすえていたが、やがて腑におちぬ表情をほどいて「そうそう」と明るい声を発した。

「わたくしはコトともうしますが　夕食はこのようにわたくしがつくりますからあなたさまは朝

食をつくっていただけますでしょうか　サラダもトーストもコーヒーも　けさがたのお食事はひさしぶりにとてもおいしくいただきましたので」

「わかりました。それではそういたしましょう。それにしても、ふうむ……」

「なんでしょうか」

「コトさんというのですか」

「ええ　父がつけてくれた名なのです」

「そうですか。いい名まえですね。さて、食事の片づけはぼくが担当することにしましょう。ごちそうさまでした」

自分はがっちりした木製の椅子を引いて食器類をシンクのほうへ片づけはじめた。

池の穴掘りがすんで砂利をびっしりしき、セメントをこねはじめた。コトはデッキへ引っぱりだしてきた籐椅子にすわり、あきもせずにあいかわらずこっちの作業を黙って眺めている。ふしぎそうに、興味深そうに、ほとんど表情を変えないまま、すこし首をかしげ、じいっと池づくりのようすを見ているのだった。くるぶしまでとどくゆったりした長いスカートをまとい、膝がしらをきっちりそろえ、秋の日差しがまぶしいのか、きょうはつばの広いパナマ帽をかぶっている。そうして黙ったまま眺めているかと思うと、ときおり、「さあ　水分をほきゅうしなければいけません」とまじめな声を張りあげるのだった。自分は云われたとおりデッキにあがり、籐椅子に腰かけてコトのさしだす炭酸ソーダ水を喉に流しこんだ。

ふたり並んで籐椅子に腰かけ、庭を眺めながら「コトさん、あのハーブはなんという名まえなのでしょうか」そう訊ねたりするとコトの口からすべるようにその名が列挙されていく。

「あれはセージ　そのむこうにあるのはごぞんじでしょう　そうローズマリー　それから右のソバ畑のほうにうえてあるのがヒソップね　えええ　あのほそい葉っぱが五枚ついているのはセイコウニンジンボクで　その左にあるのはボリジといってセイコウニンジンボクとおなじ青いかれんな花が咲いてそれはきれいなのよ」

ぼんやりと白いマグネシウム色をしていたコトの小さな顔はにわかに生彩をおび、その表情はどんどんゆたかになっていった。

「けれども父と母が生きていたころのもっともっといぜんにはね　庭いちめんフランネルソウが咲きみだれていたのです　そうよ　おもいだしました　なんともいえないすんだ赤むらさき色の五弁花で　膝がしらのたかさで宙にういたようにみごとに咲いたのですよ　ほんとうにこのひろい庭いちめんに」

ゆたかに生彩あふれるのはその表情ばかりでなく、ことばづかいや語調までテンポよくリズミカルに流れた。

「さて、そろそろ仕事を再開しますか」そうとでも云わなければいつまでもコトはしゃべっているようだった。

汗に濡れていた額がいつのまにか爽やかな大気にすっかり乾いていた。そうやってひと休みしながらまた庭におりて自分は池づくりに励んだ。夕刻にはセメント塗りもおおかたおわり、円形だった池は棒渦巻状の奇妙な池に変身していた。

夕食はきょうもポトフである。銅鍋にジャガイモ、タマネギ、ニンジン、太めのウィンナーソーセージ、それに月桂樹の葉っぱを数枚浮かべ、対流式のストーブから岩塩と黒コショーの香りをただよわせながらふつふつ湯気をあげていた。コトと食卓に向かい合わせにすわり、おもむろに自分は口を開いた。

「あの池は亡くなったお父さんがつくったのですか」

バゲットパンをちぎり、ジャガイモをすくいながらコトの顔を見た。コトは困ったような顔をした。すっきりした眉根あたりにもどかしい青い翳《かげ》りをにじませ、なにかをまさぐるような表情のままスプーンの手を止めた。

「ああそうよ　そうです」

眉根の青い翳りはぱあっと雲散し、愁眉《しゅうび》を開いてコトは云う。

「あの池はね　父がつくったのではありません　ええと……だれがつくったのかしら……」

「それではお父さんではないのですね、池をつくったのは」

「はい　それはちがいます　父が生きていたころ　あそこにはおおきなネムの木があったのでした

枝を輪のようにおおきくひろげた まるで花火みたいな……そうですよ ちょうどわたくしの誕生日のころにピンクの花がいっせいに咲いて それはもう夜空をそめる打ちあげ花火とおなじにとてもきれいだったのです」

「ほう、花火ですか……なるほど」自分は深く首肯した。

コトは手にしていたスプーンをポトフの皿に置いて、両指をからめ、なにか祈りをこめる表情で宙に目を放った。

「ネムの木はね そうです わたくしの記念樹として わたくしの愛した人が庭にうえてくれたのです ちょうどわたくしの背丈とおなじくらいの まだちいさな苗木でしたよ」

「愛する人の植えたその大切な記念樹である、花火のような合歓木《ねむのき》をどうして池に変えてしまったのですか。たとえばとうとう枯れてしまって、それでしかたなく」

「いえ」コトの声が強く否《いな》び、宙へ放っていたその目を直線的に落下させた。

「かれてしまったのではありません　アクマがかってにきってしまったのです」

「悪魔が？」

「ええ アクマがです」

にわかにコトの表情筋は白い柔和さを失った。

「さあ、食べましょう。もっとしっかり食べておかなければダメです」

コトはようやくスプーンを手にとり、ジャガイモの小さな一片を口にふくんだ。それをしばらくゆっくり咀嚼《そしゃく》していたが表情筋のゆるむことはなかった。それどころか柔和さを失った蠟《ろう》のような白い顔ぜんたいがひくひくと震顫《ふる》えにじめた。

「コトさん、だいじょうぶですか。イヤなことは思い出さないことです。悪魔のことなどより合歓の思い出を聞かせてくれませんか。打ちあげ花火のようにみごとに咲いたのでしょう？　うすいピンクで。ぼくはまだ見たことがないのです、合歓の花を」

「ネムのおもいではわたくしにとって永遠のたからです　わたくしの生涯でたったひとりだけ愛したその人のかたみがネムの花なのです　そのかたは胸をやんでセキがとまらなくなり 花火のようにはかなくもちってしまいましたが けれども生まれきたわたくしの生命のすべてのかがやきを その人とともにわたくしは生きてまいりました」

　それからコトと自分はパンをちぎり、ポトフをすすり入れ、しばらく黙った。コトはあいかわらず少食だった。自分は椅子を引いて立ちあがると銅鍋から三杯目のおかわりをした。コトはくすっと笑い、「どうぞ　たくさんめしあがって」ようやくおだやかな表情にもどると「そうそう」ふたたびスプーンを置いて身をのりだした。

「池にはキンギョをいれるのでしょう？　せっかくおおきな池になったのですから色とりどりのたくさんのキンギョをはなってあげましょう　むかしの池も　たくさんのキンギョをはなってやったのですよ」

「いえ、金魚は入れないのです」

「それなら赤や青や金や銀らがまじったもっとおおきな花ゴイでもいれるのですか」

「いえ、鯉も入れません」

「コイもいれない？」

「はい。そもそも水は入れないのですから」

「水をいれない？　でもあのようにちゃんとセメントもぬったじゃありませんか」

「ええ、たしかに塗りました。いつか金魚でも鯉でも入れられるように塗っておいたのです。水が漏れないようにね」

「そうですよ　池なのですから水がもれたらこまります」

「ええ、そうです。魚を放つなら水が漏れたら困ることになります。ですがセメントを塗っておいたのはなにも水が漏れないようにするばかりとはかぎりません」

「どういうことなのか　わたくしにはさっぱりわかりません」

「さて、どういうふうになりますか、ぼくにもはじめてのことなのでよくわかりません」

「まあ　まるで手品みたいなのですね」

「あと二日ほどたったらわかります。セメントがすっかり乾いたら手品をしてみせましょう」

太陽の中心温度は約一五〇〇万度で、核融合反応による膨大なエネルギーを放射していた。

およそ四六億年まえに誕生した太陽にもやがてついえる寿命というものがある。その寿命は約一〇〇億年。余命およそ五〇億年、あのまぶしくかがやく太陽もすでに半分の生命をおえようとしていた。

秋の陽光はすこし動くと額にほどよい汗を浮きあがらせた。池のセメントが乾くあいだ、刈りこみバサミで自分は芝を、剪定バサミを手にしたコトはハーブの葉を相手に広遠な庭面《にわも》をゆっくり動いていた。くるぶしまでかくれる長いスカートにかわり、きょう、コトの出で立ちはほそいスラックスを身につけている。深くかぶったつばの広いパナマ帽が土星のように見えた。

「そうそう　このハーブたちはね　母とわたくしのふたりでうえたのですよ　もうなん年まえのことになるのかしら　あまい匂いのハーブをうえましょうと云いだしたのは　たしかわたくしのほうだったとおもうけれど　母もよろこんで賛成してくれて　植物ずかんでいろいろしらべてみましてね　どんなハーブにしようかってふたりで相談してきめたのですよ　ああ　あのころはずいぶんたのしかったのだわ」

マグネシウム色していたコトの白い頬が、陽光と笑みのエネルギーを浴び、合歓花色のうすいピンクに染まった。

「でもねえ……」

「どうしたのですか」

「でも……フランネルソウはどうしてしまったのでしょう　あんなにきれいに咲いたのにわざわ

ざみんなぬいてしまったのでしょうか……」

首をかしげながら、つばの広いパナマ帽がとぼとぼ向こうへもどっていくとふたたびコトは剪定バサミをゆったり動かしていった。

やがてコトの声がデッキのうえから聞こえた。

「さあ 水分をほきゅうしなければいけません」

籐椅子に腰かけ、庭を眺めながらコトとふたりで炭酸ソーダ水を飲んだ。

「そうそう おもいだしましたよ　庭しごとをして汗をかいたあとの炭酸ソーダ水のなんとおいしかったこと　父と母と弟たちとみんなして庭いじりをして 汗をかきながら ああきれいになったわねと笑顔でそういいながら みんなでのんだ炭酸ソーダ水のまあほんとうにおいしかったこと……それがいま まったくよみがえってまいりましたよ」

パナマ帽をぬぎ、うっすら上気したコトの額に秋の陽光がさらさらふりそそいでいる。コトは炭酸ソーダ水をすすり入れると、それを口中でころがすようにしばらくふくんでいてからこくんと喉に流しこんだ。

「ああ ほんとうにおいしいこと」

ちょうどそのとき、ぴたりとやんでいた風がツゲの生け垣をわたり飛流してきた。いっせいにハーブが波だち、甘い香りが広遠な庭面をゆらゆらと充溢していった。

「わたくし またおもいだしましたよ　父も そのような刈りこみバサミで芝をきれいにしていた

のです　このようなひろい庭をいっしんになって でもたのしそうにゆっくりゆっくりと そうなん日もかけて刈っていましたよ　それにしても どうしてなのでしょう……」

凮の庭を指さしてコトは云う。

「この芝生は なんだかゆらゆらとまだらもようになっていますが どうしたのでしょう　午后にでももっときちんと刈りそろえるのですか」

「いえ、これでいいのです。わざとこうしているのですから」

「わざと？」

「ええそうです。ほら、ごらんなさい。浅く刈ったところと深く刈ったところが、ああしてまだら模様になると、草の緑に変化が生じますでしょう。浅い緑と深い緑とに。光のかげんで、あるいは凮のかげんで両方が入りまじったような中間色にああして見える」

「ええ たしかに　たくさんの緑がきふくになってゆたかにみえます」

「それは夜になってもそうですよ。やがて月の形がまた大きくなればこんどは月明かりで芝の陰影がくねるようにゆたかに見えます」

「へええ あなたさまは神秘なことをかんがえますのね」

「……あのう」

「はい」

「ぼくの名はイオといいます。名のるのがおそくなってしまいましたが」

「あら イオさんというのですか わたしはこのごろ ものおぼえがよくないので忘れてしまうかもしれませんが そのときはどうかおゆるしになってください」
「いえ、そんなこと気にしないでください。ただぼくは『あなたさま』とよばれるほど立派な人間ではないので、ずうっと恐縮していたものですから。さあ、それではまた庭仕事に精をだすことといたしましょう」

自分は刈りこみバサミを手にとってデッキをおりていった。

陽光が七〇度の角度で西へかたむいたころ、シャワーを浴びてすっきりするとコトとふたりで丘をおりていった。はじめコトは家で留守番をしていると云ってなにやら尻ごみしていたが、すこしもじもじ考えてからひさしぶりにわたくしも町へおりてみようかと、こんどはうきうきした表情でいっしょについてきた。

門扉を開けると西がわの白いソバ畑にうすい夕日が波になって揺らいでいる。ツゲの生け垣で閉ざされていたソバ畑とおなじ桃色がかった頬をもっと紅潮させながら、おぼつかない足どりでコトはゆっくり丘をおりていく。

工場のような大きな平屋づくりのドラッグストアは丘をおりきった真下にあり、店内はまばゆい照明に毛穴が見えるほど明るくだだっ広かった。買い物かごを手にしたコトはやや緊張した面もちで目をきょろきょろさせ、「なにかほしいものがあったら買ってさしあげますからね」そう云いながらときおり棚からチョコレートやらクッキーなどを手にとり、「これはどう　ほしくない？」という感じでこっちを見た。広い店内をぐるぐるまわっているとふたたびコトは「わたくしは貧乏ですけれど　ほしいものがあったら買ってあげますからね」とおなじようなことをくりかえした。

自分は入り用なものをかごにつめてレジに並んだ。けっきょくコトは箱づめのティッシュペーパーを買っただけで「ああ　つかれたけれどたのしかったこと」と云いながらゆっくり丘をのぼり帰路についた。

したごしらえしてあったポトフが湯気をあげ、三片のバゲットパンとともに食卓に並んだ。疲れたのか、ほとんど無言のまま、いつもよりもっと少食のコトは食事を早めにすませるとリビングの籐椅子でしばらくぼんやり目を閉じていた。

「疲れましたか」

「ええ　ちょっとつかれましたけれど　だいじょうぶです」

庭いじりに買い物でたしかに疲れたのだろうがその表情はむしろ生彩にとんでいるようにうかがえる。

「ええと……そうそう　お名まえ　イオさんというのですよね　ほらごらんなさい　つかれましたけれどわたくしなんだか元気になったようで　頭の力もしっかりしてきましたよ　それでね　イオさん」

「はい」

「いぜんは　これでもわたくしお金もちだったのですよ　それが　わたくし人さまにだまされまして　信用していたものにも利用されましてね　お金のことだけではないのですけれど　気がついたらわたくしのまわりから　みんないなくなってしまったのです　にげるようにわたくしのもとからみんな立ちさってしまいました　わたくし　人さまのことは誰だってなんのうたがいもなく信用することにしていましたからね　おろかだったのでしょう　わたくし　みんなにふみ台にされてしまいました　かんじんなとき　わたくしのそばにいてくれる人はだれもいなくなってしまいました　それが　ふしぎなものです　あなたさまとは　まったく縁もゆかりもありませんのに　このようにそばにいてご親切にしてくださって　わたくし　なんと感謝もうしあげていいのやら……」

「いえ、ぼくは不法侵入した者なのですから……」

唇を斜めに開き、自分は頭をさげた。

「しかし……奇蹟だと思われてならないのです」

この庭に侵入したのは、自分を構成する元素というものが荒れた庭面に感応してしまったからなのか……言説不明なこの思いを「奇蹟」ということばで自分はこう述べていた。

「宇宙が誕生したのはいまから約一三八億年まえ、太陽が誕生したのは約四六億年まえのことです。その太陽とほぼおなじ時期、燃えつきた星の残骸から太陽系の惑星たちが誕生し太陽に近い岩石惑星と呼ばれるもののひとつが地球だった」

「………」

「けれども太陽風《たいようふう》にあおられた地獄のような地球に生命体はまだ誕生していなかった。大気中で呼吸するようになった単細胞バクテリアの誕生は二〇億年まえ、恐竜は二億年まえ、そして初期人類の誕生はおよそ二〇〇万年まえで、ぼくたち現生人類ホモ・サピエンスが誕生したのは約一〇万年まえです。そしてご存じのとおり文字や言語をあやつり、巨大な文明を築きあげながら世界の人口が二億人を超えていったのはいまから二〇〇〇年まえのことです。太陽の寿命は約一〇〇億年ですが人間の寿命は一〇〇年にも満たない。せいぜい生きてわずか八〇年といったところです。このような長い宇宙や地球や人類の時間軸のなかで、ぼくたち個体はわずか八〇年ほどしか生きられないのです。時間軸だけでなく世界はこうして広いのですから八〇年ほどしか生きられない人間同士がおなじ地点で遭遇できるのはだからほとんど奇蹟といっていい。その奇蹟を失うもっとも悲しいものとは、コトさん、なんだと思いますか」

コトはきょとんとして「さあ……」というふうに困惑した表情を浮かべた。かまわず自分は長《ちょう》広舌《こうぜつ》をふるった。

「その奇蹟を失うもっとも悲しいもの、それは、別れだとぼくは思うのです。別れ……つまり、死です。地球ぜんたいは宇宙とおなじ元素でつくられている。ぼくたち人間もおなじ元素のくみ合わせでつくられています。元素の種類は陽子の数できまります。すべての元素は陽子からつくられた。宇宙でもっとも多い元素は水素（H・原子番号1）ですが、原子核に陽子一つあるのが水素でこれがすべての基礎になります。水素原子が結合して陽子が二つになると変化し一方が中性子になる。陽子と中性子の数は核融合反応によって増えていく。核融合反応は大量のエネルギーを放出し水素爆弾は核融合を利用したものですが宇宙に存在するすべての元素はこうしてつくりだされていくのです。太陽の大半は水素、残りのほとんどはヘリウム（He・原子番号2）でできています。最初期の恒星は太陽のように水素やヘリウムといった単純なガスだけでできていましたが超新星爆発のすさまじいエネルギーによって質量のもっと重い炭素（C・原子番号6）とか酸素（O・原子番号8）とか鉄（Fe・原子番号26）などの元素を生みだしていった。地球などの岩石惑星はそういった生命を生みだす元素によって誕生していったのです。恒星は星のゆりかごと呼ばれる星雲から生まれるのですがその寿命のさいごはとてつもなく大きく膨張し一生をおえるとき最大級の爆発をします。それが超新星爆発です。その爆発した星くずから人間の身体をつくる材料が、つまりは元素が生みだされてくるのです。星が死んでぼくたちは生まれ、ぼくたちは死してふたたび星に帰るというロマンはだからまちがいではありません。夢物語などではなかった。星と人間は元になる材料がおなじです。壮大な宇宙で星と人は生と死を交互にくりかえしているといっていい。宇宙の物質輪廻が確実におこなわれているのです。死と生はしたがって隔絶しているのではない。けっしてそうではないはずなのです」

「………」

「しかし……コトさん、ここでだいじなのは、ぼくとあなたの生は一回かぎりのものだということです。喜びも苦しみも悲しみも楽しみも、そういったぼくたちがこの世で経験するあらゆる感情というものは他に代替することのできないぼくたちだけのたった一回かぎりの生命の発露だという真実です。人類が誕生して約一〇万年、現在、この広大な地球に七〇億以上もの人類が生きている。涯《はて》なく長く広い時空のなかでまるで点として交わった生命と生命、八〇年ほどの寿命しか有さない人間同士が出会えるのはだからまったくといっていいほど奇蹟なのです。宇宙と人類はたしかに物質輪廻をくりかえしている。生と死は隔絶していない。けれどもその人の生きた感情はたった一回かぎりのものだ。二度とめぐり会うことはないだろう。一回と一回……そうやって奇蹟的に出会えた人間を冒瀆《ぼうとく》して平気で騙《だま》したり、貶《おとし》めたり、イヤがらせして人が苦しむのを嗜虐《しぎゃく》的に喜んだりする人物をぼくは断じて許したりしない。おなじ人間同士が、ましてその人間が顔見知りの人物で、そして死という永遠の別れの場面でそういうことをしたのであれば……」

「………」

「ああ、ご寛恕《かんじょ》のほどを。すこし興奮してしまいました。ですからね、この庭に出会えて、そしてコトさんに出会えて、ぼくはその奇蹟にとても感謝したい」

コトは感情の失せたような、けれども感情を沈潜させているような、茫漠とした白い皮膚で膝がしらをきちんとそろえ、籐椅子に深くすわっている。整った目鼻立ちが化石のようでもあり、月にまだ水があったときの神秘的な表情でもあって、その双眸《そうぼう》は開いたまま、まったくまばたきをしなかった。

自分は籐椅子から立ちあがった。

「長話をしてしまいました。きょうはお疲れになったでしょう。さあ、もう就寝することにしましょう」


ロフトの寝室はなかなか寝心地がよかった。眠りの浅い自分にとって、天井が斜めに低いこの空間は、いたずらな六感を浮遊させずにすむ絶妙な空気量を保っているのかもしれない。窓は小さく、それに本棚のあつい書籍類の放つ古いかび臭さが現在の時間を遮蔽してくれるようで楽な呼吸を生んでいるにちがいなかった。楽な呼吸は深い呼吸につながり、深い呼吸は深い眠りを生むはずだった。

熟睡して朝になった。

梯子階段をおりてリビングに入るとまだ就寝しているのかコトはいなかった。池のセメントはどれほど乾いているか、そっとつま先立ってデッキに出ようとしたところでティッシュペーパーの箱が目すみに見えた。床にころがっているそれを拾いあげてみると妙な湿り気をおびている。一枚、二枚、三枚と引きだして手にとった。やっぱりしっとりした質感でこの指先にまとわりついてきた。ティッシュ箱をガラスの卓子《テーブル》において戸を開け、デッキから庭におりた。朝露がまだら模様に刈りこんだ芝にケイ素（Si・原子番号14）をふくんだ鉱物のようにキラキラかがやいている。その銀の色もせりあがる陽光に焼かれ、すぐ消えた。池のセメントに指をふれる。まだじゅうぶん乾いてにいなかった。ゆっくり庭をひとめぐりしてからふたたびデッキに立ち、俯瞰《ふかん》して庭ぜんたいを眺めながらイメージを網膜の底にふくらませるとリビングに入った。

コトはまだ起きていないようだった。リビングを出て廊下づたいに並ぶ奥の一室がコトの寝室である。まだ入ったことのないその寝室をかるくノックした。耳を澄ませたが返事がなかった。そっとドアを開けるとベッドに伏すコトの身体はやや斜めになってこっちを向いていた。

「コトさん」と小さく声をかけた。こっちを向いているコトの顔はなんの変化も見せないまま両目を閉ざしている。その目の先には木製のサイドテーブルがあり、白いフードのついた蛍光スタンドやティッシュの箱、それに２Ｌ判サイズほどの黒革でふちどられた写真立てがあった。

ゆっくり近づいて自分はもう一度コトの名を呼んだ。死んだようにコトは眠っている。すきっと鼻梁のとおった目元、その窪みに一滴の涙が丸く浮かんでいる。透明度の深い、誰も知らない小さな湖面のような涙だった。

「コトさん、ぼくです、イオです」

ゆったりした深い呼吸がとてつもない深い眠りをもたらしているようでその寝息を聞きながらもう一度声をかけ、コトを呼んでみた。

「コトさん……」

すると閉じたその目元にもうひとすじの涙がほろりところがり出て、あふれた湖面は鼻沿いを伝い、コトのうす赤い唇をぬらしていった。自分はティッシュでその涙をぬぐった。

サイドテーブルの写真立てをのぞいてみるとコトの家族らしい身内の者が六、七人、勢ぞろいしてにこやかに微笑んでいた。もうだいぶ昔の写真のようでコトとおぼしき女性はまだ妙齢のみずみずしいふんいきをただよわせながら片笑みを浮かべている。横にいるのはコトの母親であるらしく現在《いま》のコトとそっくりの面ざしをした品のいい貴女《きじょ》だった。自分はしばらくその写真をじっと見た。

深い寝息を立てているコトをそのままにし、寝室を出てキッチンに入り、朝食の準備をした。朝食はトーストと生野菜のサラダ、それに珈琲であり、コトのつくる夕食のポトフと同様定番になっていた。朝食はともかく、夕食が定番メニューであるのをなんのふしぎもなく、暮れ方になるとコトはあたりまえのように銅鍋をストーブのうえにのせた。

二〇分ほどして朝食を食卓に並べているとリビングの扉が開き、コトが入ってきた。

「もう朝食のごよういができたのですね　しらないあいだにこうしてきちんと準備していただいて わたくしはほんとうにうれしゅうございます」

椅子を引き、食卓についたコトは挽きたての珈琲をひと口すすり「ああ　おいしいこと」と顔をほころばせた。このセリフも定番だった。

「ゆっくりお休みになられたようですね」

「ええ　ゆっくりやすめました」

「昨日《きのう》はお疲れになったのでしょう。庭仕事に買い物で」

「でもわたくし　ちゃんとしっておりました」

「なにがですか」

「あなたさまが声をかけてくださったことを」

「ほんとうですか」

「はい　ちゃんときこえておりました　わたくしの名をよんで　コトさん　ぼくです　イオですって　あなたさまの声がはっきりきこえてきたのですが　わたくしとてもねむくてねむくてしかたなくて　それで目をとじたままでいたのですけれど　イオさんの声　はっきりきこえていたのです　なんだかとっても心やすらかになれて　ああ　もうすこしまどろんだら起きなければ　起きておいしい朝食をいただいて　それから庭にでてハーブのお手いれをして　できればまた町へおりてお買いものでもして　そうおもうとねむくてしかたがないけれど　こうしてわたくしの名をよんでくれる声にわたくしはひどくはげまされてもいたのです　わたくしの寝ているそばにきて　わたくしの名をよんでくれる声をひさしぶりにきいて　わたくしとてもうれしく心やすらかになれたのです　どの道をあるいていけばわたくしのあいたいあなたの背中がみえるのでしょう……つよくそう念じつつ　わたくしは　ずうっとひとりっきりで寝ていたのです　わたくしはもうあいたい人にまっすぐあいにいきたいのですが　わたくしの名をよんでくれる人がいれば　やっぱりうれしくて　そのよ

ぶ声のほうへもどってみたい気もしておりました　その声がようやくイオさんの声だとはっきりしったとき　わたくしはもうすこし　とろとろまどろんだら　かならず起きようと決心をしたのです」

「すっかり熟睡していてコトさんはなにも知らないのかと思っていました」

「いいえ　そんなことはないのです　わたくしはぜんぶしっております　誰がきて　どんなはなしをして　どんな声をわたくしにかけたのか　みんなしっているのですよ　けれどもわたくしの名をよぶその声は　ほとんどきこえませんでしたし　ときおりきこえてきたその声を耳にしても　わたくしはすこしも起きたいとはおもいませんでした　ですからもうまっしぐらに　わたくしのあいたい人の背中をさがそうとおもっていたのです」

コトはそう述べてから、さっぱりした表情で珈琲カップを手にとった。

「さあ　そんなおはなしをしているのは時間がもったいないので　おいしくお食事をすませたならはやく庭にでましょう　せっかくこうして起きてきたのですから」

両手でカップをささえていた珈琲をもうひと口すすり入れると、胡麻ドレッシングのきいた野菜サラダを「まあ　おいしそう」と目をかがやかせ、しばらく眺めていてからコトは黄色いミニトマトをぽっくり口にふくんだ。

清爽な秋風のなかで庭仕事をしたのは午前までだった。しだいに天のおおかたは燻《いぶ》し空となり、とうとうしずかなほそい雨が垂れてくるとコトは土星のようなつばの広いパナマ帽をぬいで部屋に入った。

「でも　しずかな雨もまたいいものですね　しっとりと庭がぬれて植物たちもよろこんでいることでしょう　でも　それより池ですね　池のセメントはだいじょうぶでしょうか」

「だいじょうぶでしょう。このくらいのほそい雨ならかえってじょうぶになるのです。如雨露《ジョーロ》ほどの水量はセメントを強くするのですから。ひび割れしにくくなるのです」

「そういうものですか」

「ええ」

「イオさんは　頭のしっかりしたかたなのですねえ　わたくし感心します」

「いえ。それよりお疲れになられたでしょう」

「いいえ　わたくしはまったくだいじょうぶです　たのしみながらのんびりやっていましたからね　それよりイオさんこそおつかれになったことでしょう　もうなん日もずいぶんはたらいているのですし　刈りこみバサミで草を刈るのはたいへんな労力だそうで　父が肩痛でひどくくるしんでいたのをおもいだしました　すこしはおやすみなさいって　神さまがきっと雨をふらせて休養をおあたえなさったのでしょう」

「珈琲を入れてきましょう。香りをかぐだけでも元気になりますから」

ほそい雨はときおり弱い音を立てながら庭一面を霧のように包んだ。剪定《せんてい》したツゲの生け垣がうす黒くぼんやり浮かんで見える。高さ二メートルほどの生け垣は要塞になり、外からの視界を遮蔽するには好都合だった。その三方の要塞に囲まれた広遠な庭は湿り気のあるしずかさに包含されている。開幕まえのステージ、目前の庭面はやがて鮮烈な照明に放射されるのを待っているかのごとくモノクロームの静謐さに浸されていた。

「わたくしはね イオさん」

二脚の籐椅子は庭面を向いている。黙ったまましばらくまっすぐ庭を眺めていたコトが思いをひそめる口吻《こうふん》でゆっくりと云った。

「わたくしは 脳のやまいで たおれたことがあるのです それいらい わたくしの脳はすこしいうことがきかなくなって なんだかぼんやりしているようなのです あれこれいっしんになってかんがえようとするものの いぜんのようにしっかりしたはたらきができなくなったのはどうやら事実のようでした あいてのいうことをりかいするのにずいぶん時間がかかってしまいますしとうとうりかいできないままぼんやりしてしまうこともしばしばなのです 脳のまんなかがなんだかぽっかりうかんだ雲みたいに 白いじょうたいでぼんやりしているのです ですから きのう イオさんが宇宙のことをいろいろおはなししてくれましたが 正直もうして わたくしにはよくわからなかったのです むずかしくてわたくしの脳がじょうずにせいりできませんでした けれどもね イオさん わたくしの脳はたしかにダメになってしまいましたが いぜんにくらべて よぶんなはたらきがなくなったぶん なんだかすっきりとして まじめになったような気がするのです

わたくしむずかしいことはよくわかりませんでしたが　あなたさまがおっしゃった　人は星から生まれて星にかえっていくとか　生と死はくりかえされるものであるとか　そういうことはちゃんと頭のなかにはいっているのです　それからね　イオさん」

「はい」

「あなたさまは　すこし気になることをおっしゃっていませんでした？　なんだかぼんやりした雲のような頭のまんなかで　わたくしそのことがひどく気になっているのです　ええと……」

コトは手にした珈琲カップを鼻先のまえで止めたまま、じいっとして、必死に脳を整理している神妙な顔つきになった。

「ああ　なんでしたっけ……」

どうにも思い出せないのか、神妙だったその表情がすこしずつかげっていった。

「もしかして、断じて許せない人間のことですか」

「ああ　そうそう　そうでした　宇宙のむずかしいおはなしをすきっとしたかんじでしゃべっていらしたあなたさまのお顔がきゅうにゆがんでくるしそうになり　そうです　だんじてゆるせない人間がいる……そのようなことをおはなしになった　そのことがわたくし　どうにも気になっていたのです」

くるぶしまである長いスカートをはいたコトはいつものとおりきちんと膝がしらをそろえ、白いまじめな表情でこっちを見入った。

天の摂理だと思った。

「もうずいぶん以前のことです」

雨はしずかに垂れている。庭面《にわも》はモノクロームに沈んでいる。自分はゆっくりと率直にしゃべった。


……ぼくには愛する者がおりました。愛する者はいつもぼくを励まし自分のことは後《あと》まわしにして人の幸せのために生きてきたといっていい人でした。しかしそのような犠牲的な生き方というものが知らず知らずのあいだに重い負荷を心身にかけてきてしまったのでしょう、とうとう病に倒れてしまったのです。病は愛する者の肉体をはげしく痛めつけにきました。両歯をぎりぎり噛んで、閉じた目尻から涕涙《ているい》をこぼし、全身のたうって苦しむ病床の姿は数週間もつづきました。くる日もくる日も必死でぼくは看病しました。なにをどうしていいかわからないままそれでもぼくは愛する者の病床からけっして離れようとはしませんでした。ずうっと枕辺にいたのです。激痛がときどきやむと顔いっぱいに埋まった残涙をぼくは濡れたあたたかいタオルできれいにぬぐってやります。それから汗でびっしょり乱れた髪を櫛《くし》できれいに梳《す》いてあげた。すると湯あがりのような頬で愛する者は微笑むのです。瞼が開いて見あげるその双眸はとてつもなく青く澄んでいてぼくの顔が浮かんで見えるほどです。けれどもそんな美しい時間はほんのひとときでした。またしばらくすると苦痛との闘いに身をよじらせ。うめきの声を吐き散らすのでした。

そんなときが数週間もつづいた。壮絶な病魔との闘いが数週間ほどつづいたあと愛する者の肉体は土気色にげっそり痩せほそっていました。肉体はそのように干からびた粘土のようになってしまったかわりぼくを見あげるその双眸は日ましに透徹した青い元素に光りかがやいてくるのです。まるで吸いこまれそうな無垢の色素がぼくをまっすぐ見あげている。ぼくは直観した。ぼくの心身はこの愛する者の生命に吸いこまれ、もうどこにも歩いていく道は他にないのだと知ったのです。愛する者の顔が岩石のように苦渋に満ちたとき、ふしぎなことに、それは死ではなく生のエネルギーにぼくの心身は充溢した。痛酷すぎるこの病苦をどうしてもとり除くために必死でぼくは生きなければならないと誓った。反対に愛する者の眸《ひとみ》が吸いこまれそうな透徹した青い元素に光りかがやいたとき、ぼくの心身は死のがわへ安らかに傾斜していった。

こうしてぼくは愛する者の生命が一進一退するたびにぼく自身の生命も生と死の往還をくりかえしていたのですが、しかし、いつしかぼくはまちがいのないある真実をそこに見いだしたのでした。愛する者が死んでも、あるいは生きても、ぼくはもう二度と透徹したあの青い元素から逃《のが》れることはできないだろうという確固とした信念です。その青は紫がかった透明液をしていました。人間を超えた美しいその双眸をこの目にしてしまったぼくはもう二度と現実界にもどれないだろうと直観したのです。たとえ愛する者が生きながらえたとしてもその青い双眸を有したまま生きていくことは不可能であるとぼくは思った。現実はそういった無垢の元素を美しいまま保持することを許さない社会であることをぼくは知っていたからです。愛する者は、しかし、生きながらえたのではなかった。やはり、死していったのです。ぼくだけがこの目にとらえた、あの透徹した美しい元素の網膜液を愛する者は二度と開くことはなかった。そのさいごにうっすら見開いていたときです。ぼくはおおいかぶさるようにして愛する者にささやいたのです。

「だいじょうぶだ。淋しがらなくてもいい」

乱れた髪を櫛できれいに梳《す》いてあげながら愛する者の耳元で二度、三度、ぼくはささやいて聞かせたのです。

「オレもすぐいくから、心配するな」と……。

死のまぎわ、茫乎《ぼうこ》とした意識のなかで、愛する者は、耳元でささやくぼくの声をどう受けとめたか、あるいはうすれていく意識のなかでぼくの声は聞こえなかったのか。生と死のはざかい、半眼にうっすら見開いたそのさいごの目は「是」にも受けとめ、「非」にも受けとめたように思えました。道づれをねがう目と、それを拒否する目と……。

そのちょうどまぎわだった。おおいかぶさるようにしていたぼくの背中を後方からぽんぽんと叩く者がいた。顔をあげるとひとりの男がそこにいました。ぼくもよく知っている人物で、自我に執着しているだけのこの男は黄ばんだ眼球をころがし、その黒目を廊下のほうへさっと走らせた。

「ちょっと話がある。廊下へ出ないか」

そう云っているのでしょう。濁った、イヤな目くばせだった。男は血圧計だけに目を走らせ、病床の者には一瞥もくれないで出ていった。病室を出た廊下で、男は、葬儀のことなど、目をけっして合わせることなく、要領をえない、ねちねちした話し方でいつまでもしゃべっている。そして愛する者はとうとう病室でひっそり息をひきとっていったのです。ぼくは葬儀に参列しなかった。参列できないイヤがらせを、男は、露骨に浴びせてきた。男はよっぽどぼくを憎んでいたのでしょうが、痛酷な悲しみに沈んでいる人間をさらに奈落の底へ突き落とそうとする残虐きわまりない陰湿なイヤがらせ……男の濁った、その嘲《あざけ》りの目が、うす笑いしながら斜めから皿のようにぼくを見たとき、とっさ、ぼくはじっとりした殺意を抱いた。断じて許してなるものかという復讐心、ぼくの心身は熱をおびて赤黒くも膨張した。

この、人でなし奴《め》が……。

この男のしでかした証拠ならちゃんと残っている。公正な裁きに訴えてもよかったがぼくの血は「否、ちがう！」と叫んでいた。

ぼくはその機会をひそかに待ち、どのように殺《あや》めてやるか熟慮をかさねました。ぼくの接近を用意周到な男は警戒した。部屋にはみんな鍵をかけ、一歩もなかへ入れないという十全な用意をしながら嗜虐的なよろこびを遠まきに味わっているようでした。鍵をしっかりかけた窓ぎわに立ち、男は「ざまあみろ」とつぶやきながら不気味な笑みをその醜悪な面相に浮かべていたのでしょう。網膜の底に、男の、あのなんともいえないイヤな目つきがこびりつく一方で、その獰猛《どうもう》かつ陰湿な眼球をうかがつように、愛する者の、あの透徹した青い元素の眸が光りかがやいてくる。反転する、それら二つの眼球にしばられながら時間は無為にどんどんすぎていきました。

ぼくは苦しみ、男は平気でいる。鍵を閉められたならどうしようもなかった。ガラス戸一枚の向こうでほくそ笑んでいる男をどのように殺めるか、ぐるぐる頭を回転させながら思考しているうちに突如、ぼくの脳は一閃を放った。そうだ、殺めるのではない、苦しめてやるのだ、あのような男を殺めてもしようがない、殺めるよりあの男を生かしながら生き地獄の苦しみをたっぷりと味わわせてやるのだ……ぼくは大きく首肯するとなけなしの金を使い、元素を購入した。原子番号15・リン（P）——夜ごと男の庭に潜入するとリンを燃やして人魂を浮かせたのです。闇夜の庭、リンを燃やした赤い人魂はほそい帯となって揺曳《ようえい》し、ふわふわと、そうです、「うらめしい」とばかりによく映えた。ところが男の熟睡はすさまじかった。「悪い奴ほどよく眠る」のとおり、小暗くなるころから早々ベッドにつくと男は朝までまったく目覚めない。戸外にいても雷《らい》のごとくごうごうとした高いびきがとどろいてくる。獣《けだもの》じみた高いびきは男の性根をそのままあらわしているようで、いくら人魂を泳がせてみても男の陰湿なあの目は固く閉ざされたままただ白々と夜が明けていくばかりだった。

リンを燃やしてもダメだった。「淋しがらないでもいい。だいじょうぶだ、オレもすぐいくから」……耳元でささやいた自分の心に嘘をつき、愛する者を裏切ることもできない。聖書にのるヨブのような人間でもないぼくには忍耐力もなければ信仰心もうすい。因果応報も神も頼めないなら、約束どおり死してのち、あの固く閉ざされたガラス戸をするりと侵入し、みずから幽鬼となって、うらめしいとばかりに、日夜、この男の心胆を縮みあがらせてやろうか……。

　しかし……それにしてもどうしてなのか、ふしぎでなりません。どうにもならぬままぼくはいたずらに本を読んで過ごしていたのですが、いったいどうして名も知らぬコトさんの庭に吸引され闖入《ちんにゅう》してしまったのだろうか、そしてどうしてぼくの罪は許されたまま、このようなおだやかな日々をあなたと過ごすことができているのだろうか、どうしてなのだろう、言説ではまったく説明がつかない、言説はまったく沈黙するばかりだ……。


　ほそい雨はやんだようだった。モノクロームに沈んでいた庭面に太い、けれどもぼんやりした陽光が鈍く落ちてくると上空で鳥が啼きはじめた。曖昧だった庭の輪郭がすこしずつデッサンされ、彩色がほどこされ、しんなり垂れていたハーブの葉は重たい雫《しずく》をはねのけている。午后の太陽はすっかり顔をあらわにした。地球からおよそ一億五〇〇〇万キロ離れている太陽――光の速度は秒速約三〇万キロであるからそれは過去からの映像であり、八分まえの太陽の姿である。眼前に広がるこの光景は現在のものであるのにそれが過去からの光源によってかくもあでやかに顕現していた。

　自分は過去の一端を長々と語った。

　コトは籐椅子から立ちあがった。そして肉づきのうすい背中を見せてガラス戸を開け放った。それから身体いっぱいに太陽を浴びた。右から降りそそぐ光源はうしろ姿のコトを抱きすくめるようにその大きな腕《かいな》で彼女を包みこんだ。

「ティッシュをとってくださる？　箱ごとください」

二枚、三枚、四枚と、しっとり濡れたティッシュを丸めながら、赤い目を腫《は》らしたコトは廊下へ出て自室に入った。そして長いスカートからスラックスに着がえてくるとパナマ帽をかぶり「さあ 天気もよくなったことですし わたくしはすこし庭いじりをしてきましょう」そう云ってコトはデッキから庭におりた。

池に雨水はたまっていなかった。適度な雨がしっとり吸収され、セメントをさらに強化しているはずだった。

「だいじょうぶかしら」

背中ごしからコトが云う。

「ええ、だいじょうぶでしょう」

この調子なら明後日までには完成するだろう。

「あのう ええと なんでしたでしょう……そうそう アクぬきをしなければならないのでしょう？」

「いえ、アクぬきはしないのです。生き物はしばらく入れないのですから」

「はあ やっぱりそうなのですか……」小首をかしげながら、「さあ なになのかしら　どのような池になるのか それではたのしみにしておきましょう」

コトの声がしだいに背中から遠ざかっていくと向こうのほうで剪定バサミの音がゆったり聞こ

えた。

コトは午后のひだまりに包まれながら二時間ほどのんびり庭いじりをした。ときおりデッキにあがっては籐椅子に腰かけて水分補給をし、目をほそめながら庭面をすずしそうに眺めた。

「こんな心ちのよい秋びよりなのですから　おさんぽがてら町へおりてみましょう　夕やけのきれいな暮れがたまでにかえってくればいいのですから」

マグネシウム色のソバ畑の脇道を歩幅を狭め、注意深く丘をおりていったコトは巨大なドラッグストアに入った。なん列もある通路をなん度も往来しながら「なにかほしいものがあったら買ってさしあげますからね」二度、三度そう云ってレジに並ぶとやっぱりティッシュペーパーだけを購入した。工場のような巨大なドラッグストアには飛行場のような巨大な駐車場があった。その一隅に二脚の赤いベンチが設置してある。

「さあ、ここへすわってひと休みしましょう」

自分はレジ袋からアイスクリームをとりだしてコトに手わたした。

「ああらこんなおいしいものを買っていただいて……」

しだいに西へかたむく太陽を見ながらアイスクリームをなめていたコトは、なにやらふっと気がついて「ああ　そうそう」とレジ袋をまさぐると、いつ買ったのか、ちょっと恥ずかしそうな顔でミルクキャラメルの小箱を自分の手ににぎらせた。

帰路、風になびいたソバ畑の白は炎色の夕焼けになびいている。

「まあ　なんときれいなのでしょう」

ゆるい坂で立ちどまり、しばらくソバ畑を水平に見つめていたコトは、やがて小さく浮かんだ西雲のほうを仰いでいった。

夕食のポトフができあがるころ、東の空に、忘れていた月面が版画のようにぽっかり刷りこまれていた。


浅い眠りだった夜は安眠のうちにすぎていった。マンションへはまったく帰らなくなり、なんとも居心地のいいことを理由にして我が家のごとく自分はこの家《や》に身を寄せていた。

「すこし用向きがあるので三時間ほど留守にします」

ミニトマトをフォークに突き刺したままぽかんとしているコトをよそに、朝食をすませると自分はひとり家を出た。家を出たが自室のマンションへ向かったのではない。銀行に寄り、それからレンタル用の小型トラックで二、三の店舗をあちこち疾駆して仕入れたものをトラックに積みこむとコトの家へもどってきた。

リビングにも庭にもコトの姿はなかった。自室まえの廊下にスリッパがそろえてあったのでベッドに伏して休んでいるのだろう……そう察すると自分は庭に出て池のほとりを思案しながらぐるぐる歩き、トラックの荷台から仕入れてきたものをおろして準備にとりかかった。秋天はあくまで高く澄んでいる。セメントは完璧に乾いていた。

準備はすんだ。コトはまだ姿をあらわさなかった。デッキからリビングへ、リビングからコトの自室に向かうとドアをノックした。二度、三度ノックしてからドアを開け、コトの枕辺に近寄った。水平に仰向けた身体の、顔だけが横を向いている。鼻梁のとおったその突先から呼気と吸気がすやすやと規則正しい音を奏でている。唇をゆるく閉じたそこからもうすい気息はかすかにもれていた。

「コトさん」と声をかける。安らかな眠りはぴくりとも動じない。いま一度「コトさん」と小さく呼んだ。すると閉じたうすい瞼から玉のような涙がころがり出て、窪んだ目元に透明な湖面をつくった。ティッシュでその涙をぬぐってやり、サイドテーブルに飾ってある家族の写真立てをながめてから、無垢材でしつらえた立派な衣装ダンスやら三面鏡など室内をゆっくり見まわした。髪が汗で乱れている。茶がかったほそい髪すじを櫛でまっすぐ梳《す》いてやるとコトの部屋をそっと出た。

リビングにコトの姿があらわれたのはそれから一時間ほどしてからで、秋の残光はもう西空を丹《に》色に染めはじめていた。対流式のストーブに火をつけるとコトはあわててポトフの準備にとりかかろうとした。

「お腹、空きましたか。ぼくはまだだいじょうぶですから夕食はあとでゆっくりしましょう。それより……」キッチンに入りかけたコトをリビングに呼んで籐椅子に腰かけた。

「それより、コトさんからいろいろお話をうかがいたいし、ぼくも話したいことがあるのです。まずはぼくのほうから話してもいいですか」

膝がしらをきちんとそろえ、「ええ」というぐあいにコトはおとなしくうなずいた。

「池のセメントはしっかり乾きましたよ」

「ああ　そうですか　すみません　わたくしは寝室でうとうとねむってしまい　気がつきませんでした　イオさんが庭でせっせとはたらいていたのに……」

「いえ、そんなことはいいのです。ぼくの仕事もこれで完了といったところです。地の下は生きているのですからしっかりセメントで固めておかなければならなかったのです。ようやく準備はできた」

「はあ……」くるぶしまでかくれた長いスカート、きちんとそろえた膝がしらに両手をのせ、神妙な顔でコトはまたおとなしくうなずいた。

「あの池には以前、合歓木《ねむのき》が植えてあったのですよね」

「はい」

「その合歓木はコトさんの愛した人が植えてくれた記念樹だった」

「ええ」

「コトさんの誕生日のころ、大きく育ったその合歓木はピンクの花をいっぱいに咲かせ、まるで花火のようにみごとだった」

「はい　そうでした」

「コトさん、あなたにとってその合歓木は愛する人そのものだった。生涯にたったひとりだけ愛したその人はやがて死んでしまい、だから合歓木はコトさんにとって愛する人そのものの永遠の宝となった。そうですね？」

返事をするかわりに、コトは目を潤ませながら深くうなずいた。

「ところが悪魔がやってきてその合歓木を勝手に伐ってしまった。あなたの愛した人を、あなたの永遠の宝を、無惨にも切り倒してしまった。それはさながらこの世に生まれきたあなた自身の生命を、まさに生木を裂くようにして、悪魔は冷酷に伐採していったのでしょう」

「……………」

「コトさん？」

「はい」

「ぼくがその悪魔を殺めてやりましょうか。ぼくの憎んだむさい男、あの人でなしを殺めることのできなかったかわりにその悪魔をずたずたに殺してさしあげましょうか。ぼくの身体は歪《ゆが》みと熱をおびて、膨張してもうこのままではいられないのです。惨めな、悔しい無念を長いあいだずうっと抱えこんできて爆発しそうな感情なんです。生命なんか、すこしも惜しくない。その悪魔は誰です？　どこにいるのですか」

コトはこっちを見つめていた茶色い瞳孔を閉じ、すこし汗ばんでいた額から前頭葉のあたりを手でぬぐうと、こんどはその手で頭部ぜんたいをゆるくなでながらうめきのような低い声を発した。

「いけません　あやめるなどど　そんなことはあってはならないことです　アクマはほんとうにひとりだけなのか　どうにもわたくしの脳ははっきりしていないのですし……　わたくしはほんとうに疲れてしまいましたし　もうどうでもよくなりました　それよりわたくしは背中をおいます　どの道をいけばあいたい人の背中がみえるのか　もうわたくしにはその道がだいたいわかってきましたから　まっすぐにあいにいきたい　あいたい人にわたくしはあえるのですし　わたくしはもうすっかりきれいなものになりたいのです　アクマには　わたくしがこのままだまされていればすむのですから　おもうようにねがいがかなって　よろこんでいることでしょう　それでいいではありませんか」

「悔しくはないのですか、悲しくはないのですか、無念ではないのですか。悪魔を思うように跋《ばっ》扈《こ》させたままにしておいて」

「わたくしは神ではありませんからしかたありません　アクマはとうていわたくしの手におえませんから」

「ならば人の手で悪魔を殺めればいい」

「わたくしは神でもなければ人でもないところにもういきたいのです　人は死んだら無になるのでしょうが　でも　あいたい人にあえないとは絶対にいえない　死ねば　死んでしまえば　死んで

いった人とおなじになるのですから きっとあえるかもしれない それが死んでいくものの この世とあの世をつなぐ さいごの自由であり 夢だとわたくしはそうねがいたいのです その夢をこわせるアクマはもういません どこにもいない だからいいのです アクマなど 人をうらむのは イオさん もうやめましょう あきらめることが ほんとうの道につながるのですから」

「いや、あきらめちゃいけない。許してはいけない。許しておくからますますつけあがるんだ。コトさん、ぼくの手でその悪魔を殺めてさしあげますよ。どうですか、是《ぜ》と承知してくれませんか」

「いけません あなたさまが罪をこうむることはけっしてないのですから」

「ぼくはとっくに罪人《つみびと》です。常軌を逸した、ルナティックな人間で周囲から嫌われてきた弾かれ者なのです。否も応もなく良心の呵責《かしゃく》を意識してしまうこの神経にもう堪《た》えられないし腐《くさ》れたこの身を犠牲にしなければ早晩ぼくもほんとうの悪魔になりさがってしまう。神でもなく理性でもない。世の不条理と自我という原罪に苦しんできたぼくの信じるものは神でもなく理性でもなく、元素と引力だ」

「…………」

「たとえばです。たとえば地球と月のことを考えてみましょう。諸説あるのですが、一説によれば太陽系の惑星には三〇〇以上の衛星があるともいわれています。ぼくたちの住むこの地球という惑星には、ところがたった一つの衛星しか地球のまわりを公転していない。他の惑星には三〇や四〇ものたくさんの衛星があるというのに地球にはたった一個の衛星、月しかない。たしかに衛星をまったく有しない水星や金星という惑星もありますが地球はゼロではない。ゼロではなく三〇や四〇でもなくたった一個だけの衛星を有している。だから奇蹟と呼べるはずなのです。これ自体もう奇蹟なんだ。月の誕生には地球との親子説や兄弟説などがあるのですが現在もっとも有力なのがジャイアント・インパクト説です。およそ四五億年まえ、地球とテイアと呼ばれる二つの惑星が大衝突した。この巨大な衝突、つまりジャイアント・インパクトによって地球はバランスを崩して軌道が乱れたのですが同時に地球は大量の鉄（Fe・原子番号26）をとりこみ、水は水素（H・原子番号1）と酸素（O・原子番号8）に分離しなくなり、生命体誕生の要件を大衝突によって生みだすことにもなった。それから一年にも満たないとき、このジャイアント・インパクトによって高温になったマントル物質が宇宙空間に飛び散って、互いの重力に引きつけられながら合体と衝突をくりかえし、やがて絶妙な軌道にのって地球のまわりを公転する一つの衛星が生まれた。これが月の誕生だといわれています。このように地球とその周囲をまわるたった一個の衛星である月、その両者の出会いはまったく奇蹟といってよかった。地球とテイアの大衝突は奇蹟ではないでしょう。宇宙での惑星同士の衝突やら合体は重力という科学的法則によって起こりうる想定内のできごとだ。その衝突やら合体やらあるいは爆発によってさまざまな元素が生みだされていくのもけっして奇蹟ではない。けれども地球と月との出会いは必然というより偶然と呼んでよかった。月だけが絶妙な軌道にのり、地球のまわりを公転することになったのですから。地球と月の出会いはだから必然を前提にしたうえでさらに偶然が重なっているのです。その偶然はまったく奇蹟です。そしてこの奇蹟的な出会いはやがて月の引力によって地球の軌道を安定させて自転速度をおそくし、一日がそれまでの四時間ないし六時間から二四時間になり、また月の引力は潮の干満をもたらしてミネラルなど栄養分の豊富な海をつくり、地球上に生命誕生をもたらすさらなる働きをになうことになった。地球の片割れによって誕生した月だけがいたわるように地球をずうっと見守りつづけてきたのです。偶然性という奇蹟がもたらす出会いは、本然的に、このように見守りつづける位相にあるべきです。互いを貶《おとし》める関係にあるのではない」

コトはまた困惑した表情でただうつむいている。

「コトさん、脳は疲れさせないでいいですからどうか感情だけぼくのほうへ傾けておいてください。ぼくはずうっとひとりきりでいましたのでこんな話、長々としてしまいました。熱したままきっと膨張しきっているのでしょう。ほんとうにひさしぶりにべらべらしゃべっている。なんだか知識をひけらかしているようで気が引けるのですがあなたにはどうしてもぼくの話を訴える必要があると思った。あなたとぼくはこのような奇《く》しき縁で出会いました。しかしこの縁にはきっと因があるように思えてならないのです」

「イン？」コトはうつむいたままでいた顔をようやくあげてこっちを見た。

「ええ、インとエン。つまり因縁です」

「ああ　はい　インネンですね」

「ええ、そうです」饒舌はまだつづいた。

「何千年、何万年にわたる人類史のなかで、たかが八〇年ほどの寿命しか有さない者同士が、なぜこうして出会うことになったのかという奇蹟をやっぱりぼくは考えたい。デジャ・ビュという心理学用語があります。デジャ・ビュというのは現実には経験したことがないのにすでに体験したことがあるかのように思う一種の偽記憶だとされているものです。しかし、ほんとうにそうなのか。一種の偽記憶というのはあくまで学術的定義であって、いままで見たことなどないはずなのにかつてまちがいなく見たことのある風景だとか、一度も会ったことのない人であるのにたしかに以前出会ったことのあるひどくなつかしい人だとか、そういった体験は多かれ少なかれ誰もが経験したことがあるだろうし、それを偽記憶だと断定できるはずがない。たとえばレアメタルの元素、ゲルマニウム（Ge・原子番号32）ラジオです。ぼくはそんなラジオなど見たことがないのにどうしても自分で組み立ててつくった気がしてならない。形状も色もきちんと憶えている。シルバーメタリック色した小型のポケットラジオなのです。これは偽記憶などではない。絶対ちがう。たぶんそれは、べつのぼくが、おなじ経験をした記憶があるという異体同心による遺伝子の記憶がそうさせているにちがいないと思うのです。それは意味のある偶然性の一致、おなじ元素を宿した生命体の共時性《シンクロニシティー》によるものであるとそうぼくは信じている。どのように生きるべきなのか、どのような思いをこめて生きようとしているのか……そういった生き方を共有できる者同士の生命体はきっと共時性を有し、まったくべつに生きてきたのに、べつの個体であるのに、いつかどこかで出会い、おなじ波長となって共鳴し重なり合うにちがいない。コトさん、ぼくがなぜコトさんのこの庭にこれほど興味をもってしまったのか、ようやくぼくは理解できたような気がするのです。ロフトの書棚に並んでいるあのぶあつい本類は、かつてぼくが熱心に読んだ本とほとんどおなじようなものばかりだった。自室で安らかに寝入っているあなたのその横顔は、むかしぼくの愛する者を看病していたときの横顔と相似形をなしているほど等質の表情を浮かべていた。あなたが毎晩つくってくれるあのポトフの味つけは、いつかまちがいなく食べたことのある楽しかった食卓のふんいきをじゅうぶんに髣髴《ほうふつ》とさせた。そうしてぼくはふうっと知ったのです。すこし荒れてはいたが、このなんともいえない縹渺《ひょうびょう》とした庭は、かつてぼくが五歳くらいまで住んでいた自宅の庭とよく似ていたことを……」

「………」

「コトさんと出会うことになった縁にはこのような因があると思われるのですが、しかし、壮大な人類史のなかで、たかが八〇年しか寿命をもたない人間同士が出会うのはまちがいなく奇蹟なのですよ。必然性と偶然性とが重なり合ったまったくの奇蹟と呼ぶべきものだ。ぼくが散歩に出てこの庭に出会ったのはまったく偶然なのですから。いくらコトさんと出会う因があったとしてもこの偶然がなければ奇蹟は起きなかった」

まばたきもせず、ほつれるような双眸をコトはまっすぐあずけた。

「コトさん」籐椅子から勢いよく立ちあがると自分はシャツの袖をまくった。

「さて、夕食にしましょう。きょうはぼくがつくりますよ。おなじ味にポトフをつくってみせますから。そうして夕食をすませたらデッキに出るのです」

「ああ　おいしい」

自分がつくったはじめてのポトフを、コトは幼子《おさなご》の表情をみせながら口に運んではうんうんとうなずき、きれいに平らげた。わずかな量の一皿ではあったがはじめての完食だった。

食後のコトをすこし休ませているあいだ庭に出てさいごの指呼点検をした。

月は上空にぽっかり浮かび、太陽光で反射した淡《あわ》い光がまだらに刈りこんだ芝生を陰影にうねらせている。黒いツゲの生け垣で囲まれたモノクロームの庭面はさながら秘密基地のごとく他と完全に隔離されていた。夜も九時をすぎ、老夫婦の住む東がわの建物はもう真っ暗であり南がわのモルタルづくりの小さな窓も闇夜に沈んでいた。無風の庭にちろちろと虫の音が聞こえる。遠近《おちこち》に聞こえるちょうどそのあたりにしなだれたハーブの葉先が影絵のごとくぼんやり浮かんでいた。

周囲をゆっくり見まわしてから池のほとりに立つと、ランダムに薪をくんだ渦巻状の池底をぐるっと確認した。池のほとりにそって白いプランターをずらりと並べ、そこにはたっぷり水を張った。

「さて、そろそろいいだろう」

池底にまいた焚きつけ用の枯れ草に火を放った。刈りとった芝草やハーブの葉だった。火はゆっくり池の渦巻状にそって小さく燃え広がっていく。あと二〇分もすればランダムにくんだ薪にめらめらと燃えうつっていくだろう。一メートルほど掘りさげた池底でこれから夢の競演がはじまるのだ。

順調に燃えさかっていく炎を確認してから部屋に入り、コトの自室をノックした。

「コトさん」

まだ横に伏しているのか、いま一度、声をかけた。

「コトさん。起きてますか。そろそろデッキに出てみませんか」

「……はい　いま　おきますから」

ティッシュで小さな鼻をかむ音がしてドアが開いた。

「もう　なん時になるのでしょう　ずいぶんながいあいだ　わたくし　寝いってしまったようで……」

「そろそろ一〇時三〇分になります。だいぶおそい時間になりましたが、きょうはすこし夜更かしをしましょう。眠いでしょうがすこしがまんしてください」

先導して廊下をすぎ、リビングをぬけてデッキへ出た。うえから見おろされた庭にはぼんやりした月明かりが一面に沁み、デッキ近くの地底からは渦巻状の炎がめらめらと照り映えていた。

「あらあ……どうしたのですこれは！」

背中にコトの風圧がのしかかってくる。

「これからお見せするのはルナティック……常軌を逸した、ぼくからのプレゼントです。コトさん、あなたはここにいてください。うえから庭面《にわも》をじっと見ていてください」

デッキをおりるとガラス瓶に入れた粉末状の元素と固体化した二酸化炭素を用意した。四つの瓶に入れた粉末状の元素は配色を考慮しながら燃えさかる池底へ、固体化した二酸化炭素は池のほとりのプランター水へ放りこんだ。

とたん、赤黒い闇夜は爆発したように色とりどりの燦光《さんこう》を放った。その周囲を白い靄《もや》がもうもうと立ちあがってくる。炎色反応したあでやかな池底を眺めながらさらにイメージをふくらませて元素をふりまき、色の構図を按配《あんばい》すると自分はコトと並んでデッキに立った。

「どうです、びっくりしましたか」

あでやかな炎色に反映して、コトの表情は喜怒哀楽の揺らぎの感情に燃えさかっているようだった。頬は紅潮し、唇は青ざめ、髪はつややかな緑に、そして鼻梁のとおったその鼻先には白い靄がうっすらにじんでいる。ぜんぶの感情が噴出して収拾のつかぬ放心状態のまま、コトは眼前の光景にその瞳孔をかっと見開いていた。

「あの赤は塩化ストロンチウム、あの緑はバリウム、あの青は銅、そしてあの黄色はナトリウムです。これらの元素が花火の材料になっているのです」

「花火の……」

「ええそうです。むかし、この池には合歓木があった。その合歓木は打ちあげ花火のようにきれいに咲いたと云っていましたね。ほら、いまコトさんの目のまえにあるのはあなたの夢を追う、ほんものの花火ですよ。あなたの愛したあの人をどうかぞんぶんに思い出してください。さあコトさん、あのころのなつかしいむかしへ、手放しで帰っていけばいい」

「……」

「人を愛したよろこびや、よじれるほどの悲しさや、そして苦しみ、惜しみなく楽しかったあれらの日々、思い出……あなたが生きてきたそれらの感情を、いま眼前に、光る元素であなたにお見せしています。その光る元素を周囲から包みこんでいるあのもくもくとした白い靄《もや》は固体化した二酸化炭素、すなわちドライアイスです。どうです、きれいなものでしょう。あなたの生きてきた感情はこんな元素で光りかがやいているのですよ。ぜんぶの色がにじみ合いながらもののみごとに燃えさかっている」

コトは直立不動の姿勢で声を失したまま、光る元素に見惚れていた。

「さて、それらの思い出にぞんぶん浸ったなら、コトさん、ぼくたちは無垢なる始原へと帰ってみましょう。いいですか、眼前に広がる光景をよくごらんなさい。濡れるような月光に縹渺と映えた芝草の暗いうねり……淡い月明かりに映えたそれらの庭面はまさに広遠な宇宙空間そのままであり、ドライアイスの白いガスに浮かんだ絢爛《けんらん》たる渦巻状の光源こそまさに天の川銀河です。

ぜんたいは青白く雲がかっており、中心部の棒状のバルジは黄ばんでいて、ぐるっと渦巻になったスパイラルアームには赤や黄や青に散らばるたくさんの星が点々と光っている。ほら、あのあたりにあるのがコト座ですよ。コトと名づけたあなたの父上は夏の夜の女王とされるベガに託して命名したのかもしれない。合歓の花が咲くころあなたは生まれたという。だから夏だ。あなたの生命は、あんなにもきれいなのですよ」

さいごの貯金をこれで使いはたした。五歳のころのなつかしい庭面が、いま、始原に帰って燃えさかり、やがて灰燼《かいじん》に帰していく。個のレベルをもっと高めなければ地球は不健全化してしまう。高められなかった個のレベル、そんな個の元素がこれで尽きようとしている。もうすぐだ、腐れた個などもうなくなってしまうのだ。

ことばはコトの生へと向けてはいたが、眼前の光景は、自己の死へと向かっていた。生死一如《しょうじいちにょ》とはいえ、苦しんで生きてきたこの感情やら思いはいったいどこへ消えてしまうのか……。炎色に揺らいでいる眼前の光景は自分自身の六根の揺らぎとまったく共鳴している。呆けたように茫然と眺め、ほとんど空洞化していた頭の横からコトの声がもれてきたようだった。

「池をつくってくれたのは　わたくしの　いちばん下の弟だったのですよ　ありがとう……もうわたくしは　ひとりでだいじょうぶですから　だからどうか　心配しないで……」

耳底《じてい》に、コトの声が揺らぎのまま、ささやかれたような気がした。

なかなか寝つけないでいた。いつもなら安眠に沈んでいたこの身が硬いベッドのうえ、なんども寝がえりを打ち、斜めに低い天井を見あげては容易に寝つけないでいたのは蓋《けだ》し当然だった。ロフトのベッドに身を横たえるのは今宵これがさいごになる。さいごの夜、それは明白すぎる事実というものだ。

ベッドから身をもたげると南がわのブラインドをあげ、ほそ長い窓から庭面を見た。月光に映え、池底にくべた薪はまだちろちろと赤黒い残り火に揺らめいている。常軌を逸した、けれどもつまらぬこの塵界に咲かせた泡沫《うたかた》の、そして永遠なるステージがいま暗幕に垂れようとしている。

ベッドにもどり、水平にこの身を仰向けた。開けたままのブラインドから月光のプリズムが妖しい波長で面上に流れてきた。窪んだ眼窩《がんか》からほそい鼻筋が青白く見えている。むかし、どこかで見たことのあるこの鼻筋は自分のものでありながら同質の生命体にかたどられた誰かのものであるようだった。寝つけないまましばらく自分の鼻筋を見ていてから上体を起こすと、ベッドからふたたび這いあがり、壁ぎわの書棚に並んだ本の背表紙を見た。そうしてそこから一冊の本をひきぬいた。むかし、なんども読みかえしたことのある哲学書だった。自分はページを開くともなく手の平にその哲学書をのせたまま瞑目し、頭に灯るその一文を諳《そら》んじてみせた。

自己は死んでも、互に愛によって結ばれた実存は、他において回施《えせ》のためにはたらくそのはたらきにより、自己の生死を超ゆる実存協同において復活し、永遠に参ずることが、外ならぬその回施を受けた実存によって信証せられるのである。

（岩波文庫　田辺元『死の哲学』「メメント モリ」二〇一〇年）

自分は手の平に本をのせたまま窓辺により、月光のもと、一ページ目をひもといて字面《じづら》に目を落とした。活字は鉛（Pb・原子番号82）にアンチモン（Sb・原子番号51）とスズ（Sn・原子番号50）を加えた合金である。凸型に圧せられたその古い字面は淡い月映えに浮きあがり、紙面から流動体となって甦生《そせい》してくるようだった。

暗誦した一文ののるページを開いてみるとそこに栞《しおり》がはさんであった。ちょうどこの一文を、かつて、自分ではないべつの誰かが一心に読みこんでいたという事実……その「誰か」とはまがいもなくコトの弟であり、むかし、池をつくったいちばん下のその弟は、もう死しているにちがいないと自分はそう直観した。

翌日、コトはなかなか起きてこなかった。トーストと野菜たっぷりのサラダ、それに挽きたてのコーヒーを食卓に並べてからコトの自室をノックした。二度、三度、四度……返事のないドアを開けるとコトはいなかった。広い枕のその中央部、コトの頭蓋がそのままの形で窪んでいる。

コトの遺体が運ばれてきたのはそれからまもなくのことである。

「弟さんですね？」

警察に尋問されている感覚をおぼえながら自分は黙していた。

「どなたがほんとうのお身内の方か、よくわからなかったものですから」

二度目の脳内出血で倒れたコトは意識不明のまま、緊急病棟のベッドに伏していた。枕辺には家族の写真立てが飾られてあった。仰向けた身体の顔だけを横に向け、目元には一滴の澄明な湖面を浮かべていたという。

自室に運ばれたコトのほそい亡骸《なきがら》……おおいかぶさるようにして、彼は、乱れたその御髪《みぐし》をなんども櫛でまっすぐ梳《す》いてやった。

序説　没落の完了

それは、ちょうどこういうことに似ていた。

あれはまだ一歳にもみたない赤子のときのことで、自分は、羊みたいに背骨のやわらかい一人の老婆に負《お》んぶされていたはずだった。季節はいつのころかまったく記憶にないものの、ようやく外界の形象やら色相というものがぼんやり見えるようになっていた赤子の網膜に映しだされていたのは、なにやら茫洋とした、黄色い花粉めいた靄《もや》のようなものが視界いっぱいにたちこめていて、輪郭のはっきりしないそれら大きな流動体のふちには銀に光った水車のようなものがきらきら光りながらゆっくりゆっくりまわっている、そんな風景であった。音というものはいっさい鼓膜を揺るがしてこなかったからよっぽど静かな田舎のほうだと思うのだが、自分にはまったく馴染《なじ》みのない、のどかで牧歌的な風景が広がっていたのはなんとも妙なことであると思いつつ、その後一度も問うてみることなく父も母も他界してしまったので、どうしてあのような風景のなかで老婆に負んぶされていたのかとうとうわからずじまいになってしまったのである。それというのもそのときの記憶が玄妙でありながらなんとも奇怪めいており、口外することにどこか憚《はばか》りの感情をずうっと引きずっていたからであろう。一歳にもみたない赤子が老婆に負んぶされ、そのうすい老婆の肩先からのぞかれる風景をぼんやり記憶にとどめていること自体べつだんふしぎでもないだろうが、口外をためらったのは、それまでまったく鼓膜を揺るがしてこなかったのどかで静かな風景のなかから、まるで眠るような囁《ささや》き声が、自分の心音とまったく重なり合いながらなんとも心地よく共鳴してきたからなのであった。眠るような囁き声……自分を負んぶしていた老婆は赤子を背負いながらそのときたしかにこっくりこっくりとゆるい眠りに入ろうとしていたはずなのであり、深い眠りに落ちようとするそのさなか、自分の心音とまったく共鳴しつつ、夢言なのか、あるいは真言なのか、老婆の声が自分の鼓膜をようよう揺るがしてきたのである。はじめ心地よくひびいていた鼓膜の振動がそのうちだんだん心音とともに一歳にもみたない赤子の記憶の襞《ひだ》に忘れもしない語りとなって沁み込んでいき、こうして自分の身のうちに胚胎《はいたい》していったのだった。老婆は立っていたのではないだろう。一歳にみたないとはいえ、重たい赤子を背に負んぶしながら突っ立ったまんま居眠りなどできるはずもない。だとするならば縁側かどこか、靄めいた黄色い流動体と銀の水車が見えるようなどこかに老婆はぺっしゃり座っていたものか、ともかく外の風景が見える場所であったことは確実なのだ。

さて、これからここに述べようとするのは同じような別のことである。見えた風景も異なれば老婆でもなく、そしてうとうと眠っていたのは自分のほうであったものの、夢言なのか真言なのか、鼓膜を揺るがし、身のうちに胚胎していった囁き声……いや、これも老婆のそれとちがってもっと朗々とした粗野で野太い声ではあったが、玄妙かつ奇怪にも、自分に語りかけてきた「或る男」の声をここにぜひとも紹介したいのである。

「まったくどうしたもんだかァ」

開口一番、男はまずこのように声を発すると、あとはほとんど独白に近いかたちでずんずんと唾液を飛ばしながら粘っこく語っていった。

〔現今、とある村社にて〕

まったくどうしたもんだかァ、コータニ雨ばっかし降るんじゃまったく気が滅入っちゃうつうもんだ。ほれ見ろ、もうこれで四日も降りっぱなし、空はずうっとどんより鼠色《ねずみいろ》でよォ、下界はなんだってコータニじめじめうす暗えんだ。ひさしぶりにやってくりゃあこの始末、まったくどうにもユーウツになってしゃあんめえなァ。でもよ、雨降らなくっちゃァ米もとれねえし野菜だってとれねエ、だから仕方ねえことくらい己《オレ》だってじゅうぶん承知してるけどよ、でもよりによってなァ、なんだって己が降《お》りてきたときにかぎってこうなんだ、そうだそうだァ、なんできまってこうなんだァ……え？　ああそうだよ、己はいつもじいっとここにいるわけじゃねェ、だいたいこの己は昔からひとっところにじいっとしていられねえ性分だったんだァ、あっちへふらふらこっちへふらふら、秀才な兄貴とちがって家んなか引きこもってなんだかんだとしんねりむっつりしながら脳ミソ働かせているような、なんていうんだ、そうだァ、沈思黙考タイプの男とわけがちがうんだなァこの己《オレ》ときたら。なんでコータニちがうんだかァ、兄貴と己はよ。同じ血肉分けたっつうのによ、こうも性分ちがうときてるんだからまったくもってふしぎな話なんだが、まあ、それはなァ、そのことは追ってゆっくり話していくことにするべェ。

さァてと、どっから話していくべェかァ……そうだ、云っておくけどな、ぜんぶ話すことはしねえぞ、ぜんぶ話したらそれこそ十年も二十年もかかっちゃうからな、そんな暇なんか己にはねえんだ。だからよ、ここんところはかいつまんで話すっから耳かっぽじってようく聞いておけ。ああそうだそうだ、主《ヌシ》よ、おめえさん知ってるか？　己の人生、どのくれえの文字で書かれてお るか知ってっかァ？　知らねえだろう、知らねえはずだ、そんな暇人この世にいるはずなんかねえわ、誰だって知らねえはずだ、どっかの偉い学者だってそんなこと知るはずねえって己そう断言できる。じゃあなァ、せっかくだ、せっかくこうして主と遭《あ》ったんだから教えてやっか、聞いて驚くな、腰抜かすなァ、なんとなァ主、おおよそ云ってたったの二千三百字ぐらいだァ、たかが二千三百ぐらいの文字で人の人生ダイジェストみてえに語られたんじゃやってられねえっぺヨ。まったく、そりゃああんまりゴシャッぺってもんじゃねえかァ。え？　なんだ？　「ゴシャッペ」ってなんだってか？　なんだ主、ゴシャッぺも知らねえのかァ……うん？　ほうほう、なるほど、ああそうか、ああそうかそうか、主はここの人間じゃねえのか、そうだっぺなァ、うん、そりゃあそうだ、ここの人間がコータところにうろうろしてるわけあんめえからなァ。それなら説明してやっか。ゴシャッペっていうのはなァ、ここいらのことばで「さっぱしわけがわかんねエ、つまりはなァ、デタラメ」っつう意味だ。そんで主《ヌシ》はどこの出身《で》だァ？　なんだ、そうかァ、主もアヅマか。アヅマだったらゴシャッペ知ってるんじゃねえのかなァ……え？　アヅマはアヅマでも、うん、そうか、なるほど、主は「総国《フサノクニ》」の出身かァ、千葉の総国じゃあゴシャッペは知らねえだろうなァ。だいたいあれだ、なんでもな、ゴシャッペはここいら茨城の「常陸国《ヒタチノクニ》」あたりの方言なんだ、己も最初なんのことかさっぱしわからねえでいたんだ。なにしろ己はもともとあっちのヤマトの出身で、それからあっちへふらふらこっちへふらふら、西のほうへ行ったと思ったらこんどはこっちの東のほうときてるべェ？　だから己のしゃべってる言語はあっちの方言やらこっちの方言やらでもう無茶苦茶、デタラメ、あははははは、そうだ、まったくゴシャッペで、自分でも正直どこの人間かときどきわからなくなっちまって困ることがある。だからな、己の言語は雅《みやび》な貴族語どころか、主、共通語でもなんでもねえからそのつもりで聞け、いいなァ、うん。

ええと、なんだっけかァ、なに話そうとしていたんだ、己は……。ああ、そうだそうだ、思い出した、二千三百字の原文だァ、己の人生たったの二千三百文字で始末《ケリ》つけようとしたフルコトブミっていう本にいささか異議あってもっと事の真実っつうのをしゃべりたくって己《オレ》、主《ヌシ》に語って聞かせようとしていたところだった。『古事記』って書いて〈フルコトブミ〉……わかるな？　そのくらいの常識は。そうか、わかるか。主、なかなかのインテリだとみた。近来じゃ〈コジキ〉って読むのが一般みたいだがな、まあ、己にとっちゃどっちだっていいんだァ、フルコトブミだろうがコジキだろうがよ。そもそもあれだ、そもそもオレは〈ことば〉ってもんに、うん、ちょっくら堅っ苦しい云い方すりゃあ〈言語〉ってもんにあんましこだわらねえ性質《たち》なんだ。さっき云ったようにな、己のしゃべくりはあっちこっちの方言さァ入り乱れちゃってまったくわけがわからねえくらいなんだが、それだけじゃねえ、主、驚くなよ、そのうち海の向こうの、ほれ、外《と》つ国《くに》の言語、つまりは外国語だわな、ソッタラ外国語だって己の舌先からすらすら出てくっからびっくりしちゃいけねえぜェ。ああそうだ、そんじゃソッタラあたりのとこからまずはおっぱちめるとするか、ん？　そうだァ、〈言語〉についての己と親父のやりとりから話をはじめるとすんベェ。

主も承知のとおり、親父は己を試したんだ。スメラミコトのこと「親父」だなんてなんだか口幅ったいけんどな、己の親父であることに変わりはねえからまあここんところは「親父」って呼んでおこう。その親父がこの己を呼びだしてこう云ってきた。「おい、いったいどうなってんだ。おまえの兄はどうして会食の席にやってこないんだ」。あのな、「会食」っていうのはスメラミコトである親父も交えた正式な食事会のことで、そうだな、あっちのほうのキリスト教でいえばたいてい「聖餐式《せいさんしき》」みてえなもんだわなァ。古事記の原文じゃあ「大御食《おほみけ》」ってそう書いてある。しかしなァ、それにしたってこんときの親父のセリフがもうなんだかイヤなんだ。だってそうだっペヨ、自分の子ども呼ぶのにどこの親父が「おまえの兄」なんて云うかァ？　云わねえだろう？　な？　この時点からなんだかもう怪しいべェ？　親父の腹になにか企みっつうか、己を一発試そうという計略みたいなもんが潜《ひそ》んでいるって主だってそう感じるだろう？　そうだよ、誰だってそう感じるもんなんだ、よっぽどとんまで鈍感じゃねえ奴だったら誰だって「なんだか怪しいなァ」ってそう思うだろうよ。ところがなァ、ところが己ときたらそんとき「怪しいなァ」ってちっとも感じなかった。いいか、ここは笑うところじゃねえ、こっちが恥忍んでコッタラ正直に告白してるんだから笑わねえで真面目に聞くもんだ。ああ、主は笑ってねえな、真面目な顔してる、おめえさん、案外まっとうな人間かもしんねえなァ、教養もちっとはありそうな感じだ。それだったら話どんどん先へ進めんべェか。

　ともかくな、親父は兄貴に直接云わねえで己《オレ》に向かって、なしておめえの兄貴は食事会にツラ出さねえのかって、この己に訊いてきたんだ。なにも兄貴と同棲してるわけじゃあんめえし、いちいち兄貴の腹ん中まで己が知るかってほんの一瞬だけそう思ったけどな、そのときなんだか知んねえけど己の頭ん中「怪しいなァ」とは考えないで、己の頭はもうまっしぐら、兄貴の奴、とんでもねェ野郎だァ、ふざけた真似しやがってただじゃすまさねえぞ！　なんて、そっちのほうへまっしぐら血が突っ走っていったんだわ。親父はそのあとこう云った。だったらおまえが行って兄貴を「ネギ教えさとしてこい」って親父は己にそう命令してきたんだ。親父の命令はスメラミコトの詔《みことのり》、己は「はい」と二つ返事でそう答えておいて親父の云うとおり、すぐさま兄貴を「ネギ教えさとして」きたのさ。ところが五日ほどたって親父はまた己にこう云った。「どうしたんだおまえの兄貴は。なんでまだ参上してこないんだ。おまえは朕《ワシ》の云うことちゃんと果たしたのか」ってな。なんだかどこか一物秘めたみたいな感じで訊いてきたから己は平気な顔して「ああ、兄貴のことならもうちゃんとネギしてきましたよ」と答えた。すると親父はなんだか意味深長な表情浮かべながら「おうそうか、それでおまえはどんなふうにネギしてきたんだ？」って水向けるようにぬっと顔を突きだしてきたんだ。だから己はありのまんま胸叩いて云ったのさ。「朝、兄貴が便所へ入った隙《すき》ねらって、あっちがすっかり油断して用足してるあいだに、目にも止まらぬ神業で己《オレ》、兄貴の手足こうカッチャイデ、つまりはその引きもいでおいて、そっからあとは薦《こも》に包んで、はい投げ捨てました」とそうきっぱり答えたんだ。だって嘘じゃねえもんなァ、ほんとのマジのことだから己、正直に云ったら、さあこっからだァ、親父が己をヤマトから追放していったのは……。

「於是天皇、惶其御子之建荒之情而詔之」

漢字ばっかしの原文で、なんだか経文みたいな文字面になってるけんど、いわゆる訓み下し文にしてみっと、

「ここに天皇、その御子の建《たけ》く荒き情《こころ》を惶《かしこ》みて詔りたまひしく」

（岩波文庫『古事記』倉野憲司校注 一九六三年）

とこうなっていて……なんだ、要はあれだァ、親父の奴、己に兄貴のこと命令しておきながら己を自分のところから遠ざけようって腹だったんだ。だけど笑うな、ああ笑ってねえな、小っ恥《ぱ》

ずかしいことだが、そのときだって己はまだ気づいていなかったんだわ。原文じゃこのときの親父の心情はこう書いてあるが、親父がすっかり己を疎《うと》んでヤマトから追っ払おうなんて料簡、己はちっとも気づいちゃいなかったのさ。親父は己のこと「建く荒き情」があるって怖れた。そんだァ、このとき己は「小碓命《ヲウスノミコト》」っていう名まえだったけんど、もう決まっていたようなもんだったのだ。「倭建命」……そうだ、ヤマトタケルノミコトってな。ああそうだよ、生まれてきたときから宿命的に己は「建き荒き情」をもった、ソッタラ性分に生まれてきちまった人間なんだとなァ……。

さあて、ここでどうしたって考えておかなくっちゃならねえことがある。ここんところは大事なところだ、耳かっぽじって、おめえさんよ、主《ヌシ》、しっかり聞いておくんだな。さあてと、どっから説明したらいいもんだかなァ、論理的に筋道立てて話すにゃ段どりどうすればいいもんか……。そうか、うん、そうだな、「ネグ」っつう言語問題は後まわしにて、まずは親父と己の立場から話すのがいちばん理にかなった論理だろう、うんそうだ、じゃあそうすっペェ、それに決めた。

ほら、あっちのキリスト教のほうじゃ「預言者」っていうのがあるべェ？　そうだ、そんだよ、「予言者」じゃなく「預言者」って書いてヨゲンシャだ。あっちじゃモーセとかエリヤとかイザヤとか、そういったなんだァ、賢い連中指して預言者っつうことになっているだろう。こっから向こう未来を予知するのが「予言」、だけんど「預言」っていうのはそうじゃねェ。神の

「言（葉）」を人々に伝達する役目にあたってるのが、そうよ、預言者だ。文字どおり「言《コト(バ)》」を「預《アズ》」かる「者《モン》」っていう意味くらいちょっと頭ひねればバカだってわかる道理だべ。それとおんなじ道理がミコトモチだ。ミコトっていうのは本来「御言」と書く。「御」はもともと「神」に対してつける文字だから「御言」っつうのはつまり「神」の「言（葉）」のことで、モチ（「持ち」）は伝達する意味だ。だから、な？　ミコトモチも預言者もけっきょくは一緒なんだ。細かいこと云いだしたらまあちょっとはちがいもあるんだけんど基本的には一緒だ。「神の言」を人々に伝達する役目っていう点ではまったく一緒で親父も己もそのミコトモチっていう立場にある。だって、ほれ、スメラミコトもヤマトタケルノミコトもどっちも「ミコト」っていう文字が入ってっペェ？　だからよ、親父も己も神の発した大切な言語を伝達するっつう点ではおんなじ役目にあるといっていいんだが、やっぱし親父のほうが一段も二段もランクが上なんだわなァ。だってよ、スメラミコトだろうよ、あっちは。スメラとくりゃ「澄《ス》メラ」といって鏡とおんなじ、まったく一点の濁りもねえほど心が澄んで、そっから出てくる言語はまさに神そのものだっていうのはまったく道理だろう。いっぽう己のほうときたらヤマトタケルだっぺ？　神どころじゃねえ、こっちは西のヤマト界隈でうろちょろしてるタケルにすぎねえのは火を見るより明らかだ。だってよ、親父は「建く荒き情」に怖れなしてヤマトから己を追っ払おうとしたんだからなァ。「澄」と「建」とじゃ、はなっから勝負にならねえ。これまた物の道理ってもんだろう。

以上の道理がわかれば親父がこの己《オレ》を試していたことよくわかるだろう。しかもな、そこに計略の頭があったのは、主《ヌシ》、おめえさんにもわかるだろうが。親父は己をヤマトから追っ払おうとしたばかりじゃねえ、兄貴も追っ払おうとしたんだ、己のコータラ猛々《たけだけ》しい気性を巧いこと利用してな、兄貴を亡き者にしようと計略した。だどもなァ、兄貴も兄貴なんだ。兄貴は親父が召そうとした女子《オナゴ》をさっさと自分の物にして、それでもって嘘こいて別な女子を親父に差しだしたときたんだから沈思黙考もここまでくればもう立派な犯罪だなァ。ところが驚いたことに親父ったら兄貴の陰謀ちゃんと気づいていながら兄貴をまったく咎めることもせず、おまけに差しだされた女子の手も握らないで、ただこうじいっと観照ばかりしてた。たまんねえのは女子のほうだ。スメラミコトに召されたっつうのに手のひとつも握っちゃくれねえんだからなァ、女のプライドもうズタズタにされ、すっかり傷ついて苦しんだそうだ。

ここでひとつ考えておきたいことがある。そうだァ、親父のことだ。親父はスメラミコトなんだから神言を伝達できるそりゃあ立派な人のはずだろう。だけんど親父のやってること見てっとソータラ神聖さよりもな、なんだか頭ばっかし使う醒めた哲学者のような人物に思えてしょうがない。これは兄貴にも云えることで、己からすればハンサムな二人は外見も中身もよく似ているそれこそ双生児みたいな親子なんだよ。髭面《ヅラ》の野蛮な己とちがって二人はスキっとした優男《やさおとこ》で醒めた哲学者、とくにスメラミコトたる親父には戦慄すべき聖なるもの、つまりは「ヌミノーゼ」っていう資質に欠けていると己は断然そう考える。え？　ああそうだ、主《ヌシ》も聞いたことあっか？　ノイローゼじゃないぞ、ヌミノーゼだ。ヌミノーゼはドイツのプロテスタント神学者オットーという人物がのたまわったありがたい言語だ。頭で考える合理的なもんじゃなく、もっとどろどろした非合理的な情緒「聖なるもの」……一言で云えばそれがヌミノーゼっつうことになる。けっきょく親父は怜悧《れいり》な頭使ってみずからの手を汚すことなく己と兄貴を同時に排除したことになるんだ。だいたいそうだ、「ネグ」という言語でもってこの己を試し、騙《だま》くらかそうとした料簡からもう聖なるもの、ヌミノーゼからほど遠い存在だと云えるんじゃねえか。さあて、それじゃネグの問題を復習《おさらい》してみるとすっか。

さっきも説明したように親父は会食に列しない兄貴を「ネギ」（原文だと「泥疑」って書いてネギだ）してこいと己に命じてきた。己は親父の命令どおり便所に入った隙ねらって兄貴の手足をカッチャギ、つまり共通語で云うなら引きもいでおいてだな、薦に包んで投げ捨てた。それを知って怖れをなした親父は「西征」という名のもと己をヤマトから追放しにかかったわけで、つまりはさ、ネグには二つの意味があって、親父の考えていたネグと己の理解したネグはまったく異質だったというのが古事記に載っかってる文章だ。でも真意はちがう、そうじゃねえんだァ、親父は己の性分をじゅうぶん承知しておいて故意《わざ》と「ネグ」っつう音声言語を持ちだしてきたんだ。

三、おめえさんは〈原始語の相反的意味〉って知ってっか。うん、そうか、そんじゃちょっと説明しておくとすっか。あのな、多くの言語学者が云うにはな、なんでも最古の言語には〈強弱〉とか〈明暗〉とか〈大小〉といったぐあいに、対立する相反的意味をもつ言語がけっこうあったっていうんだ。たとえばエジプト語でkenと云ったら「強い」と「弱い」という対立する意味を両方包含しておった。こういう言語例はエジプト語にかぎらずラテン語にもドイツ語にも英語にもどの国の言語にも見られる共通現象であってこれを原始語の相反的意味という。つまりだ、手っとり早く云ったら同音異義語のことで、昔の同音語にはまったくあべこべの意味があったということなんだわ。人間の奥のほうにモヤっとある……なんだっぺ、そうだ、矛盾したアンビバレントな感情っつうのか？　そういったどうにも割り切れねえ厄介な感情っつうものが昔の言語にはあったっていうんだな。ほれ、日本語にもあるだろう？　カナシイが「悲しい」と「愛しい」の意味になったり、イトウが「いやがる」と「いたわる」の意味になったりしてぜんぜんちがう同音異義になるのと同じようにしてな、じつはネグにもまっぷたつに割れた両方の意味があった。これは日本の碩学《せきがく》者たちも指摘していることだ。……ああ、そうだそんだァ、早い話がおめえさんの「主《ヌシ》」とこの「己《オレ》」のことだ、好個の例がここにちゃんとあるっペヨ。「主」にも「己」にもな、自称（一人称）と対称（二人称）の両方の意味があるんだよ。「主」は「you」だけじゃなく「I」の意味も両方あって「己」もおんなじことだ。オレっていう場合もあればオマエっていう場合も両方あった。つまりは自称と対称という主客は自在に入れ替わることができるってわけで、人間は自己のなかに他者が潜んでいるっていうことなんだろうな。だから己のなかにだってあの兄貴の性分がどこかに入っていたのかもしんねえ。だいたい己と兄貴は双生児だったのだからなァ。

そうだ、話題を元にもどすべェ。そんだ、「ネグ」のことだがなァ、まんず一つ目のネグには「神の心を慰めてそのご加護を願う」っていう意味があった。ほらァ、神主のこと「禰宜《ネギ》」っていうだろう？　あれはこっからきている。それから二つ目のネグには「いたわる、ねぎらう」っていう意味があった。「いたわる」も「ねぎらう」も相手のことを思いやって同情的な気分から出てくるなんともうるわしい言語なんだが、それにしてもまあ言語っちゅうのはこれまた一筋縄ではいかねえ代物《しろもん》で、人間だけが使用するツールなもんだからやっぱしどうにも矛盾したあべこべの感情がここにも働いてくる。なんと「いたわる」には「いたぶる」っていう意味、切った張ったのアチラさんの世界な、「あの野郎、ちょっくらいたぶってこい」そういったおぞましい暴力的な世界もここにはあった。

だからなァ、だからわかるだろう。己はネグをこっちの……ああ、「こっち」のじゃねえか、そんだァ、「アチラさん」の暴力的な意味にとって己は兄貴のその手弱女《たおやめ》みてえな白くてほっそりした手足をずったずったにカッチャイデやったのさ。ところが親父のネグはそうじゃなかった。暴力じゃない。神にも通ずるねぎらいの言語でもって教えさとしてこいという意味だった。〈力〉と〈言〉、同じネグをめぐって己と親父はまっこう対立した。〈力〉で訴える己と〈言〉で収拾しようとする親父、父と子の対立。そういった意味において親父は神の言語を伝達するミコトモチという立場、まさにスメラミコトとしてふさわしい方位に立っていたのはたしかだ。いっぽうの己ときたらまさしくミコトモチ失格者だった。そのことの道理くらい己だって心得ているんだ。けどな、親父は知ってたんだ。「ネグ」してこいとコイツに云えば必ずや力ずくで兄貴を処理するにきまっているとその理知的な頭でちゃんと計略していたんだよ。親父は「建《たけ》く荒《あら》き情《こころ》」をもった人物としてこのときはじめて己を怖れたと、そんだ、古事記にはそう書いてあるがな、そうじゃない、そんなんじゃねえのさァ……。

父と子の対立はどこの世界にでもある。いわば宿命みてえなもので、あのギリシャ神話にもクロノスは自分の親父を力で倒したしそのクロノスだって自分の子ゼウスに力で倒されたってそう伝えているだろう。しかしなァ、しかし己はちがう。己は親父を力ずくで倒そうとした覚えなんてこれっぽっちもなかった。親父の性分に馴染《なじ》めねえでいたのはそりゃあたしかだった。知に走り、才に溺れてどこか醒めた感じのするそんな親父のふるまい方が己にとっちゃ甚だ面白くなかった。神に通じるミコトモチとしての親父とキリスト教などにみる預言者との決定的な差はどこにあるかって云えば、それはおそらくこういうことなんだ。親父の一生はあのとおり無事平穏だったが預言者たちは神と民との板挟みにあって苦悶きわまりない一生を送ったものが多かったということさ。宮廷に庇護された御用預言者とちがってな、真の預言者は、そうなんだ、その末路はなんとも悲惨だった……。

そうそう、己はこう思っている。ヨハネの吐いたあの有名な一節だ。

「太初《はじめ》に言《ことば》あり、言は神と偕《とも》にあり、言は神なりき」

（文語体『舊新約聖書』ヨハネ伝福音書一－一　日本聖書協会）

この「言」はロゴスのことだとか言霊《コトダマ》のことだとかいろいろ云われている。主《ヌシ》も知ってのとおりロゴスはギリシャ語で言語とか理性というくらいの意味なんだが古代ギリシャ哲学者ヘラクレイトスによればロゴスは万物を一に統《す》べる概念として用いている。それを己《オレ》流に解釈すればさっき云った〈原始語の相反的意味〉——つまりまったく矛盾したあべこべの、人間が抱えもったどうにもならねえアンビバレントな感情、こういった両義的な原始語を矛盾することなくこれをもっと統一的に高めていったものが「神」の「言」なんだと己はそう思う。そんだ、ほとんど弁証法と一緒で、「神」なんだから対立するわけがねえんだ。「神」の「言」はまさにマコト（真言）でありミコト（御言）であって世の対立矛盾を解消してくれるまさに〈天の声〉であるはずだった。対立を止揚して高次に高めるのが神の言であるとするなら、スメラミコトたる親父は自分と対立するこの己を、なんでどうして西へ東へ追放しようと考えたのか……。まあ、そのことは追ってゆっくり話すことにすんべェ。

おう、主、見てみろ。ようやっと空も晴れて流星が飛びはじめたァ。こっから見おろす夜の村落は、ほれ、アッタラ海みたいに水銀色にひったり光って、昏々と眠りに落ちながらなんだか魂魄《たましい》が舞い踊っているようだ。まったくすべての境界というもんが取っ払われて、「こっち」も「あっち」もなく、「あっち」も「こっち」もなく、うねるみたいに地べたを底のほうからゆっくり胎動させてよ、青人草《アオヒトクサ》たる民の魂魄は舞い踊りながら夜の一切を超えていこうとしてるみてえだなァ。「踊る」……そうなんだ、あのツァラトゥストラがそうしたように己も踊りながら西征へと出発したんだ。

己は親父の命令のまんまヤマトを出発し、地べたを蹴りあげ蹴りあげ、勇んで西国へと出向いていった。親父が云うにはな、西国にはクマソタケルという礼知らずの反逆者が二人いっからそいつらを征伐してこいということだった。ここはかいつまんで概略《あらまし》だけ述べておくとすっか。己はそのころまだ少年（ヲグナ）だったが持って生まれた勇猛果敢な性分だけは誰にも負けちゃいなかったからそりゃあ凄まじい感じでクマソタケル兄弟をぶっ殺した。兄の野郎には胸ぐらめがけ剣《つるぎ》をひとつ突き刺し通し、逃げる弟にはサディスティックに尻から剣をぶっ通した。するとな、弟の野郎なんだか奇妙なことぬかしてきたんだわ。尻からぶっ通したその剣を、なんとあの野郎、妙にうすら高い声で「どうかそれ以上、剣を動かさないで」なんてェ、ナヨっとした女形《おやま》みてえな感じでほざいてきたから己はふたたびサディスティックなうすら笑い浮かべてっと「オマンサーは、いったいどこの誰でゴアスカア」などと今度はゴッツイあっちの方言丸出しでそう云ってのけてから口をあんぐりしてたんで己は肩を怒らせ、大きな声音《こわね》で名告《なの》ってやったのさ。

「己の親父は大八島国を統《す》べるスメラミコトでなァ、己の名はヤマトヲグナというのだ。親父の命はおまえたち（そうそう、原文だとこの〈おまえたち〉のところが『意禮《オレ》』というふうに一人称になっているんだ、さっきも云ったように）……おまえたちクマソタケルを征伐してこいとのミコトなのでミコトモチたるこの己がこうしてはるばる西国くんだりまで参上いたした次第だ」ってな。なんだか大仰っぽく、ご当地は水戸黄門サンの印籠みたいで我ながら「イヤだなァ」とそのとき正直そう思ったがもう後の祭り、己は大見得を切ってみせた。そしたら弟の野郎、こっちの西国のほうじゃ己等《オレラ》ほど強いモンはいなかったがバッテンあんたはもっと強い。んだからこれからはオマンサー、ヤマトタケルってそう名告るとよかあ……なんて機嫌とって事を穏便にすませたい腹がみえみえだったが己は容赦しなかった。己はヤマトタケルという名だけしっかり頂戴したあと、タケルとはとうてい思えない女形みてえなナヨっとした弟の尻にぶっ刺した剣をガチャガチャ動かし、兄弟もろとも殺戮《さつりく》した。せっかくクマソまでやって来たんだ。旅の嫌いじゃない己はその足で出雲まで出向いた。いっぺんは日本海も見たかったし、そりゃあ海産物も美味ときてるし、出雲にはヤマトにはない特殊な先進文化もあったし、おまけに出雲はあのスサノヲゆかりの地でもあったからなァ。その出雲へ赴いた己はついでにイヅモタケルを征伐した。覇者ヤマトタケル――それは英雄人物そのものを表した名だった。けれども己はなァ、そのとき「覇者」になろうなどとはつゆほども思わなかった。己の名はヤマトタケルノミコトとなった。『古事記』では「倭建命」と記すとおり、「倭（国）」など、たかだか畿内五か国のうちの一国でしかない。しかしこのときクマソタケルやイヅモタケルなど西国を征伐したことによって「倭《ヤマト》」はどおんとその版図を拡大し、『日本書紀』が己の名ヤマトタケルノミコトを「日本武尊」と端的に表記したようにな、ヤマトは「日本国」として大規模な覇権国家へ邁進しようとしていたのだ。「倭」という一個の共同体なんかじゃない、そうだァ、親父が目指したのは「日本」という国家そのものなんだ。けれどもバカな己はそんなことまったく頭になんかなかった。己は親父のやり方にどこか猜疑の目を向けつつも、このとき、生来の自分というものをぞんぶんに発揮できるこの西の旅に人知れず酔いしれていたのもまた事実だったんだ。西征の途次、己は土地土地の山の神や河の神、それに海峡の神たちをつぎつぎになで斬りにし、帰順させ、意気揚々と踊りながらヤマトへ凱旋してきたのだった。

ああ、なんだか賢《さか》しらぶった話になっていけねえなァ。だけんど長い夜、せっかく主《ヌシ》とこうして相見《あいまみ》えてるんだ、腹蔵のねえ己《オレ》の考えやら心境といったもんをありのまんま語っておきてえから主もそのつもりで聞いてくれ。ただしな、テキストどおりに話はしねえつもりだ。古事記に書かれた総文字数おおよそ二千三百字、そっからこぼれたような話をこれからすっから。己は授業するために話すんじゃねエ、ソータラご尤《もっと》もな話を聞くんだったら本さ広げて学問すればいいだけの話だっぺ。だからこのさい起承転結だとか時系列だとかは一切無視する。どんな出来事があってどうしたああしたなんて尤もらしく説明したくなんかねえんだ、いいなァ？　主、わかったなァ？

「天皇既に吾死ねと思ほす所以《ゆえ》か、何しかも西の方の悪しき人等を撃ちに遣はして、返り参上り来し間、未だ幾時《いくだ》も経《あ》らねば、軍衆《いくさびとども》を賜はずて、今更に東の方十二道の悪しき人等を平《ことむ》けに遣はすらむ。これによりて思惟《おも》へば、なほ吾既に死ねと思ほしめすなり。」

（親父はこの己が死ねばいいと思っているのだろうか……西征に出向き、こうして帰還したばかりだというのに今度は東国征伐へ出向けという。それも孤立無援、軍衆もつけず、たった一人で行けとこう命ずる。これを思えば親父はやっぱり己の死を望んでいるのだ）

己《オレ》はこう思うんだ、いまになってしみじみこう思う。親父の頭は「つくる」ことにあって己の腹は「なる」ことにあったんだと……。

テキストどおりにしゃべらないと云っておきながらついついテキストを披露してしまったな。矛盾だらけの己のこと、まあ勘弁してくれ。

さあてと……。

周知のごとく聖書の神は宇宙を「創造」するのであっていっぽう古事記の神は〈ムスヒ〉という霊力によって宇宙は「生成」されていくのだった。絶対的唯一神たる聖書はいわゆる啓示神学に立ち、多数神たる古事記は自然神学に立っていた。「創造」したのかそれとも「生成」したのか、それはどっちにしたって両方とも「ある」状態になったその始原を説こうとしていたものだ。現在こうして「ある」のははたして「創造」によるものなのか「生成」によるものなのか、「ある」状態がなぜどうして起こりえたのか、西の聖書と東の古事記はその始原をそれぞれの立場からそれぞれに説き起こそうとした。西の聖書が「創造」つまりは「つくる」ものという立場にある以上、西洋哲学者の多くはそれにならって「存在」＝「被制作性」と捉え、「ある」ということは「つくられてある」ことなのだとそう考えた。しかし西洋といえども遙かソクラテス以前の古代ギリシャ哲学者の多くは「創造」じゃなく「ある」という存在は「生成」によるものだと考えていたし「創造」の概念に行きづまってきた近代の十九世紀から二十世紀にはソクラテス以前の世界観へと呼びもどし現象が起こって、有力な哲学者からふたたび「生成」説が唱えられはじめた。「ある」という始原は「つくられた」んじゃなく「なった」のだと……。

だからな、だから己はこう思うんだ、つまり己と親父のことだ。己と親父は同じ古事記にこうして「存在」しているはずなのにまるで西と東ほど真反対に立っているんじゃないかとしみじみ己はそう思うようになったんだ。親父はその理知分別のある賢《さか》しらな頭でこの世を「つくる」ものとし、凝然と社会とやらを眺めまわしている。いっぽう己ときたら持って生まれた自然のままに「なる」ものとし、旺然と地響き立てるようバッタバッタ山野を動きまわっていた。ああやって西征から帰って席暖まる暇《いとま》なく今度は東伐命令を発する親父のミコトはどう考えても「生成」によるものじゃない。「生成」から「創造」への企図的変転、いったいいつから日本の神は覇権的「創造」者となるべくその「御言《ミコト》」「真言《マコト》」をスメラミコトへ発するようになったのだ。しかもみずからの手を汚すことなく持って生まれた己《オレ》の性情をあれほど巧みに利用し、おまけに己を排除しようと企んだ。

己は泣いたァ、頭で企んだ親父のその真意をようやく知って己は憂い泣いた。親父は荒々しい己の性情を〈負〉のエネルギーとみてこれを排除しようと企んだのだ。「なる」ままの自然から「つくる」文化としてのそれじゃない。ここはとてつもなく重要なところなんだ。いいかァ、主、よく聞いておけ。親父の「つくる」と己の「なる」の異質さは決定的だといわなくちゃならない。己の「なる」は猛威をふるう〈負〉としての原初的な畏《おそ》れを孕《はら》んでいたが、対して、親父の「つくる」には〈負〉としての人為的な怖ろしさが宿っていたはずだ。この原罪にも近い賢《さか》しらな「知」はたとえば大乗仏教の「般若《はんにゃ》」みたいな分別対立を超えた最高の「智慧《ちえ》」いわゆる根本知とはまるで異質なものだった。ともかく己と親父の二つの〈負〉は対立した位相にあった、そのことの事実はたしかなのだ。主は、そこをどう考えるべェか。

己は親父の本音を知って憂い泣いた。さんざん泣いてから何ごともなかったみてえになァ、涙ざらっと手の甲で拭い、「そうですか、わかりました」と親父にきっぱりこう告げたんだ。

「それでは父のミコトどおり東伐へ己は出発します。ただし、軍衆など一人もいりません。己一人で旅立ちますから」

古事記テキストでは「軍衆」をつけないようにさせたのは親父ということにしてあるがそうじゃない。ほんとうはな、己のほうから軍衆などいらぬと申し出たのだ。己はみずからの運命に従おうとした。〈負〉としての運命に従うのは己一人でたくさんだとそう腹を決めたんだ。

東国は緑濃い、そりゃあ鬱蒼とした森みたいな地だったァ。大気は生命に横溢した甘い湿り気に満ちていてな、繁茂した木の葉は滴るほど重たく豊かだったもんだ。渦巻くみたいな、むせ返る山野の息吹がどおっと風に流れてくっと、そうすっとな、べったり滾《たぎ》った黒い汗なんか一気に蹴散らしていくんだ。怒濤《どとう》となってまっすぐ落下してくる陽光の束に、地べたの色はもう真っ赤に反射している。陽光をさえぎって、小手をかざした己の血も真っ赤に透きとおって見えたもんさ。黒と赤の躍動する世界——そこへ滴るような緑風が轟々《ごうごう》と唸《うな》りの声をあげながら吹きぬけていく。己は暑くなると頭を河に突っ込み、泉水で口をすすぎながら野を駆け、山を越え、土地土地の荒ぶる神や伏《まつろ》わぬ人等《ひとども》を親父のミコトのままに服従させていったんだ。親父のやり方に背を向けつつも己はミコトモチとしての役割をそれでもなんとかこなしていったんだ。そんななか、ふと気がついたことがあった。国造のことだ。主は知っているか、国造のことを。

「国造」と書いてクニノミヤツコって訓《よ》むが、まあ、コクゾウと読んだってかまわない。国造は国々の豪族のことで在地の最高首長にあたる人物なんだ。のちの「国司」なんかとちがって中央出身の役人じゃなく国造はあくまで地元の出身、生まれも育ちも在地の者だった。己は王権に帰順しない土地土地の国造をつかまえちゃァ火つけて焼き殺したりしながらアヅマの奥地へどんどん進入していったんだ。ところがそうやって国造たちと闘っているうち己はある一つの事象をだんだん知るようになっていった。云ったとおりなァ、国造はその国の最高クラスたる首長なんだよ。だから民《たみ》百姓たちを足蹴《あしげ》にするみてえな傲然たる権力者だとばっかし思ってたところ、じつは案外そうじゃないってことがちょっとずつわかるようになってきたのさ。国造はまさにその土地の英雄そのものだった。同音異義語で云うなら民百姓たちに「熱《アツ》く」そして「篤《アツ》く」支持された英雄的人物が国造なのであって彼は一国の運命共同体のカリスマ的リーダーなんだ。その点で云うなら国家の頂点に立とうとしている親父とはその気質からしてもうまったく全然ちがう。とくに東国の国造たちはむやみな戦《いくさ》をけっして好まず、みずから進んで他国に火をつけるようなまねはしなかった。つまり覇権主義じゃなかったんだなァ。それぞれの国がそれぞれの領分内で豊かに暮らそうとしていたのだし一日一日を和平のうちに日暮らしできればそれで「よし」としていたのが彼らの生活ぶりであって、天災やら飢饉なんかでよっぽど困ったときに国造が立ちあがってそのカリスマ的英雄性をぞんぶんに発揮し民百姓たちを救済していった。ほれ、主も知ってのとおり、古事記東伐段にも「尾張国造」とか「相武《サガム》国造」とか出てくるだろう。親父の命じた討伐相手は西国じゃあクマソタケルだったが東国になると荒ぶる神々と伏《まつろ》わぬ人等《ひとども》だった。そのちょっとやそこらじゃ屈服しない伏わぬ人こそが、じつはヨ、在地の英雄「国造」だったんだ。

国造かァ……。ほんとうに彼奴《キャッ》らは、そんだ、昔気質で古いタイプの好《い》い奴らだった。己は国造の貌《かお》のなかに己自身がそのまんますっぽり収まってしまうという、なんとも主客の流動する感覚に陥ったもんだァ。

〔古昔《いにしえ》、アヅマにて〕

星一点も見えぬ垂れ込めた分厚い雲、それでもどこかビロードのつややかさで闇は重層的に覆われていた。それは黒というよりは濃紫《こむらさき》に近い深々とした夜の襞《ひだ》だった。

「こんな草深い鄙《ひな》びたところへのう、まあよう来られた。で、ジブンは、どちらから来《き》なさった？」

低い咳《しわぶき》がかった声でその老人は云った。

タケルは「は？」という不可解な感じで老人に一瞥を投げてから、やがて曇ったその眉根をゆっくりほぐしてせせら笑いを浮かべると「この老いぼれ爺《ジジイ》メが、そうとう耄碌《もうろく》しておるな」そう心中で察しながら視線を焚き火のほうへ向け、ミズナラの太い薪を一本、火中へ放り投げた。濃紫の闇に爆《は》ぜた火の粉が血潮みたいに飛び散ったと同時、静寂《しじま》をやぶってオオカミの遠吠えが余韻を引きながらここまで響動《どよ》んできた。タケルは狩猟に出た遠い昔日を思い出しながらここはどの国あたりか訊ねるともなく独言した。

「いったいここはどこなんだ……」

「ほほう……」と、太い気息を白く漏らしてから老人はおもむろに云った。

「察するに、ジブンの出《で》身はヤマトと見たが、そうじゃろう」

その声音になにやら深遠な思慮を抱いたタケルはあいかわらず不可解な表情を浮かべつつも老

人を正視して云った。

「ヤマト？　たしかに己《オレ》はヤマトの出身だが……それにしてもよくわからんな、主《ヌシ》の問いは。己の出身はヤマトにちがいないが、爺さん、主もやっぱりヤマトなのか」

火焰《かえん》に揺らめく老人の正体が計り知れない。痴呆なのか、聖人なのか、炎に揺らぐ亡霊なのか、それとも老いたる荒神のなれの果てなのか……いつものようにタケルは、いつでも相手を殺戮する準備が整っていた。

「そうかそうか、ああ、失敬をした。ワシはむろんヤマトではない、ここ在地の者だ。いやいや、ここいらじゃジブンといえばワシではなく〈あなた〉という意味なのだ。ヤマトあたりだとジブンは〈私〉を指すらしいがのう、当地じゃ〈私〉じゃのうて〈あなた〉という意味になる。ワシは在地の者だがあなたはヤマトの人ですか、ワシがさっき訊ねたのはそういう意味じゃった」

「あなた」を「ジブン」という……なるほど、これまであちこち旅をしてきてヤマトとちがうたくさんの言語に出合ってきたが、そうか、そうだったのか、世界はずいぶん広いものだと改めてタケルは感慨を新たにした。

「それでここはどこの国なのだ」

相模《サガミ》から武蔵《ムサシ》に入ってぐるっと常陸《ヒタチ》を経由したあと山中に迷ったタケルはさっきと同じ質問を老人に告げた。

「ここは甲斐国《カイノクニ》、酒折宮《サカオリノミヤ》というところじゃ」

老人は宛然《えんぜん》、仙人そのままの白い立派な顎髭《あごひげ》を骨太の指でゆっくりなでながら自慢げに答えた。その節《ふし》くれ立った無骨な指は鋤鍬《すきくわ》だけを手にしてきたのではない、野良仕事とはちがうもうひとつの、狩猟もしくは武人としての血の匂いが染み込んだ銅色《あかがねいろ》をしており、それが目前、焚き火の明かりに照り返され、めらめらと鬼のごとく濃い影で光っている。

「ご老人。主《ヌシ》はここいらに棲む狩猟山人の者か」

「狩猟山人……ふうん、そうとも云えるがそれだけじゃない」

老人はそれだけを答えると隙《すき》のない屹立《きつりつ》した上体をやや前傾にし、焚き火に吊した鍋蓋《なべぶた》を銅色したその無骨な指で引き開けて「おう、ちょうどいい頃合いだ」そう云いながらこっちへ顎をしゃくった。

「さあ、食うがよい。身体が暖まるぞ。熊肉と青物、それにホートーといってな、当地の名物も入っておる。遠慮はいらぬ、さあさあ、たらふく食せ」

闇をやぶり、芳醇《ほうじゅん》な匂いが鼻先からまっすぐ六腑へと落下してくる。その匂いでも嗅ぎとったのか、オオカミの遠吠えがまた静寂の闇をつんざいてきた。

「そうか、では遠慮なく馳走にあずかるぞ」

空《す》きっ腹《ぱら》を抱えていたタケルは椀いっぱいに食餌をごそっとよそると、獣さながらの獰猛さで腹のなかへ何杯も掻き込んでいった。

「おう、みごとな食いっぷりじゃな。よっぽど空《す》き腹《ぱら》だったとみえる」

目を細め、年輪を深く刻んだ皺顔で老人は笑った。その居住まいは鬼のようでいてふしぎな神々しさを輪郭の中枢に醸しだしていた。猪鹿《しし》はしょっちゅう食らっていたが熊肉ははじめてだ、六腑へ掻き込むたび疲れ切っていた身の底のほうから渾々《こんこん》と熱量が滾《たぎ》ってくる……タケルはそう実感した。数杯の椀を平らげて大きく呼気を吐いた。湯気が口から丸く飛び出て満足だった。揺らぐ焚き火から視線を上空へ放つと粘ついた濃い闇に、いつのまにか、水のような青い流星がいくつも飛んでいる。腹はすっかり温《ぬく》くなったが眼球は水のような流星で涼しかった。

「うむ、けっこうな馳走、感謝をする」

タケルは軽く頭をさげて礼を云った。

「いやあ、山深い蛮《ばん》たる粗餐《そさん》でな、ジブン……いや、御仁《ゴジン》のように雅《みやび》なヤマト人の口にはたして合ったかどうか」

「いや、そんなことはない。世辞でもなんでもなくじつに旨かった。それにしても肉といい汁といい、こってりした熊鍋は精気を養うには格好な食い物だなァ。アヅマではよく食らうのか、熊肉を」

「それはもう頻々《ひんぴん》と。食も文化も西国とアヅマではずいぶん趣向が異なるようじゃのう」

アヅマといえば巡りめぐってきた相模・武蔵・上総・下総・常陸・上野・下野・遠江・駿河・伊豆・信濃といった坂東《ばんどう》ばかりでなく遠く陸奥国《ムツノクニ》にも及んでいることはタケルもじゅうぶん承知

をしていた。毛人《エミシ》と呼ぶ蛮族あたりでは熊を神自身として崇《あが》め奉っているとも聞く。熊が荒ぶる神であればこれを討伐しなければならない。これは父スメラミコトの命令でもあった。「東の方十二道の荒ぶる神、また伏はぬ人等を言向《ことむ》け和平《やは》せ」と。

……それにしても旨い。名物のホートーとやらはそれほどじゃないが熊肉がこんなに旨いとはつゆ思わなかった。討伐せずともこうしてぞんぶんに食らって胃腑に収めてしまえば討伐したことと同然のことだとタケルは腹で首肯した。

「ところで」すくっと胡座《あぐら》をくみ、火焔に揺らめく、鬼のような神のような老人を正視しながら重い声でタケルは訊いた。

「主《ヌシ》はここ、甲斐国は国造の者か」

国造なら斬り捨てねばならぬ。彼の神経はかたわらのクサナギノ剣《タチ》から片時も離れたことはなくその右手は柄《つか》をにぎる用意がいつでも整っていた。

(国造の者？)……だが待て、とタケルは思った。一国の最高首長ならこんな山中、一人焚き火を楽しんでいるわけもないか……得心のいかぬ表情でタケルは凝然と老人の顔を改めて見入った。老人は濃紫の闇を大きく吸気すると白い息とともに「それより」と言辞を吐いた。

「それより御仁はどのような道行きでここへ参られたか」

タケルはヤマトからの長い道行きをしみじみと思い起こした。これまでの行旅《こうりょ》とちがい、この東国の旅は死への旅路である。あの地この地を一人さまよいながらみずからの死地を思い定める軍旅、これが生まれもったる自分の運命なのだと身に沁みていたのだ。スメラミコトの発した西征東伐命令、子に放った父のこの御言《ミコト》は呪言そのものであり、呪言の「呪」には元来〈いのる〉と〈のろう〉という相反する意味が込められていたことをタケルは如実に思い知っていた。父は戦果を祈《いの》りながら同時にこの己《オレ》が死ねばいいと胸のうちでひそかに呪《のろ》っていたのだ……。

タケルはなお凝然と火焔を見つめたまま黙していた。古昔《いにしえ》より旅は苦難そのものであり死とほとんど同等の意味を有していた。ヤマトでも旅人の死を悼む、行路死人の挽歌《ばんか》がたくさん流布しているし道行く者は旅の安全をはかるため峠の神などに幣《ぬさ》を丁重に奉ったものだった。それなのに己ときたらどうなのだ、いくら父の討伐命令とはいえ、足柄《アシガラ》では坂の神「白き鹿」を打ち殺してしまった。殺戮したあとのそのなんともいえない空虚さに、突如、走水《ハシリミズ》の海に入水して果てたオトタチバナヒメのことが恋しく偲ばれ、己は思わず「吾妻《あづま》はや……」と嘆きの声を打ち震えつつも発していた。道行きでのあれこれが走馬灯のように頭を駆けめぐるなか、老人の問いかけにタケルはようやく口を開き、つぎのように歌った。

「新治《にひばり》　筑波《つくは》を過ぎて　幾夜《いくよ》か寝つる」

これまでの道中、ひときわなつかしく思い出されるのは常陸国である。そこで同国の地名「新治」と「筑波」をあげて、あれからどれほど旅の夜を過ごしてきただろうか問うと老人は即座にこう返して寄こした。

「かがなべて　夜《よ》には九夜《ここのよ》　日には十日を」

老人の声は闇夜に朗々たる余韻をとどろかせている。鬼はいま、まさに神の声となって、火焔の彼岸からタケルの此岸へとその音声《おんじょう》を増幅させながらとどいてきた。

「なるほど、諾《うべ》しかも」

じつに炯眼《けいがん》だと感服しつつタケルは思った。「かがなべて」とは「日日並べて」の意味であるにちがいない。「二日《ふつか》」「三日《みっか》」というように「日」は「か」とも読むのだ。「かがなべて」つまり日読みの才にたけたこの老人は「日知り《ひじ》（聖）」の王としてこの国に君臨する者なのであろうか、己の旅程など知るはずもないこの老いぼれ人が九泊十日だと云いあてている……。そうだ、とタケルは一人の人物を思い起こしていた。常陸国はあの「新治」を治めるヒナラスという名の国造のことである。ヒナラスは別名ヒナラフとも称していた。ヒナラフはまぎれもなく「日並ふ」のことであり、彼もまた井泉を掘りあてる才などにたけた異能の持ち主だった。このヒナラス（ヒナラフ）は新治、いやもっと広く常陸国そのものを切り拓いていった当国の始祖王だったのであり、彼とつき合っているうちに、己はしだいしだい最高首長たる国造という身分の者が〈武〉を有しつつもまったく〈聖王〉と呼ぶにふさわしい人物であることを実感したのだ。民百姓とおなじ心情を有し、彼らから絶大なる支持をえたカリスマ的存在……それが国造である。己はヤマトの勇者、スメラミコトの子息であるというのに老人はまったく臆することなくかといって居丈高にいるのでもない。

タケルはまぶしそうに火焔の向こう、その彼岸で、悠然と胡座《あぐら》をくんでいる老人をしげしげと見やった。そして「ところで主《ヌシ》に訊くのだが」とタケルは口を開いた。

「主はなにゆえこのような闇夜に一人山入りしているのだ」

老人は源泉という名の〈泉〉を口に含んだごとく涼しげな笑みをたたえながら答えた。

「ははは。古老たる者、古昔《いにしえ》の側に立って現今《いま》へと向かう起源の伝達者でしてなあ……いやいや、ワシが勝手にそう思っているだけのこと。まあ早い話、誰もいない夜の山で一人瞑想にふけるのが好きというか性にあっているだけのことでして。町中家中《まちなかかちゅう》においては老人とかく周囲の者らに疎《うと》まれますし、〈生産〉の側から退いた者、こんどは〈神〉の側へ歩み寄ってみるのがこれ勤めなのではないか、理で申せばそういうことになりましょうか」

「ふうむ……」深い気息を吐いて、しばらく火焰にじっと視線を落としていたその眼光を老人のほうへまっすぐ注視すると、声高にタケルは告げた。

「主《ヌシ》、おまえに国造の名を進ぜよう。うむ、そうだ、アヅマがいい、アヅマの国の国造とこれから名告《なの》るがよい」

ひとくくりに〈東国〉とは云うが、武蔵国や常陸国はあっても〈アヅマ〉の国などこの世のどこにも現存しない。現存しない神話的コスモロジーの最高首長にタケルはこの老人を任じた。

〔現今、ふたたびとある村社にて〕

さあて、じつはなァ、己《オレ》は東国討伐で重大な過失をしちまったんだ。いや、この話をするまえに、どうだ、主《ヌシ》は夢ってもんを見るタイプかい。ああそうだ、夢見る乙女みてえにロマンチックのあっちじゃなくって夜見るこっちのほうの夢のことさァ。ほうそうか、昔からめっちゃ夢をいっぺえ見るほうだったのかァ、ふんふん、そいつはすげえ、ほとんど毎晩三本立てから四本立てくらい見るってか。そんじゃ小便臭い、まるで場末の名画座で何本も見る映画みてえなんだなァ。え？　なんだって？　たまに予告編なんかもちらっと出て翌日の晩には本編がばっちり夢で上映されるってか、へええ、ほんとうけ？　マジなんだな？　いやァ、ソータラ魂消《たまげ》た話はじめて耳にしたもんなァ己《オレ》。そうか、うん、だったら話は早い。知ってっぺ？　ホレ、精神分析学のフロイトのことだ。

　フロイトは『精神分析入門』でこう云った。夢で見る「水」は「出生」をあらわし「旅立ち」の夢は「死」を意味するとな。となれば生来旅好きな己はこの世に生まれ出たときすでに「死」を背負《しょ》わされた存在としてあったわけだし親父から命ぜられた東国討伐という名の旅立ちは「死」の完成型をいかに形づくるか、そういった自分に突きつけられた命題というものを徐々に強く意識しながら己はアヅマの道を奥へ奥へと踏みわけて行ったんだ。己は自分に課せられた「死」の運命とやらをはっきり悟りながらもやっぱり死ぬるのが怖かったのだろう、草枕の旅寝に見る夢はことごとく不安な夢ばかりだったんだ。ほれ、フロイト云うところの「検閲」をまぬがれた夢ばっかし見たのさ。不安な夢ちゅうもんは検閲をまぬがれ、ぜんぜん歪められることなくしばしばむき出しの願望充足をあらわすのだと西欧の深層心理学者はソッタラふうにのたまわった。俗に「死」の対極にあるのが「生」と云われているが、フロイト説によれば「死」を意味する夢が「旅立ち」ならばその反対の「(出)生」を意味する夢は「水」ということになっている。その点についちゃ己《オレ》もまったく同感だ。そうなんだ、「水」と「(出)生」はほとんど等号の数式によって成り立っていて「生」は「水」のなかから生まれ出てくるというのが神代から現今そして未来永劫まで変わらぬ普遍的真理だと己はそう信じている。もっともあれだ、あっちの聖書の世界観じゃ「水」だって「人」だって絶対神ヤハウェによって「創造」されたことになっているが、だけんどよ、人たるもの、胎盤の羊水という「水」から誕生するのはまぎれもねえ事実だっペヨ。旧約聖書によればだいたいヤハウェ自身が「活《い》ける水の源」(エレミア記二-一三)だとか「いのちの泉」(詩編三六-九)なんかにたとえられている。新約でもそうだァ、「わが與ふる水は彼の中にて泉となり、永遠の生命の水湧きいづべし」(ヨハネ伝福音書四-一四)とイエスはそう唱えていたし、そもそも例の「洗礼《バプティスマ》」こそキリスト教における重要な水の儀式だったはずだべェ。バプティスマはギリシャ語でたしか「(水に)浸る」っていう意味のはずだ。いずれにしたってだ、ヤハウェにしろイエスにしろ、それから、ほれ、さっき話した常陸国は新治国造ヒナラス(ヒナラフ)にしろよ、神だとか神聖なるカリスマ王なんかはみんな「泉」にかかわっている。つまり水が命そのものにかかわっていたというごくあたりめえの事実を改めて認識することになるだなァ。

ところで主《ヌシ》は「生」と「死」をどういったふうに考えるべェか？

　やっぱし生と死はこっちとあっちにぷっつんと分断されてよ、二元的に対立するもんだっておめえさんも考えているんだかなァ。人間押っ死《ち》んじまったらさいご、こっちの生からまったく完全に絶たれちまったあっちの領域が死の世界――科学っつう近代の学問がずいぶん進んだ現今から察すれば、まあよう、おおかたの人間がそう考えるのも無理からぬことかもしんねえなァ。だどもよ、どんなに科学が進歩したってソータラ考えはまったくこっちのな、「生」の側からだけ分析した結果にすぎねえことはたしかなんだ。ソッタラ分析は生きてる側だけからの意見であってあっちの押っ死んだ側の意見はまったく採用されてねえんだからな。これってよ、あれだ、民主主義に反するんじゃねえのか。そうだろうよ、理不尽だろうよ、現今人が大好きな「平等」ちゅうもんに完璧に反するっぺ？　かろうじてわかるのは「生」の世界だけであって「死」の領域は、まあ、たぶん永遠にわからずじまいになるんだろうからな、現今の科学が分析してみせる方法は「死」の側を切り捨てたところのまったくもって非科学的な立論に依拠していると考えざるをえない。科学なのに非科学なんだ。知ってのとおり、古事記では「生」と「死」は分断されることなく此《こ》の地と彼《か》の地は一続《ひとつづ》きになって融合しておって双方自由に往還できたんだ。イザナキは、ほれ、「黄泉比良坂《ヨモツヒラサカ》」という坂を通って死んだ妻イザナミに会いに行ったことは主も本で読んで知っておろうに。

あれ？　ありゃりゃ、もうコータラ時間になったんか。夜もだいぶ更けてきたからあんまりのんびりしゃべっていられねえ。だから己の話もいろんな逸話をこのさい思い切って割愛し（そんだ、「割愛」ってことばがこの場合ぴったし当てはまる）……もういっぺん云っておくか、語っておきてえいろんなエピソードをだ、このさい涙こらえて思い切って「割愛」してな、ごく手短に以下の一件だけ話をすっからそのつもりで主も聞いてもらいてえんだ。つまりはなァ、その、なんだ……「女」の件だ。

アヅマ討伐の折に三人の女が己《オレ》に関わった。一人目は叔母のヤマトヒメでこの叔母は己が西征へ出向いたときもなにかと助力してくれた伊勢神宮の斎宮であり、叔母から授かったその神威で己はずいぶん窮地から救われたしガキのころから叔母の存在は己にとって大きな精神的支柱になってくれていたのも事実だった。つぎの女は尾張国造の女ミヤズヒメ、そして三人目が、そうだァ、溜息出るもんなァ、忘れもしねえ、あのオトタチバナヒメだった。

復習《おさらい》すっぺ。夢の分析でフロイトはこう云った。「旅立ち」は「死」を意味し「出生」は「水」と関係あるものによって表現されるんだとな。アヅマへの己の旅立ちは完璧なる「死」を意味した。ところが己より先に己の犠牲となって死んでいった女がいた。それがオトタチバナヒメであったことは古事記に書いてあるとおりなんだが、しかしなァ、テキストに載ってる話はあんまし素っ気なくってよ、ディテールちゅうもんにまったく欠けてっからここは一発もっとつまびらかに語っておきてえんだ。

ほれ、見てみろ。濃紫《こむらさき》の夜天にはあいかわらず流星がぶんぶんきれいに飛んでいるし、ああ、水に濡れたようにコッタラ静かで、匂やかで、甘やかで、そんだ、ほんと、まったくロマンチックな晩なんだしなァ……。

〔古昔《いにしえ》、オトタチバナヒメへの幻想〕

無骨者一辺倒だったタケルが詩を愛するようになったのはオトタチバナヒメと出会ったそのときからだった。西征では血で血をあらう戦《いくさ》だけに邁進し陶酔していたはずのタケルは、東伐となると一転、父から突きつけられた追放という名の「死」の運命をみずから思い悟ると、英雄的凱《がい》歌《か》とはおよそ反対の、哀切帯びた情の詩を衷心より愛するようになる。「死」とは「詩」に他ならぬものであるとタケルは身をもって知ったのであり、その契機を与えてくれた人物こそ、かのオトタチバナヒメではあった……。

……ああ、やめるべェ。ソータラ無声映画の弁士みてえな堅っ苦しいことばでよォ、己、語りたくなんかねえんだわ。オトタチバナヒメのことについちゃ己《オレ》自身のことばで話すっから主《ヌシ》もそのつもりで聞いてくれ。あっちこっちの方言が入り交じり、あげく、粘ったようなアクの強いコータラ常陸国の方言でしゃべるんじゃロマンチックなふんいきが主に伝わらないんじゃねえかすっごく心配だけんど、まァ、心配したってはじまらねえからそろそろ押っぱじめるとすっか。主は、流星の飛ぶ、コッタラきれいな濃紫の夜天を眺めてちっとはロマンチックなふんいきに浸りながら己の話を聞いてくれ。

父の死は、父の愛が私にもたらしてくれた最後の犠牲だと私は思っている。父は死んで私から去って行ったのではなく、できることなら、将来私がひとかどのものになれるようにと、私のために死んだのだからだ。

（中央公論 世界の名著『キルケゴール』桝田啓三郎責任編集 一九六六年）

日記によれば、己とちがってキルケゴールの親父っつうのはこんな人物だったようだなァ。この「父」のところを「オトタチバナヒメ」と置き換えてみっとそのまんま己の心情とそっくりになる。ヒメは己の犠牲になって死んでくれた。だけんどヒメは己から永久に去っていったんじゃない、己とヒメはまたふたたび巡り会うことができたんだ。そう、常陸国でだァ。

東伐の旅はいんやァまァ難儀の連続だった。そのさいたるところが先刻もちょっとしゃべった相模国は「走水《ハシリミズ》の海」ってところで、現今で云えばそんだなァ、うんそうだ、ホレ、「観音崎」ってあるっぺ？　横須賀の近くに。あそこに近いあたりっていえばわかるべ。わかるな？　そうか、わかったか。そうそう、そうだ、日本人なら誰だって知ってる、「観音崎」知らねえでも「横須賀ストーリー」でみんな知ってるはずだからな。

いやァ、それにしたって主、びっくりしたぞォ、焼津から走水へ出たとたん、とてつもねえ巨大地震が起きたんだ。まあ、いっしゅの東海地震だったんだわなァ、いまにして思えば。もう立ってなんかいられねえ、立ってるどころか、おめえさん、その立ってる地べたがぐんらぐんら激しく揺れて、そのうち縦に斜めに地割れしてきたもんだから逃げようにも逃げられねえって始末なんだ。どうすっか、さあてどうすっペェかァ、いくら超人だってコッタラ事態どうすることもできねえべよ。あのスサノヲが暴れてるんじゃねえかって察しはすぐついたけんど己にはどうすることもできやしねえ。叔母ヤマトヒメから頂戴した例のクサナギノ剣《タチ》がいくら強力絶大なる神威をもっているにしたってだァ、この大地をぶん投げたように揺るがす大出来《だいしゅったい》、どうなるもんじゃねえのさ。まさに太刀打ちなんかできねえ怖ろしい巨大な揺れなんだよ。

ポセイドンかスサノヲか——やっぱしスサノヲの仕業《しわざ》であるにきまってんだけんど、あ、そうだ、主、知ってっぺ？　テキストにはこうあったべ。そんだ、スサノヲがアマテラスに会いに「高天原《タカマノハラ》」さ昇っていったとき「山川悉《ことごと》に動《とよ》み、国土皆震《ゆ》りき」とこうあったの主も知ってっぺヨな？　ああそうかァ、やっぱり知ってんな？　スサノヲは天地を揺るがす地震の神でもあったんだ。スサノヲの乱暴ぶりはそりゃあまァ凄まじくって怖《おっそ》ろしくって誰がどう抑えて「この野郎！」って羽交い締めにしたってまったく相手にならねえし、あのオモヒカネみてえなちょっこら賢《さか》しらで科学者ふうな神たちが小むずかしそうな顔してたっぷり智慧《ちえ》使ったってよ、どうにもなるもんじゃなかったんだ。でもなァ、でもしかしよォ、この己にはスサノヲの心の底にある想いっつうのか？　その潜在的な深い想いがなんだか涙出るくらいよくわかるんだ。うん、痛いほどわかるもんなァ。そりゃたしかにスサノヲはゴシャッペで暴れん坊だけんどよ、性根はまっすぐな男だったんだ。うん、そうだ、そうにきまってるんだァ……。

己はどっかスサノヲを思慕しながら地べたへ四つん這いになったまんま、この巨大な地震をどうすっペェかと思案してっと、突如、けっして頭脳明晰とはいえねえこの己の脳ミソにコータラ考えがパッと一閃した。

「そんだ、こうしてる場合じゃねェ。津波だァ！　大津波がじきやってくるんだ！」

海はすぐそこだ、海原を統治してるのはあのスサノヲだ。己はおろおろしていた眼球を地べたからさっと海のほうさ走らせっと、さっきまで青々していたあの海原がヤタガラスみてえにもう真っ黒に化けていて、とんでもねえ高い壁つくって音もなく、しかも迅速に、こっちにどんどん迫ってくるじゃねえか。

「こりゃあマズイ、ヤベエー！」

海を渡るはずだった己はそれとは逆方向の山へ向かって逃げようとしたんだ。

そんどきだァ、漁村の民たちもみんな真っ青になってどっと山のほうさ傾《なだ》れ逃げてくるなか、たった一人だけ、しずしずと海へ向かい、歩いていく人間がいるじゃねえかい。しかもどうやら、あの細い肩口から推測すっと女子《オナゴ》のようだ。そんだ、黒い津波の山でよぐ見えねえが、いやまったくそうだァ、ありゃたしかに烏羽色したつややかな長い髪にちがいなかった。

「おい待て、待つんだァ！　そっちへ行ったらダメだ！」

血相変えてこっちへ突っ走ってくる漁民たちをかき分け押し分けぶっ倒し、己は、海へ向かって疾走していった。

「おい、待つんだ！」

怒声にも似た、雄叫びあげて己は女子を呼んだ。

「おい女子、待て！　聞こえねえのか、そっちへ行ったらダメだ。津波だァ！　大津波がすぐそこまで来てるっペヨ！　おい、気はたしかかァ！」

すると女子はふっとふり返ったな、ふり返って莞爾《かんじ》として微笑んだ。ぞくっとくる、むしゃぶりつきたいほど別嬪《べっぴん》、イイ女子だァ。気はたしかじゃねえみたいだけど己好みの女子であること疑いようがなかった。

「そっちはダメ、津波にもっていかれちゃうから、女子《じょし》、女子《オナゴ》、さあ、ボクと逃げよう」

手を差しだすと、女子《オナゴ》は、鶴みたいな細くて白い首をゆるく横に振ってこうのたまわった。

「わたしが身代わりになって海に入りますから、どうかタケルさま、おまえさまは海を渡り、どうかミコトモチとしての任務をまっとうなされてください」

それだけ云いおくと、女子は愛《カナ》しくも悲《カナ》しい……そんだァ、フロイトも説いていたあの〈原始語の相反的意味〉っつう感じでな、ソータラなんともいえねえ健気《けなげ》でいじらしい表情にじませながらゆっくりまた海のほうへ向こうとしたんだ。

「己の身代わり？　女子、其方《ソチ》はいったい何者なのだ」

　すると女子はこう告げたもんだァ。

「妾《ワタクシメ》は、おまえさまの心の妻……」

　この一言にすっかり痺れてデレッとしてっと、女子《オナゴ》は、もう黒い大津波のなかへ消えていったんだ。それからほどなくしてだ、あれだけ真っ黒に化けた暴浪《あらなみ》津波の海原はまったく静かに凪いでいった。こうしてヒメは己の犠牲になって死んでくれたんだ。それから七日たってヒメの櫛《くし》が浜に流れ着いた。己はヒメのために墓をつくって櫛を納めた。だけんどなァ……。

　だけんど先刻云ったようになァ、己はそのオトタチバナヒメと常陸国でふたたび邂逅《かいこう》することができたんだ。たしかにヒメは海に入って死んだ。死んだけどな、海原を統治するあのスサノヲが「妣《ハハ》の国《クニ》」という生命の源泉をもたらす国から生き返らせてくれ、ヒメは黒潮の「常世《トコヨ》」の浪に乗って常陸国まではるばる己に会いにきてくれたんだ。己とヒメはおだやかに凪いだ海辺で、静かな二人きりの至上のときを過ごした。

　え？　なんだって？　その甘い蜜月の話をちょっくら聞かせてくれってか？　ダメだ、そいつは己とヒメとの二人っきりの秘めごとさ。よしんば主や他人に話してみたってなァ、二人で過ごしたあの凪いだ、とてつもなくおだやかな時間は誰にもわかるもんじゃねえさ。そんだ、己とヒメにしかわからねえ、夢のような一刻《ひととき》だったんだァ……。

主。人はな、他人に知られねえで死んでいくことがいっぱいあるってことさ。うん、きっとそうにちがいねえんだ。個は個のままに、そう、死していく……。

〔ヒメへの幻想から没落の完了へ〕

己《オレ》はヒメのためにも任務をまっとうせねばならぬ、とそう誓った。もはや父のためでもなければ国家のためでもない。己は己らしくあるために〈素〉の自分にもどって最期を生き切ろうと覚悟した。ミコトモチのために殉死する気などさらさらなく、あくまで己らしく、そしてヒメを想い、常陸国をあとにするとぐるっと経《へ》巡《めぐ》ってようやくアヅマを去り、己は帰途に向かうべく足先を西へ転じていった。そうだ、身代わりになってくれたオトタチバナヒメにはすまないが、己は、父スメラミコトの命ずるミコトモチの実践をもう打ち捨てて、己《オノ》れ自身の手だけをたよりに東国を平定していったのだ。生来この己《オレ》は、預言者としての資格など、はなっから持ち合わせてはいなかったのだから。己は、そう、猛々《たけだけ》しい、ただのタケルなのだ。道中、己は荒ぶる神らをこの徒手素手で殺し、叔母からたまわったクサナギノ剣も尾張国でとうとう手放した。己の身を守り、己を庇護するものなどなにもいらない、一切いらない、バカらしいこの世の中を、己らしく、バカらしく了えようではないか。
ああ、それにしても氷雨に降られ、足は折れ、ようよう衰えていくこの身は、ついに故郷へ帰還することは叶わぬのか……。

おお、孤独よ。孤独というわたしの故郷よ。あまりにも長く、わたしは異郷の荒蕪《こうぶ》のなかに荒蕪の生をすごした。それゆえわたしはいま涙とともにおまえのふところに抱かれるのだ。いまは、母親がするように、ただ指でわたしをおどしてくれ。母親がするように、わたしにほほえみかけてくれ。
(中公文庫 ニーチェ『ツァラトゥストラ』「帰郷」手塚富雄訳 一九七三年)

「倭《やまと》は　国のまほろば　たたなづく　青垣　山隠《ごも》れる　倭しうるはし」

ぼおっと霞んだその向こうに、なだらかな故郷の山があるはずだ。山があり、河があり、野があって、花が咲く。その咲き匂う花々に顔を埋め、己はとうとう安穏としていたい。けれども故郷はもうすぐそこ、ほど近くあるはずなのに手がとどかない。差しのばす節くれ立った無骨な手は地に伏し、ひんやりと湿った土の匂いが手の平に沁みてくるだけだ。眼球はヤマトを探しているのに虹彩《アイリス》が合わず、茫洋として靄《もや》めいた森陰がその先の故郷を暗く閉ざしている。

髭《ひげ》だらけのこの横《よこ》っ面《つら》を地にあて、故郷を探そうと水平に向けていた視界を捨て、己は目を閉じた。目を閉じて顔面をまっすぐ上に向け、ごっくんと唾を飲んだ。

「ああ、腹が減った……」

干涸らびた喉は唾液さえなかなか嚥下《えんか》できない。

靄めいたとばり、森のなか、己は大の字に転がり、目を閉じ、しばらくじいっとそのままでいた。

きっと己はこのまま死していくのだろう。足は折れ、目はかすみ、腹が減って、身動きがとれない。昼を過ぎ、午後になり、夜になって、冷えた森の夜気にもうこの身は耐えられなくなるだろう。最期の意識に何を思おう。なにを思って死していこう。そうだ、やはり常陸の浜で過ごしたヒメとの思い出に浸るのがいちばんだ。あのおだやかで、きらきら輝く凪いだ青海原、白い浪が二人の踝《くるぶし》を洗うように微睡《まどろ》みながら打ち寄せてきた。己とヒメはなにも話さなかった。手をつなぎ、浜をそぞろ歩き、そうして夕刻になれば流木を拾い、火を点け、手を温《ぬく》めた。

あの一刻……「一刻」とは、はたしてどれほどの時間だったのだろうか……。そうだ、瞬間でもあり、それは永遠でもあったのだ。あの一刻を過ごしたあと、それからヒメは常世国《トコヨノクニ》へと帰っていった。

さて、己はどこへ帰っていこう……。

黒かった眼裏《まなうら》が少し明るくなってきたようだ。どうしたのだ、己はまだ死していないのか。瞑目したままの目をうっすら開けてみた。灰汁《あく》がかっていたはずの暗い空が、常陸の浜の白砂のごとく、にわかに明るく化そうとしている。ああ、なんともやわらかい、すべらかなあの白のうねりだ。素足で歩いたあの白い磯、砂……。

後世、人は己をなんと呼ぶか。はたして「英雄」と称えるのだろうか。なんと呼ばれようがそんなのは己にとってどうでもいいことだが、もし人が英雄であると呼ぶなら、そうだ、もしそう呼ぶ理由が奈辺にあるとすれば、それは人並みの幸せを望まなかったことだろうか。幸せを絶対的価値基準と見なす世人に対し、己はいちどもそんな価値を考えてみたこともなかった。己の辞書に「幸せ」という文字はどこにもない。ただ、ただこんな己にも奇蹟は与えられた。それがオトタチバナヒメとの邂逅だった。「一刻」のあの「永遠」……それを常陸の浜で己は味わったのだ。だから、まったく己は、もう満足していいではないか。誰もいないこんな森のなかでたった独り客死しても、否、野垂れ死んでも、まったく文句はない。ただまちがいないことは、この国で、「故郷」を喪失した最初の人間がこの「己」であることだろう。その事実はほぼたしかだ。

だがしかし、己の故郷はほんとうにヤマトなのだろうか……。

ああ、抑制すんのもここまでだァ。もう限界だべ、すっかり疲れちまったわ。やっぱしもっとフランクな言語でしゃべっぺェ。あんら、もうコッタラ時刻かい。これじゃおっつけ夜が明けちゃうなァ。主《ヌシ》も疲れたろう。己《オレ》もなんだかぼうっと疲れた。だからよ、もうそろそろ大団円っつうふうにすっぺ。

人っ子一人いねえ暗い山中、とにかく己はじき事切れようとしてたんだ。まあミコトモチとしては失格したけんどよ、もって生まれた腕力で東国はたいがい平定してきたからこれでよかったんじゃねえかなァ。ここで押っ死《ち》んだってな、うん。

「時に適《かな》って死ね」　　　　（『ツァラトゥストラ』「自由な死」）

ほんら、ツァラトゥストラだってそう云ってっペヨ。ちょうどいい潮時かなって己だってソッタラふうに思ったんだ。見苦しく生きたってなァ、そんなのよぐない、そうエシケーこった。己の美意識にまったく反する。

あ、そうそう。さっきもお堅い共通語でしゃべったけんど真っ暗だった眼裏がなァ、なんだかすうっと明るくなってきて、ほいでこって瞼さ開ければまっすぐ上の空が白砂みてえに妙に明るくなっていたんだわ。そしたらな、うっすらした白砂がそのうちどんどんぽっかり割れてきて海みてえな真っ青な空になっていった。わァ、きれいだな、って己そう思った。だってそうだっペヨ、じめっとした灰汁みてえな暗い森んなかにずうっと突っ伏してたんだからなァ、きれいな天空見りゃあ誰だって感動するもんなんだ。そんどきだ、鈍い己の頭はふたたび一閃した。

「そうだ、己の故郷はヤマトじゃねえ。己の故郷は目の上まっすぐにある、あの〈天〉だァ」

そう気づいたのさ。それもアマテラスが支配する「高天原《タカマノハラ》」という名の「天」じゃない。ただの「天」だァ。誰にも支配されない、野放図な自由ばかりが広がっている、あの「天」こそ帰っていける己の故郷であるとそう気づいたんだよ。テキストにもちゃんとそう書いてあっぺ？「天に翔《かけ》りて飛び行《い》でましき」って。

あっ、そうそう、そんだ。ここも一発訂正しておかなくちゃいけねえなァ。テキストじゃ「飛び行でましき」ってなってて、なんだか己が「白鳥」になってその「天」めがけて飛んで行ったことになってってけんどよォ、そんな覚え、己にはぜんぜんないんだわ。そんだよ、ソータラ美しい「白鳥」になった記憶なんてまったくねえのさ。己はただ節くれ立った野太い指突きだしては宙をかき、平泳ぎみてえな格好で天へ昇っていっただけなんだ。それをどこかのバレリーナみてえなオトギ噺《バナシ》に仕立てちゃうんだから小っ恥ずかしくてやってられねえベヨ。なァ？　小学校の学芸会じゃあんめえし。

さて話はもう完了だ。夜もそろそろ明けるしなァ。

そんだ、あと一つここにつけ加えることがあった。己はな、東国へ旅立ってから「詩」というもんが好きになったとそう云ったべ。そんでな、「詩」とほとんどいっしょに「音楽」も己は好きになっちまったんだ。だから己は平泳ぎみてえな格好で天に昇っていくとき「音楽」を口ずさんで行ったのさ。え？　聞きてえかァ、どんな音楽だったかって、おめえさん、主も知りてえのか。じゃあ教えっぺ。

あのな、実はなァ……己《オレ》、「讃美歌」口ずさんで昇って行ったんだわ。生理的に好きでな、讃美歌。コータラこと白状したらスメラミコトにもツァラトゥストラにも大目玉食らって叱られちゃうだろうけどな、だけんど好きなんだからしゃあんめえなァ。己、讃美歌口ずさみながら、なんだか知らねえがなァ、やたら大きな声で哄笑《こうしょう》しながら故郷の天へ昇っていったのさ。え？　なに？　讃美歌？　誰に教えてもらったかって？　そんなのきまってるじゃねえかい、オトタチバナヒメからだッペヨ。

「アッハハハハ！」

〔ふたたび現今、とある村社にて〕

四日も降りっぱなしだった雨——鼠色《ねずみいろ》に沈んでいた小さな村落は夜になると、そういえば流星も飛んでいたはずだからもう晴れてくるのだろうか。うすら青いとばりは茫洋としながら白みはじめようとしているようだ。じき朝になるのだろうか。自分は伏していた重たい頭をゆっくりもたげると四囲にどろんと視線を放ってみた。

「ああ、腹が減った……」

このことばは自分が放ったのかそれとも「あの男」が放ったものか……夢言なのか真言なのか、鼓膜を揺るがし、この身のうちに胚胎《はいたい》していった野太い声の主。主《ヌシ》と自分《ジブン》、自分と主、自称と対称との入れ替わり、両義性……。

白みはじめた周囲、音はいっさいなくあの声の主はもうどこにも見あたらないようだ。そうか、あらかたじっとしていられない性分だったのだ。それにしても四日か、人間、なかなか死なないものだ。飲まず食わずでもう四日間、自分はべつだん死のうと思ってここに伏しているのではない。死にたいというよりは生きたくなくなったからこうしてここにごろんといるだけなのだ。半死半生の身でぼんやり考えた。

「ここ」とはいったいどこだ。「ここ」とはそうか、ここは父の生まれ育った故郷であったはずである。

常陸国の、とある小さな村落……。

厳父と慈母、ヤハウェとマリアみたいだった亡父と亡母。会いたかったのは母であったはずなのに自分はどうして父の故郷などにいるのだ。

「そうか」猛々しくも厳父に叱られたかったのだろうか……。

自分は古びた村社の縁の下からようやく這い出てきた。

小高い森に建つ小さな村社……ふらつく足元、ヤマトタケルを祭神としたその村社から明るい太陽の昇ってくるのが見えた。

十三駅灯《えきとう》を巡る人へ

一駅舎の灯《とも》り

列車の響きが心拍音よりずっと遅れて、ごとんごとんと息を吐いてくるころになると、車窓のむこうは暮色に泥《なず》んだ。ただ暮色は暮れ方の空とはほど遠く、茜《あかね》色もなければ残りの青もない。けさ方の列車に揺られているうちにいくぶん微睡《びすい》した。まだ午前であるはずなのに、もう黄昏《たそがれ》になっている。けれど窓のむこうには黄の色もない。

その駅舎は霧に湿《しめ》られていた。

ひどく細いホームのむこうはずいぶん長くあるようであるが、それもわからない。尽きてあるはずの其方《そなた》からは、わたしのいる影ものぞかれないにちがいないだろう。ありやなしやの霧がたちこめて、わたしの睫《まつげ》にまで露を宿している。

列車はわたし一人を駅舎に立たせ、それからふたたび、ごとんごとんと鈍重な響きをホームに吐き捨ててゆく。紋黄蝶《もんきちょう》の車窓の灯が、霧のずうっと奥へ溶暗《ようあん》していった。

すると往《い》ったばかりの紋黄蝶の一灯が飛来してきて、ホームのむこうに降りて止まった。わたしはなにやら美しい花でもあるのかとおもいながら、細くて長いホームをとぼとぼ歩いていった。

細いホームは綱渡りのよう、すっぽり霧に包《くる》められたわたしの身はずいぶん冷え切ってもいるらしく、白の息が霧の青に吸い寄せられて、身の温《ぬく》みだけにあたたかい。足もとにわだかまる湿った霧を払いのけるようにして、わたしは用心深く、ホームの先のあの紋黄蝶の色までまっすぐ歩いてゆこうとするのだが、どうやらホームは右にゆったり湾曲しているらしく、一灯の黄の色はぬくもりの掌《てのひら》とおなじくらいの柔らかさで、此方《こなた》の右寄りに止まっている。

やはり、このホームはずいぶんと細く、そして長いようだ。

まとわりついた霧を払いのけながら、わたしは、ぼんやりと黄ばんだ一灯をたよりに、右側の足にいくぶんか力を込めて歩いていった。

やがて一灯の黄の色が掌から顔の大きさに見えてきたとき、血の流れが指先までおよんできて、包められた霧の身から、雫がぽたりぽたりと降りていった。

黄の色は顔の大きさだけにとどまっていて、それ以上大きくなりもしなければ小さくもどることもない。やはり霧の色は青ばんでいるようであり、その霧の色と顔大の黄の色とが溶けあって滲《にじ》んでいるあたりに、なにやら凬のごとくうごめくものが仄《ほの》見える。どうしても美しい花にちがいなく、わたしはいよいよ歩幅を狭《せば》めながら急いでいった。

けれども滲んである青と黄との間《あわい》からは、なにも映るものなどない。それでもわたしがそのぼんやりした色相に双眸《そうぼう》を放っていると、青の息を孕《はら》んだ声がこの耳にとどいてきた。

「其方《そなた》とは、どこぞで逢《お》うたことがある。此方《こなた》へは何用で来られたか」

振りむくと、黄の色のなかから銀の髭《ひげ》が口を開いている。

「わたしは逢いにきたのです」

「逢いにきた⁉」

「ええ、そうです。逢いにきたのです」

「そうか、逢いにきたか……」

銀の髭は大きく頷《うなず》いてから口を閉じ、閉じた口とかわって慧眼《けいがん》の眸《ひとみ》を開いた。その眸は青の霧を孕んで湖面のように風景を湛《たた》えており、ずうっと奥の虹彩《こうさい》が、水晶のごとく産声をあげたあたりで、わたしの影が微小の灯《とも》りとなって揺らめいている。

わたしは、わたしの影が古老の双眸に揺らめいているのを見ながら、この古老に訊ねればなんでも訓《おし》えてくれるにちがいないとおもい、青霧《あおぎり》黄《き》ばむ古老の相貌《そうぼう》を見あげて声をかけた。

「わたしは逢いにきたのです。それなのにこんなにも霧です。どうしたらよいのでしょうか」

古老はうすい気息《きそく》を洩《も》らし、銀の髭を舐《な》めながら太い声でこう答えた。

「すっかりとは見えない。けれどもほんのりとは見えている。其方がどうしても逢いたいというのであれば、霧のむこうへ行ってみることだ。逢えないかもしれぬ、逢えるかもしれぬ。これは訓《おし》えることではない。もう其方が決めることだ、この霧のむこうへ行ってみるかどうかは。ただし、この霧のむこうでは、またなんとなく霧がたちこめ、其方は迷い惑うであろう。それでも其方は行ってみるか、それともやはり後ろ髪を引かれ、此方からもう引き返してでもみるか、其方は」

わたしは、けさ方発った線路のむこうへ、視線を投じてみた。ふしぎなことに、振り返った二本のレールのむこうはすっきりと見晴るかすまでに、網膜のなかで走っている。ああ、走っているのだな。そう頭が頷いてから、ふたたびわたしは古老の相貌《そうぼう》を仰ぎ見た。

「走っています」

「走ってきたのか」

間《かん》、髪《はつ》を容れずに古老は答え、それから深く頷き、また云った。

「ううむ、走ってきたか。だから、この霧のむこうへ逢いにゆきたいのだな？」

青い霧の双眸で、古老はしずかに息を吐いた。

「ずいぶんと孤独であったか」

「ええ、とうとう独りになってしまいました」

「蟻《あり》は一匹では生きられない、数匹でも駄目だ。群がっていなければ淋しくて、早晩に死ぬるのだ。其方はレールのむこうで独りになったか」

「はい」

「死していたか」

軋みつつも直通に走ってはいたが、あの場所で、わたしは死していたのではない。むしろ、この声やら、この目やら、この肌やらが、いつしかやがて、レールのむこう側へ還ることをたのしみにして、心血を注いできたともいえた。

「乗り換えもせず、自利のままに急いでいました。たぶん、死していたのではありません」

すると、にわかに風が流れてきて、一筋の光が古老の相貌に降臨した。

仄《ほの》青くあった霧が溶明して古老の輪郭を鋭くし、鋭いままの線が双眸にまで達して古老の両眼を横一文字に閉じさせてゆくと、そのままの姿を後ろむきにし、レールのむこうへあっというまに消えていった。

レールの上には稲穂の白先が揺曳《ようえい》していた。そしてじきに霧の青に溶かされて、そのむこうをありやなしやの閑かさに仄《ほの》くしていった。

古老の立ち去ったあとに、なにやら碧《みどり》に揺れるものが浮かんである。わたしはそれらのものを摑もうとして指を伸ばしてみた。

「摑《つか》むものではない、それらは掬《すく》うものだ。かならず摑んではならない」

どちらとも知れずの声がした。

四方に目を放ってみてもただ霧ばかりがあって、杳《よう》として所在が知れない。わたしは云われたまま掌《てのひら》を椀《わん》にしてそれらのものを掬い入れてみた。掌に浮かんであるものは霧とおなじようにしてあったが、すべらかにしてわたしを温《ぬく》めるかのごとく、しっとりとゆるい。

わたしは掬った掌を口もとまではこび、それから喉もとへ啜《すす》り入れた。潤いの泉水だった。わたしはうれしくなってこんどは両掌《りょうて》で掬い入れ、そうしてころころと喉奥へ滴らせていった。

わたしはもうきっぱりと霧のむこうの此方《こなた》まで行ってみたくなって、ベンチに腰を下ろし、列車がやってくるのを独り待った。

二　駅舎の灯《とも》り

その駅舎に降りると、なにやら焦げ立つ、乾いた匂いがする。わたしは誰もいない改札口を通りぬけ、この匂いの流れるところへ、風神ならぬ、風人となった。

ゆるい坂が下《お》りている。風は自分のものではなく、やはりあちらのほうからやってくる匂いのものだ。

わたしの足先は坂を蹴ってゆくのではない。匂いのあるところへ連れられてゆくのだ。それだからわたしの身は地の上、十センチメートルばかり浮いており、足先は風車となって交互にくるくる回っていて、ちょうど目のあたりを風は撫でていっている。肩は風のなかにあった。

「ああ、心地よいものだ」

わたしはわたしの心臓が左にあることをたしかめると、あいかわらず風車の足になって左肩を少しばかり窄《すぼ》めるようにして、わたしの身を左の道に曲がらせていく。

こうすれば安心だ。わたしの心臓は外側へ飛ばされることなく、わたしの左に籠《こ》もられるようにこうしていつまでもある、きちんと生きている、風の匂いもこちら側から流れてもくる。だから風景は風のままにみんな移ろっていて、ずんずんと焦げ立つ、乾いた匂いに近づいていると、わたしは安心して想う。

やがて、とほうもなく広い通りに出た。午前の光がその通りを白く浮きあげて、ところどころに紫色の葉影がころがっている。

「ああ、わたしは還ってきている」

わたしはそう想って、足下十センチのところで流れている風にふるりふるりと、踝《くるぶし》を揺るがし、そうしてわたしの爪先は地へとうとうとどき、それから、とほうもなく広い通りを撫でながらわたしは歩いた。

とほうもなく広い通りであるのに、あのままの昔で、車はいっこうに流れていこうとしない。流れてあるものは、白の通りへまだらに散らばった、風に揺らぐ葉影の流れだけだ。焦げて乾いた匂いは、もっとずうっとむこうのほうから流れてくるようである。

広い通りの両側は、どうやら原生林でもあったらしい。

深々として黒々の、濃密な太古の繁り。朽ちて倒れた老木、倒木更新。老木に祈りを捧げながら若やいだ木がふたたび生まれゆこうとする息吹……。そんなふっくらとした胎動が、両の側から聞こえてくる。それもあんなころのままだ。

原生林のなかに切りとられたこのとてつもなく広い通り、白い路面にあるものは原生林の大木からしなだれてこぼれる紫の葉影がずうっとつづいているばかりで、わたしの影は紫の葉影をふちどり、紫の葉影と混ざり合い、紫の葉影と共鳴してゆく。

そうしてずいぶんと歩いているうちに、わたしの白い脳は知ったのだ。

白い路面に散らばる葉影……紫の木の葉《こは》の影に、つちかってきたわたしの言の葉《ことは》という黒い影が、しだいに溶解されていくようであると。

言語と世界は論理形式を共有していなければならない――かの哲者ウィトゲンシュタインはそう云ったはずだった。けれども刷り込まれてきたわたしの言の葉の綴りは、紫の葉影のように論理を無視してまだらに散らばり、思考をほとんど停滞させようとしていた。わたしの吐く言の葉は、だから、其方《そなた》とはおよそ異なって、軋《きし》んだレールのようにたどたどしく、不分明のままに不明晰で、こうして不統一の朦朧体《もうろうたい》となってゆく。

朦朧としながら、広くて白い通りをずうっと歩いてゆくと、通りのむこうのほうから、雲のような白いものが朦朧と見える。

焦げ立つ匂いは、木の葉を燃やす白い煙であったことを、わたしはようやく知った。

わたしはいいかげん歩いてゆき、この通りは永久のものであるのか、かすんでうす白い、さらにむこうへ歩いてゆこうと考えもしたが、これからまだまだ逢いたい駅舎を巡らなければいけないので、昔のように独り、またこの道をもどることにした。

わたしはすっかり白くなり、この額やら、唇やら、爪やら、髪やら、脳までもが、わだかまりの沈澱を溶解して、こんなにまっさらの自分になったことにふしぎではなく、やはり昔のままの通りなのだと実に感じた。

引き返そうと振りむいた道のもどりは、もう夜だった。月もなければ星もない。人の灯もすでに寝ているようだ。

レールの軋みは、今宵、さいごの列車。

自分の体温よりわずかばかりの温《ぬく》みのなかで、たゆたう微温に揺すられたまま、この広い通りで朝を待とうと手足を丸め、そうしてわたしは微睡《まどろ》んでいった。

三駅舎の灯《とも》り

わたしは、一の駅舎で時計を、二の駅舎でシュラフを置いてきた。どんどんと、わたしは軽くなってゆきたいのだ。

そのホームは稲穂の波に揺られていた。

列車の窓からもその波は靡《なび》きになびいて、車内は黄金の穂先に揉《も》まれている。だから季節はそのはじめの秋なのだろう。刻は、あんなにも薄紅《うすくれない》をさしてきたのだから七つ下がりの暮れ方なのだろうが、蒼《あお》い帯が二層ほど薄紅を呼び止めて、まだぜんたいは迸《ほとばし》る息吹の斜光である。

わたしは斜光を顔いっぱいに浴びていたいとおもいながら、鍔《つば》のついた紺色の帽子を目深にかぶってまるで鼻ばかりを高くし、この稲穂の駅舎に降り立った。

稲穂の光芒、その先にベンチが見える。

そのベンチは縄紐《なわひも》にでも吊されているのか、ブランコのように、小舟のように、前に後ろに揺れているので、帽子の鍔を少しあげて目を凝《こ》らしてのぞいてみると、それはそうではなく、稲穂の波がぼうぼうと靡いているので、それでベンチが揺れているように見えたのだった。

駅舎の改札口のそのむこうは、そのまま黄金の田圃《たんぼ》がたたなずくつづいており、空と土とが抱き合う地平線には、ぼうぼうとした稲穂が斜めに光をうけていて、それはまるで海原の水平線でもあるほどにゆらゆらと輝き這《は》いながら、彼方《かなた》から此方《こなた》へ、打ち寄せてきている。

わたしはベンチに腰を下ろし、目の先にある改札口のむこうをまっすぐ眺め、そのむこうから打ち寄せ靡く黄金の波をぼんやり見やりながら、そうして待っていた。

だいぶ待っているうちにわたしの顔は波の色とおんなじになってゆき、彼《か》の人はわたしのことをわたしであると知るだろうか、いくぶん心配にもなったので、紺の帽子を脱いでその色が紺のままであることをたしかめてから、わたしはまた帽子をかぶりなおした。

紺は、やはり紺のままであった。だからたぶん、彼の人はわたしを見まちがえることなどない。紺は、昔のように紺のままであると知って、わたしはうれしいのだが、どこかで悲しい気もしている。

だいぶ待っていても波の色に黄金だった。

空には蒼い二層の帯がたなびいている。たなびいた蒼の先端は人差し指を突きだしているようなかっこうで、わたしのほうに向いているので、やはり彼《か》の人は迷うことなく、あの指先に沿って歩いてくれれば、ここへたどりつくことができるはずだ。そう想いながらもわたしは稲風に流されることのないよう、紺色の帽子を目深にかぶって待った。

改札口のまっすぐむこうへ目を凝らしていると、やがて稲穂の波をわたってくるものが、きらり、小さく光った。その小さく光ったものは彼《か》の人の額あたりにあって、少しずつそれが此方《こなた》へ近づいてくるにしたがい、いよいよ眩《まぶ》しくなり、それだからわたしはいっそう帽子を目深に沈める。

彼の人の歩いてきた後ろには黄金の波が扇状に靡いていて、一艘《いっそう》の小舟みたいに海面を揺曳《ようえい》しているようだ。それとも扇状に靡いているのは瓦甍《かわらいらか》の並びか、いやそうではない、やっぱりあれらの扇は、波のものだ。

彼《か》の人の姿は小さいままに、とうとう改札口まで波をわたってきた。

改札口は水界線《すいかいせん》……水と陸の誘《いざな》い誘われるところと想われるほど、なにやら煌《きら》めく汀《みぎわ》であるのだが、その飛沫《ひまつ》がこのベンチにまで降ってくるので、それでわたしがいるところもこうして波立っていることを知った。それともいまは引き潮であるのか、満ちているのであれば、此方《こなた》まで波は打ち寄せてくるのかもしれない。わたしは、彼方と此方との間《あわい》にいるようだ。

いずれにしても、稲穂やらその黄金の火の色やらは、海の彼方からわたしの座るこのベンチのところまで招き来《きた》って、照り輝いている。

彼の人は改札口を小さく通りすぎると二本のレールをわたり、貌《かお》を下に隠して小さいままに会釈した。

「ずいぶんと、おひさしぶりでした」

わたしはそう云ってからベンチのとなりを空け、彼の人に腰かけるよう頬で笑った。

「なにぶんにも彼方《かなた》のものですから、再会できてうれしく想います」

あいかわらず貌は下にある。それなのにその言葉は、彼の人の頭上からしっかりとした息で伝わってきた。吐かれた息のまわりに一瞬、霧がまあるくつつみこみ、それはわたしの膝のあたりで聞こえて、それからやがてわたしのもっと高いところまで掬《すく》われてゆき、そしてわたしを包《くる》め、妙々《たえだえ》とした、たしかな音となった。

「恙《つつが》なく、おられたのですか」

「はい、恙なくおりました」

彼《か》の人は縹渺《ひょうびょう》として小さくあり、けれどもやはり、たしかな息は妙々として、音を反響させながら稲穂の揺らめきに、わたしの琴線《きんせん》をならした。

わたしは「恙なくおりました」という言葉を聞いてうれしくもなったが、貌《かお》を隠し、俯《うつむ》いたままでいる彼の人の心もちはいったいどんなでいるのか、いささかの、いやそうではなく、たいそう胸につかえて重い。それでも彼の人の言葉は、真の心であろうとも信じられた。なんといっても彼の人の息は、こんなにもわたしを素直にさせるほど、摑まえたものではなく、やはり妙々として掬《すく》われ、わたしを包《くる》めたものであったからだ。

「恙なくおりましたから、こうしてこの駅舎までわたってくることもできました。ありがたいことです」

彼の人はそう云ってから、また云った。

「だいぶ、ひさしぶりなのです。こうしてここまでやって来られたのは」

「許されたのですか、すっかりと」

「いえ、もう許されることなどないのです、永久《とこしえ》に」

俯いたままでいたその貌《かお》を、もっと深々として、いよいよ小さく稲穂の影に沈め、吐息が稲穂の金を左右に振り分けた。それからつぎの言葉が吐かれるまえに、その左右に振り分けられた稲穂の茎が水銀色に見えるほど茫々とたなびいて、そこらじゅうを金と銀との水粉《すいふん》を振りまいたように、目眩《めくるめ》くなっていった。

「人を、殺《あや》めたものですから……」

彼の人はそう云った。わたしはこう云った。

「けれど、それはあなた一人のものではない。わたしたち全体のものです」

わたしは、ざわざわとたなびいた金銀の水粉を振り分けて、彼《か》の人の貌を見ようとするのだが、たなびいた筋が繊毛となって細《こま》かい波を乱像に照り返してくるので、声ばかりを放った。

「いえ、やはりいけません」

きっぱりと否《いな》ぶ息が、下から漏れてきた。

わたしは肯《うべな》う声をきっぱり告げた。

「いえ、どうしてもあなたのご恩です。こんなに糧《かて》を、きれいに靡《なび》かせているではありませんか。やっぱりあなたのご恩です」

「ありがとう、そう云っていただいて……。でも、じつにきれいで、わたしは陶酔していたのです、血肉の海に。やはり、どうしてもいけません。わたし一人のものです」

彼の人は云い、わたしは黙したままいた。

「ほら、ごらんなさい、あの西方《にしがた》の空を」

振りむくと、筋になった夕陽が黄金の波の上で、照り輝いている。

「あなたやらみんなは、きっときれいに見とどけるだけなのでしょう。けれどわたしは、べったりと西の空に張りついたあれらのものが、霜降りの肉のように、どうしても食べてみたくなってしまったのです。わたしは、どうしてもあれらの夕空を、食べてしまいたかった」

「ずいぶんと育つものですか、稲種《いなだね》は」

「はい、ずいぶんと血肉のなかで育つものです」

西方の夕陽を浴びながら、彼の人の貌《かお》が、斜め下から突き出すふうにして、はじめてギラリと光った。

「あの美《うつく》しみは、じつに慈《いつく》しみでいてきれいなものです。それをわたしは食べてしまいたいほど、稲種といっしょに吸いついていてしまったものですから、もういけません」

「けれど、だから、わたしたちはこうしていられるのです。あれらの黄金の波を食べている」

西空の夕陽が血を滴《したた》らせ、稲穂の首筋《くびすじ》を震わせている。

「もう、真っ赤です、わたしたちも」

わたしはベンチにいて、ホームに映る自分の影が、ほんとうに赤く染みついているのを見てそう云い、またこう訊いた。

「わたしのものも、食べてみたいですか」

「いえ、もうあなたやらのその美しみの赤を、彼方の指の隙間から、きれいに見ていたいだけです。ぞんぶんにきれいなものです」

彼の人の、額の傷がきらぎらと光って、わたしは紺の帽子を脱いで差しだした。

「あなたとここで出逢ったあの日は、ひどく暑くて、ずいぶんと助かりました。この帽子、お返しします。長いあいだ、ご不自由をおかけしました。もう傷の具合、だいぶいいのですか」

「はい、もうだいぶいいのです」

そう云って彼の人は、そのきらぎら光る額の傷を埋《うず》めるように紺の帽子を目深にかぶり、そうして稲穂の夕陽を双眸《そうぼう》に湛《たた》えながら眩《まぶ》しそうに顔をあげ、しばらく黙っていてから、懐かしそうな、悲しそうな、堪《こら》えきれないほどの影を、ホームにつくって小さくいた。

わたしが知っていることは、もう幾千年もまえのことだ。

茫々と青にたたなずく稲の海に風が吹いて、ゆがんでなめらかな径《みち》がその稲の海にうすく引かれていたので、わたしはその径をひどく暑い日に独り歩いていた。わたしは歩いていくたびにどんどん淋しくなっていったので、いよいよこれらの風景が古昔《いにしえ》に還ってゆき、そして知っているような知らない誰かに、こんなに逢いたくなっていた。

わたしの黒い頭は暑い陽射しにじりじりと焼かれてゆき、いろいろあったものが、そのわだかまりの傷の痛みが、現在《いま》からじりじりと焼け焦《こ》げてゆき、現在あった多くの人の影が、わたしのわだかまりの脳からどんどんと焼き尽くされていって、とうとう誰もいなくなるわたしの身から、古昔の、もう幾千年もまえの記憶が、茫々とした青の稲からそそり立ち、気づいてみれば、なにもなくなったわたしの声が誰かに逢いたくて、あれほどまで、純粋に誰かを呼んでいたのだ。

青と、その匂いだけしか残らなくなったわたしの身に、そのとき、すずしげな空気が、かそけきほどにうごめいた。どうやらその空気のうごめきは上の彼方から降りてきて、それから、わたしの歩いてきた稲径のうしろからついてくる。

それだからわたしは、振りむいてみた。

茫々と靡《なび》く、青稲のくねった径から、すずしげな、なにも残らないような風が稲毛《いなげ》の色を梳《す》かせ、吹いてくる。じりじりとなったわたしの黒い頭は、それらの風に撫でられて、いっさいの現在《いま》が溶暗《ようあん》されていって、わたしの喉《のど》もとは、幾千年もまえの知っているような知らない風を孕《はら》んでいった。

梳かれた稲毛がわたしの脳を溶解してゆくころ、あの径のむこうから紺を束ねた小さな影が、ながく伸びたわたしの影を踏みながら、わたしのもとへやってくる。背丈はちょうど、稲の高さのものだ。

わたしの首筋は澄《す》めらかに頷《うなず》いて、彼《か》の人を呼んだ。彼の人も青稲の一茎とおなじになって、風に靡かれるふうにして首をまえへ垂らして頷いたので、わたしらは互いに歩んでおなじところに立った。

彼の人はなにも云わずにいて、わたしもすっかり言葉を忘れてしまったように、なにも云えないでいた。じりじりと黒い頭は焼かれていったのだが、それでも心地よい風に孕まれ、わたしは和《やわ》らいでいられたのだ。

わたしの思考は、もうなにもないのだから、云わなければならない言葉の一滴も、すっかりわたしのなかから消えていたものなのだろう。喉もとはただ風を孕むばかりで、わたしのなかから出てくる声は、ずっと奥へ沈められていったようだ。

とうとう彼の人は云った。

「あなたはそれほど暑いのに稲の径を歩いていてくれ、それは、わたしのいるところから、ずいぶん美《うつく》しみのあるものに映って見えるのでした。ですからわたしは、彼方の掌《てのひら》のなかから想わず飛び跳ねて、指の隙間をかいくぐってやってきたのです。わたしは人を殺《あや》めたときから彼方の掌に包《くる》められて、もう動かないよう命ぜられたのです。それでも指の隙間から、いつも此方《こなた》の稲をかいま見ていたのです。殺めた人の血肉に稲種を降りそそぐと、おどろくほど稲穂の頭《こうべ》は垂れました。それはじつに謙虚であり、実りあるものでした。それだのに指の隙間から望んだ風景は、撫でることのない風景ばかりで、いつしかわたしの目を冥《くら》くさせてゆきました。そんな退屈していたとき、あなたの姿が歩いてきた。それはそれはとても慈《いつく》しみに充ちた美《うつく》しみの風景であり、其方と此方との溶けあったものでした。あまりにきれいなものだから、わたしは彼方の掟《おきて》をやぶり、掌のなかから抜け出ようとしたのです。この額の傷は怒りに触れ、爪で裂かれてしまったものですから、あなたが畏《おそ》れないようにと紺の帽子をかぶって隠してきました。けれども、もうすっかりじゅうぶんです。わたしはあなたに逢えて、よかった。もうあなたもそんなに頭を焼いてはいけません。焼いて爛《ただ》れてもどれなくなってはいけません。ですからこの帽子をかぶってゆきなさい。あなたにさしあげます、どうぞかぶって、もうお行きなさい」

彼《か》の人は、あのころを懐かしがっているのか悲しくしているのか、堪《こら》えきれない双眸に稲穂の夕陽を湛《たた》えながら帽子を目深にかぶって、なにも云わず、あいかわらずそのままにいる。あの暑く、頭だ焼たれてなにも言葉の出なたったあのころを想い出しながら、なにも云わたくなった彼の人に、こんどはわたしのほうから言葉をかけてみた。

「わざわざ来ていただき、ありがとうございます」

彼の人は小さく頷き、眩《まぶ》しそうな眸《ひとみ》をわたしにむけて、じっと見た。

「もう、ここには……」

「はい、永久《とこしえ》に、ここには、やって来られません」

そう云って、彼の人はふたたび貌《かお》を下に隠して、帽子だけをわたしにむけた。そうしてしばらくして、帽子を脱ぎ、さわさわと流れる稲風に揺られながらこう云った。

「きょうのあなたも、それは美しみできれいなものだ。おそらく慈しみの想いで、旅立たれたのでしょうね。ですからこの帽子は、やはり、あなたのものです。わたしは、もういりません。どうぞ、さしあげます、おもちください、道中はまだ長いのでしょうから」

差しだされた紺の帽子を手にとり、わたしは茫々と靡く、稲穂波《いなほなみ》のずっとむこうを仰いでから、ベンチに置いたリュックの紐《ひも》をほどいた。

「これは望遠鏡というものです。ずいぶん遠くまで見えるものです。帽子をいただいたお礼に、どうぞこれを、あなたに差しあげます。いつまでもわたしどもを、彼方から見ていてください。

きっとです」

そう云ってわたしは、望遠鏡を彼の人の腰紐《こしひも》に、刀剣のように差し込んだ。

「殺めるものではないのですね？　これは」

「そうです、あなたこそがもっているものです。わたしはこれからを巡《めぐ》るのですから、もういらないのです。ですから、もうあなたのものです」

「そうですか、それではかたじけなくも、いただいてゆきます。ありがとう」

「こちらこそ、感謝いたします」

「それでは道中、気をつけて」

彼の人の姿が、改札口の水界線をすりぬけてゆく。

茫々と靡いていた稲穂の波が、はたりと凪《な》ぎ、彼の人の行方がタテ一本のままに、わたしとおなじ影をつくって、おなじ傷みのままに、いつまでも見えた。

四　駅舎の灯《とも》り

雨が降っている。しおらしくある雨の雫が、その小さな駅舎の待合室に降っていた。

コールタールの匂いのする枕木とおなじ色で、あの待合室の外壁はなぞられ、なだらかな甍《いらか》には、ほそい煙突が銀に光って見えている。

その銀に灯《とも》る煙突から、薪ストーブの気烟《きけぶ》りが、ほそぼそと垂れる雨を白く抱きすくめ、それからしばらくすると、こんどは湿った息が、雨の雫《しずく》をいとうように、銀の煙突からすくっと立ちのぼっては、甍の襞《ひだ》へまとわりついた。

わたしは、それらの光景をあのころのままに見やりながら、ホームに降り立った。

ホームは列車の車両、二両までのながさである。

白い柵の花壇から、カンナの花びらが灼熱《しやくねつ》の跡になって、褪《あ》せた赤の色で散っている。燃えた赤にそぼ降る雨が点線となって糸を垂らし、それらを褪せた赤の花びらが吸いとるように、あのころを想い出してはほそく揺れながら震えて、しずかだ。

夏のおわりの、秋のはじめ。塵《ちり》ひとつなく掃ききよめられたホームのここでは、人の匂いを雨が消し、赤であったものがしずめられてはうすく烟《けぶ》ってひたと青まり、遠いむこうは見えないばかりの山が、ぼんやり眠っている。

言葉がないから、ここは秋の風景だ。

点線となった簾《すだれ》を頬に湿らせながら、ふたたび歩くことをしないで待合室の銀の煙突を見あげ、それから踏切りのカンカンカンの音が鳴りやんで、遮断機のあがるのを待っていると、たちまちに雨は止んで、蜩《ひぐらし》の一匹が褪せたカンナのさいごの蜜を啜《すす》り入れながら啼《な》いているのを、わたしは聞いた。

褪せたカンナの色は、蜩の透《す》けた羽に吸い寄せられて、ぼんやりあった山の端まで連れてゆかれ、もうあのあたりでは秋のはじめの夕空となっている。

堪《たま》らなくなったわたしは、大股でホームを歩きだし、もうはやく待合室の扉をあけたくなって、息をせかせて線路をわたった。

改札口は、花壇の柵《さく》とおなじいろの白の色。あのころの黄ばんだ白は、もう真っ白なペンキの匂いにみたされていながら、底のほうから木の香りが染《し》みでていて、今年のものだ。

駅員のいない改札口には、

「どうぞ切符は待合室まで」

と、しるしたタテナガの黒板が立てかけてある。それでわたしはまたあのころのように切符をポケットに入れて、待合室の柱に立った。

あの人の背中がわたしの側をむいていて、ベンチにいる。本を読んでいる背筋のなめらかさは半月にも似ていながら、その真ん中に走る胡桃《くるみ》のような骨々の隆起が、あの人のなかでギリギリと泣いているほど、軋《きし》んでは細々とつながれている。

わたしは、あの人の顔のまえにあるストーブの灯《とも》りで、あの人の手にした本の一行を、こうして気づかれないまま、うしろから読むことができていた。わたしはその一行をおそろしく慎重に心になぞってからしまい込み、そうして反対側のベンチに腰を下ろすと、あの人を見た。

「まだ、いらしたのですか、あのころのままに」

わたしの声がストーブのまわりで温《ぬく》められるように、ゆっくりと、あの人へとどけられるよう、だから息だけの振動で滴《したた》らせた。

あの人の顔はそぼ降る雫のままにいて、それから顔をあげると黙ったまま、あのころのままでいる。

「もう、雨は、あがっています」

息だけの振動をすべらせ、わたしは待合室の小さな窓を指差して頷いた。

窓のむこうはカンナ色の透けた羽の空で、もうすっかり秋のものになっており、なんとも七宝《しっぽう》の輝きにも近くなっている。

「あなたは、どうして、ここへ、もどってきたのですか」

あの人の息が湿った水蒸気のままに、潜《ひそ》められてとどいてきた。

「どうしてか、わかりません」

「？………」

ほそく傾《かし》いだあの人の首筋あたりで、わからない声が、点となって滞《とどこお》った。わたしはわからないでいるあの人の首の撓《しな》りを、タテに振らせる言葉をもたなかったので、ふうっと、吐息した。

「ただ、むしょうに、でした」

みずからのほんとうのものがわたしにはわからないから、だからこうして巡っているのであると想ってもみたが、おもいがけない息が突いて出てくるのを知って、これだけが今のわたしであればいいのだ、そう肯《うべな》った。

……そうだ、ただ、むしょうにだった。

古い鋳物《いもの》の薪ストーブが爆《は》ぜている。

くべられてあるものは、これまでの黄ばんだ白の改札の柵。ちりちり溶けて、めらめら揺れるそのむこうで、あの人は雫の髪を振りわけて、面白《おもじろ》の顔をほてらせた。

わたしは待合室のすみに束ねてある改札柵の角材を二本拾いあげると、ストーブのなかへくべてから、あの人にむかって息の筋を流した。

「もう、ずいぶん、あたたかいですか」

あの人のまわりはすっかり乾いてきて、湿った首筋がするりとやわらかくもなり、背中の寒さと顔のほてりとが溶けあうように、麦藁管《むぎわらくだ》の喉もとの、まっすぐななかを告げたい言葉が啜《すす》りあげられ、そうして下顎《おとがい》のあたりで止まっているのが、わたしのところから見えている。

それらの言葉は、先ほどストーブの灯りで読むことのできた本の一行とおなじものであるのを、わたしは知っている。そしてそれらの一行は、おぞましいほどに、悲しいから、あの人は言葉をとうとう失ったままでいたのだったろう。

「あなたは、わたしを、見てしまったのですね？」

ふっくらとなった下顎《おとがい》が、あの人のところでわずかに漏れた。

「わたしも、あなたを、見てしまいました」

「……」

なにも云えないでいるわたしに、あの人の下顎から、また漏れてくる。

「逃げていったのでしょう？　あなたも、無惨《むざん》から」

「……」

「あのとき、わたしからも、わたしをおいて……あなたも逃げていった」

わたしの身はわなわなと震え、咽《むせ》んでいった。わたしはもうなにも云えないから息を潜めて、ストーブの爆《は》ぜる音ばかりを耳にして、その灯《とも》りから顔をそむけ、地へ垂らした。

すると、鼻筋のあたりにゆるりとしたあの人の息が降りかかってきて、わたしはするりと顔をあげた。「あなたは、もう、行かなければならないのですね？」

やわらいだ息を滴《したた》らせて、あの人ははじめて笑った。そうして手もとに閉じられた本の一行を開き、おぞましほどに悲しいその頁《ペーじ》をじりじり引き裂くと、薪ストーブのなかへ放り入れ、それからつぎの頁にしるされた幾名かの緑の字を引きちぎってまるめ投げ、そうしてそのつぎの頁に炙《あぶ》りだされていたわたしの名をていねいに切りとってから、ひらり、黄ばんだ白の薪の上にたたみくべた。

わたしは辞儀《じぎ》をしてからポケットに手を差し入れ、切符と万年筆をとりだし、切符を薪ストーブに、万年筆をあの人に手わたすと、ふたたび辞儀をしてホームへ立った。

七宝の夕空がむこうの山並みを抱いていて、待合室の銀の煙突からうすい烟《けぶ》りが、それでもはっきりのぼってゆく。その烟りは、あの人の息さながらに、

「待っていて、よかった。むしょうに、うれしかった、です」

と、吐かれていった。

五　駅舎の灯《とも》り

窓のむこうの雲は、あんなに急いで走ってゆく。そんなに見えるのはこの列車が速く急いでいるのではなく、あれらのいくつもの雲が、やっぱりあまりに早く流れているので、それで列車が速く走っているように見えるのだ。

いくつもの雲の切れ切れがうしろへ急いでゆくので、この先の風景にはもうすっかり午前の晴れわたった空があるのだろう。列車は、のんびりと川の流れでくねりながら、むかっている。

きらめきの野は、さんさんとしていて、わたる風は五月のものだから、それらに撫でられたくて窓を開けようとするのだが、硝子《がらす》ははめ殺されていて、これからの風を入れようとしていない。

窓のむこうは五月なのに、列車のなかは、セピア色に置き去りにされて饐《す》えた匂い、もうなにぶんにも古くておなじであるから、ひどく窮屈でいるのだ。

「わたしらはピン留めされ、よそから見られるためにあるのではない。風を孕《はら》みたいのです」

どこかの客が駅員に云った。

まばらな客はみんなうたた寝していたので、その声は自分のものであったのかとわたしは知って、顔を駅員へむけると、その車掌は帽子をとり、ふかぶかと頭を垂れてから人差し指を口のまえに立てて、こう云った。

「お客さまは、みな、眠っていらっしゃいます。ですから、窓は開かないようになっているのです。よほど、お疲れなのです。あなたは、お疲れではないのですか。もし、ご希望であれば、あなたの窓だけお開けしますが、それでよろしいですか」

いんぎんに、駅員は云った。

わたしの首はタテにふられた。

すると、するするすると頁《ぺーじ》を爪ぐるように窓は開き、むこうの風がわたしの顔に逢いにきた。わたしの髪のひとつひとつがばらばらに梳《す》かれ、やがて嬰児《みどりご》のような、ほそい繊維の髪にまさぐられ、目や鼻から流れこんだそれらの風が、わたしの胸底にすべりこんでくる。

……ああ、これらは、産まれたときの風のものだ。はじめて吸ったあのときの風、肺の奥底で眠ったままでいる二百ccの大気とおんなじ風のものが、いま、わたしのなかへ流れ、そうしてあのときのものと、こんなになつかしくも共鳴している。

気づくと、車内のセピアが、五月の原色へ染めぬかれている。

わたしはつぎの駅舎に、降り立った。

ホームは勾玉《まがたま》のようなかたちをしていて、小さく穴の開いているふうなところがあったので、近づいてみると、それは飲用水だった。

蛇口をひらいて、噴水状にふきあげてくる水を啜《すす》りいれ、わたしの身はうるおいのまま改札口をぬけていった。

駅まえの歩道はずいぶんひろくて車道のそれより、倍ほどはある。それだから街路樹はケヤキにもなる。そのケヤキは、タテ二列のまま両側からまるく上空で葉先がふれあい、ずっとむこうまでまっすぐ延びてゆくと、それが見えなくなるところで緑の空気と溶けあっている。

うららかに茂った緑のトンネルを、わたしは歩いていった。

やがて一刻、ずいぶん暗くなったかとおもうと、わたしの身は旋風《つむじかぜ》に巻かれ、ぐるぐるとまわってから、まとっていた衣服のぜんぶを剝《は》がされてゆき、皮膚はこんなに白くなっていった。ひどく心地よいのだが、わたしはリュックの紐《ひも》をとき、じゅうぶん用意してこなかった着替えの衣類をとりだして、身にまとった。

一刻は、ほんとうに一刻だった。すぐにまたケヤキの街路樹が上空を半円でつなぎ、鳥のさえずりなのか、葉ずれの音なのか、鳥の羽なのか、葉先のかたちなのか、どちらともしれないような緑の風が、ゆるらかに上で舞っている。

上空はそんなであるから、わたしはそのまま上《うわ》の空《そら》の面もちで、ただ、ぼんやり流れ歩いて、頭のなかはなんにもないままでいられるのだ。

そうしているうちにケヤキの緑は大気に溶けていって、ふくよかな丘陵の野の緑に吸いこまれ、茶がかった小径《こみち》がその先を消しながら、くねっているのが仄見えた。

二百ccのわたしの胸に迷いなどなにもないから、わたしの足はその小径をえらんだ。

小径は、ゆったり折れていた。折れるたびに、たぎる風と、ゆるい風が、交互となってわたしの鼓膜に振動をおいてゆき、わたしのなかの細胞が、爆《は》ぜては眠っていった。

そうこうして幾曲がりかを折れてゆくと、とつぜん風はやんで、路傍にうつる花がひらいた。

その花は、たぶん、「卯《う》の花」と呼んだはずだ。

わたしの記憶には、そのとき、その花の名だけしかなかったのだから、きっとそれらは「卯の花」の白い五弁花が、閉じていた五つの小さな指を、ようやく開きかけようとしている、あのころのわたしものだと、そうおぼえていたからだ。

日あたりのよい午前の曲がり径、卯の花は小さく五弁をひらき、咲きこぼれようとしている。

わたしの身を、あのころのままに、卯の花の高さになって、小さくよこたえた。それから、目を閉じた。

ずいぶん列車のなかで寝ないできたからなのか、こんなに眠くなってきたので、日あたりの卯の花を網膜にしずめ、わたしはそのまま眠りにおちていった。

たいそう眠ったらしく、うすぼんやりひらいた目のまえは、卯の花月夜のきれいな夜になっていた。

しばらくわたしはそうしてうすぼんやりのままでいると、すっかりやんでいた風が野をわたり、楚々《そそ》としてわたしのところへ流れてくる。

すると、やわらかい匂いがわたしの身を包《くる》んでゆき、すずしい鐘の音が耳もとで小さく鳴っていったので、此方《こなた》へむけてみれば、卯の花が、揺れている。

わたしは斜めの身をそのままにして、卯の花を見ていた。

むらさきいろの、卯の花月夜。

風もこんなにゆるいから、咲きそよいだ卯の花の白が、うすく匂っている。それらを撫でているものは、いったい誰だ。風をおぼろにあつめて、それらが揺すられるたびに白の軌跡が余韻となり、むらさきのなかで、淡くも引かれている。

それらを撫でているものは、だれなのかをわたしはようやくに知って、身をもたげた。

あなたは、こんなところにいられたのですか。なんども手紙を書いたのに、いつもきまってもどされてきました。なんどもなんども書いたのですよ、あなたのところへ。あなたの名を、ただ呼んでみたくて、ずいぶん一人で、こっそり呼んでもみましたよ。それなのにあなたはもう、いない。そんなもん、信じたくもなかった。どうしても呼んでみたくなったとき、あなたはもういないなんて、ボクは、ちっとも信じたくはなかった。それだからあなたの名を呼んでみたくなったとき、手紙に書いて、あなたにとどけたかった。あなたに封も切らないで、そのままにもどしてこられたのですか。そうではないのでしょう？　ひどく読んでみたかったにちがいないと、ボクは信じていました。それが今日、たったいま、ボクにはわかりました。あなたはちぎれるほど、読みたかったのですね。ボクの手紙を頬ずりするほどに、読んでみたかったんだ。あなたは、だからこうしてボクに、ゆるらかな丘のところで、ボクの頭を撫でていてくれたのですね。ボクはこんなにうれしいこと、一生に、一度きりです。

わたしは、リュックのなかから、差しもどされてきた手紙の束をずしりと手にとり、はじめての封をひらいて、卯の花月夜と白の軌跡の灯《とも》りのもと、一枚一枚、読みだした。

「これは、あなただけに読んでもらいたかったものですから、もう土に埋《うず》めてゆきます。さいごまできいていただき、母さん、これ以上のボクは、もういません」

わたしは、それらの便箋を一枚一枚、卯の花のまわりに埋めていった。

六　駅舎の灯《とも》り

列車は、浚《さら》いの風を逆《さか》しまに走ってゆく。

左には聳《そばだ》つ岩山、右には冬ざれた海が黒々とひろがっている。その岩山の裾辺《すそべ》らと海とがまみえるわずかばかりの平たいところに、二本のレールは敷かれ、列車は、なだれる雪風を真反対に吹きちぎりながら、一両きりの冽々《れつれつ》とした冷たさでひた走った。

……時代は、嫌いだ。

ここではけっして交わることのない二本のレールが、山と海のかたちのままに沿ってある。切り立った岨《そわ》からなだれ落ちてくるそれら、鋭角的な雪片が、列車の腑《はらわた》に切り込み、列車はそれらを猛然と吹きあげて逆しまな風をつくり、そして、それらを海のむこうへ攫《さら》ってゆく。

……時代は、嫌いだ。

アイツの腑《はらわた》が、わたしの腑にぶち込まれてきた。

アイツの声が、岩山から豪《ごう》と吼《ほ》えて、海のむこうへ轟《とどろ》いてゆく。黒々とした山と海との平たいところで、攫《さら》われなかった雪片の積もりが、白く、うすっぺらに延びており、二本のレールはやはり交わることなく灰色に燻《いぶ》されて、どこまでも無口だ。

……おまえは、嫌いだ。

アイツの声が、わたしに轟いてくる。

雪は、雪辱《せつじょく》の白となって、アイツの命はどこまでいって、たたまれたか。

……オレは、アイツのものをいっぱい盗んで、いそがしく平気でいたのだ。

気どっていたわたしの声が、わたしのなかの「オレ」を呼んだ。

思いを、切られるのか。

思いを切れない雪片の白が、この交わることのない二本のレールのところで這《は》いつくばり、うっすらとしていながら凍《い》てついて、山と海のかたちのままに沿い、ずっとむこうのほうまで延びている。

たぶん、二度と逃れることなどできない。

憂《うれ》わしいオレの腑《はらわた》が、食いちぎられてゆく。いぎたなく、鬱悒《いぶせ》しい胸板がアイツの掌《て》でどろどろに掻《か》きむしられ、べろりと舐《な》めまわされている。邪《よこしま》な脳から爛《ただ》れ落ちてくるオレのものは旨《うま》いか、網膜の底に淀《よど》んであるオレの水も甘いか……オマエ。

弛《たゆ》んだわたしの神経を冬の刃《やいば》が削《そ》ぎ落とし、拉《ひさ》がれた耳のない顔でわたしはホームに突っ立ち、それから二本のレールに降りた。

灰色に燻《いぶ》された二本のレールの真ん中を、わたしは、とぼとぼと歩いていった。白く、うすっぺらに延びた雪片が、アイツの雪辱の白が、わたしの足裏にへばりつき、わたしの靴を重くした。

黒々とした岩山が左に、黒々とした海が右にあって、逆《さか》しまな風が轟々《ごうごう》と、わたしを嬲《なぶ》ってゆく。

アイツの掌《たなごころ》に握られたその灯《とも》り……。

盗んだジッポーの灯りを、二本のレールの真ん中の、白い雪片の頬のところで、オレは、ジュッと開いて、灯《とも》しをかざし、置いてきた。

七 駅舎の灯《とも》り

その駅舎の名は、「三つの巴道《ともえみち》」と呼ばれ、街の人々からは「鸚鵡貝《おうむがい》の里」と呼ばれたりもした。

改札口をぬけると、すぐまえの道は三つの道がみんなおなじように右から左にぐるぐると巴《ともえ》にまわり、ぐるぐるまわった円の中心が街の中心になっている。それだから駅舎からいちばん遠いところに、この街の中心があった。

いちばん外側の道には自動車が、その内側のまんなかには緑の林が、そしていちばん内側には住宅やら店などが居並んでいて、歩道はまんなかの緑の林のなかに縫《ぬ》っている。

ずいぶん以前、わたしは急いでいたものだから途中でひきかえし、街の中心には出ないでいたので、やっぱりどうしてもこの駅舎で降りたくなって、林のなかの歩道をしまいまで歩いてみたいのだ。

林のなかは、ハリエンジュの匂いで満開だった。

ところどころにベンチが置かれてあり、そこで本を読むものもあれば、編み物をしているものもあり、語らっているものもあれば、午睡《ごすい》をとっているものもいる。ぜんぶの光が射してくるのではなく、ぜんぶを陰にしてしまうのでもないから、この林の歩道では、なんでもできて、一人が一人でいても平気だし、みんなと一緒にいてもだいじょうぶなのだ。みんなと一緒にいて疲れてしまったならば、あのベンチでぼんやり木陰に揺れている、あの人のように黙ってしまっていてもだれもなにも云わないし、日が暮れるまで、日が暮れても、あのまま一人でいて心配などない。

わたしのまえを、犬の散歩の人がいる。その戯《たわむ》れる影を見つめながらハリエンジュの匂いをかいで歩いていると、わたしのうしろで、もう一つの犬が泣いた。

わたしはそれを知っていた。その泣いているのを……。

木洩れ陽の左むこうに煙草屋が見えたので、わたしはひさしぶりに煙草を喫《の》もうといちばん内側の道に出てみたのだが、ジッポーを置いてきたことにようやく気づき、そのかわりその三軒先のレンガづくりの喫茶店に入って、珈琲を注文した。

レンガづくりの店内を見まわしていると、ふしぎなことに店の看板は外にあるのではなく、カウンターの奥の壁にたかく掲《かか》げてある。

〈三つ巴《どもえ》ならぬ、三つの巴道《ともえみち》茶店〉

此方《こなた》の側へ巡ってきてはじめての珈琲だったので、わたしはひどくおいしく飲みながらその看板を見て、たぶんはじめて笑ったのではないかと、ふと知った。

それで二口めの珈琲を啜ってからふたたび看板に目をやると、先ほどの字はするするするすると消えていって、こんどはちがった字があらわれた。

〈アリストテレスは、こう云った〉

またその字が消えてつぎの字になった。

〈構成は、序・本・結の三論を必須とす〉

それでまたつぎの字にかわった。

〈ものの本質は、実に三巴である〉

さらに続いてゆきそうなので、わたしはそれらの字を、珈琲を啜《すす》りながらたどっていった。

〈二人、見つめ合うところに真《まこと》はない〉

〈三人いれば、世間になる〉

〈世間の悩めるときは、三つ巴になる〉

〈世間の佳《よ》いときにも、三つの巴になる〉

〈けれど、三つ巴と三つの巴は異なりまする〉

〈この街は三つの巴道と云います〉

〈けっして三つ巴ではありません〉
〈天と地と、それから根が必要です〉
〈親と子だけでなく老人が必要なのでしょう〉
〈老人は若ぶるのではなく老人のままです〉
〈ですから実に、貴《たっと》いのでありまする〉
〈この街には三つの道があります〉
〈どうぞ、歩くなり走るなりしてください〉
〈本日はご来店、ありがとうございます〉

ぜんぶ読みおわると、珈琲も飲みおえてしまった。

わたしの目はもうすっかり明るくなっていったので、珈琲代のかわりにかけてきた眼鏡を差しだし、店主にわたした。店主はおごそかにそれを受けとり、「老人の眸《ひとみ》も、それはたいそう明るいものですよ」と、莞爾《かんじ》として笑ってから「ようございました」と眉根《まゆね》をひろびろにし、パイプのけむりをまるく泳がせた。

店を出てからしばらくこの道に沿って、わたしは、いちばん内側の住宅やら店などが居並ぶ通りを左に湾曲しながら、そぞろ歩いた。

それからしばらく巻き貝のような道を歩いてから、ふたたびまんなかの林の道へもどった。わたしには自動車がなかったので、いちばん外側の道を走れなかったが、このハリエンジュの林の道を心地よくもぬるぬると歩いていった。

目のまえを、ぼうっと流れる、ぬるぬるとしたハリエンジュの甘い匂い……そうだ、わたしは、あの女に、どうしても逢ってみなければならないと、ぜったい知ったのだ。

そのとき、目のうしろで、一つの泣くものの声が、やっぱり仄《ほの》聞こえてきた。

目のまえと目のうしろ、女と犬と……わたしの身がまえにうしろに傾《かし》ぎながら、それでもこのなんともいえない潮騒のようなゆるみの音に吸引されてゆき、わたしの身は巻き貝の奥ひだへと、左にゆったりねじれてゆく。

もう歩いてゆくと、道の曲がりがずいぶん小さくなってきたので、いよいよ街の中心に近づいてきたのだろうとわかった。

三つの巴道《ともえみち》は、それぞれがどんどん細くなり、一つの道に収められていって、それからまったくしずかに街の中心は安らいで音もなくなった。

わたしは、わたしの心臓がおだやかにもなり、音もなくなって、安らいでいったこの街の中心に、真珠の光が射し込んでいる螺鈿《らでん》の灯《とも》りばかりを、そこに見た。

そのむらさきの、みどりに帯びた鸚鵡貝《おうむがい》に、真珠の灯りで、逢いたいものの駅舎名が浮かびあがってくる。浮かびあがってきたその字を、わたしはわたしの心臓に張りつけ、しかと見とどけた。

八 駅舎の灯《とも》り

わたしはつぎの駅舎で勝手に降りた。ずいぶんながいこと列車に揺られていて、それですっかり喉《のど》が渇いてきたものだから、どうしようもなく降りたのだ。

太陽は真上にあって、いっそうからからの喉がひりひりとし、身もひどくほてって暑い。いくらさがしてもホームには飲用水がまるで見えないので、しかたなくわたしは改札口を出ていった。

駅まえは青ばんだ湖のようにすずしげであったが、そう見えたのは、どうやら彼方の風景が底のほうから映しだされたものであると、ほぼわかってきたので、わたしはそれらの翳《かげ》りと水をもとめ、そのあるほうにむかって歩いていった。

わたしの身はかりかりに干涸《ひか》らびてしまい、皮膚から発散する水蒸気のべたつきを舐《な》めまわしながら唇だけをうるおそうとするのだが、その唇も苺《いちご》のようにくびれ、ただれてくる。だからもう自分だけでは生きてゆけない気になって、恋しいものにすがりつきたく、一途な感情だけをかかえて、あれらの翳りのなかへただ足を運んでいなくてはならない。

翳りのほうへ歩いてゆくと階段《きざはし》にでた。その階段は下《くだ》りにあったのでわたしの足はうれしかった。もう上《のぼ》りであったなら、いくらリュックや頭のなかが軽くなっていたといっても、とてもむりだ。

わたしは階段《きざはし》を下っていった。

階段をいちだんいちだん下ってゆくにしたがい、翳りの濃度もこくなっていった。しだいに苔むす匂いが下のほうから湿りだしてきて、足もとの階段は陽射しを失ったかわりに、玉藻《たまも》のようなビロードのつややかさで光ってゆく。

それはうれしいのだが、わたしの足は階段を下ってゆくたびにたぎたぎしく疲れてしまい、膝のあたりがくねくねとくずれ笑って、どうしようもないほど苦しい。上ってゆくことは大変であるが、下ってゆくことはもっと大変であるかもしれぬ……。

これからわたしは、わたしの身や、もしかしてわたしの魂やらも、どのように下らせてゆけばよいものか、そのことばかりが不安になってゆき、喉の渇きにくわえていっそう苦しい足どりに、わたしはふらついた。

そんなこんなで、ずいぶんわたしは階段を下っていった。

しばらくするとすっかり草臥《くたび》れてしまったわたしの目のまえで、いきなり階段はそれ以上の下りを消していた。そうしてそのかわりに、無性《むせい》に蔓延《はびこ》る巨大な蜘蛛足のようなものが突如、投網《とあみ》のように地にひろがり、地へ這いつくばっていた。

わたしは、地からなかば隆起した、いかつい無骨な蜘蛛足を、しばらくどろどろと見つめ、それからはじめて上を見あげた。

見あげた上には、天をおおうほどのざらざらした巨樹が聳《そび》えている。

目を眩《くら》ませながら、そのあまりに巨大な樹をあおぎ、空がまあるく回っているのをこの眸《ひとみ》にとらえて、わたしはふらふらとなり、ぐらぐらになってとうとう地へ、へたりこんだ。

それでわたしはその地よりなかば隆起してあるものが、根であることを知った。

根は、ねりねりとおどろおどろしくも四方に八方に生き生きとして、その先のほそぼそとして震える根毛の血筋を見せずして、地のなかへしまわれているようだ。その根毛の血筋がわたしの尻の下から息吹のままに突きあげてきて、わたしの血筋へひたひたと染み入ってくるのが、見えないように見えては、わたしの目を眩ませている。

わたしはべったりと指先を地へつけた。すると苔むして湿った根のなかから、ぬるぬると這いあがってくるモノに、わたしの指は触れられた。そのモノは、地蜘蛛《じぐも》だった。地蜘蛛は血の色をしていながらつややかだ。

なめらかに溶解されてゆくわたしの耳もとで、やがてなにかの声が伝わってくる。その声は巨樹のてっぺんから伝わってくるような、地の下から伝わってくるような、そんな反響になって、どうやら木霊のようだ。ともかくその声は云う。

「其方《そなた》は列車を上ってきたものか、それとも下ってきたものか」

その声はあまりに厳《おごそ》かだ。

わたしは、たしかに、下りの列車に乗ってきたはずなので、

「下ってきました」

と答えた。

「下ってきたものか。それならば、其方はずいぶんと高いところからきたものなのだな」

そう云った。

「そうかもしれません」

わたしは答えた。

「さすれば、其方のいたところは、さぞや高貴であったろう。はるかな高みで」

わたしの首は、断じてタテには振られない。それだからこそ其方から此方へ、列車に揺られてきたのだから否《いな》ぶしかない。

わたしの首は、きっぱりヨコに振られた。すると反響の声は大きく鳴った。

「それは、道の理ではないだろう。其方は道の高いところにいたのだから、下ってきたのであろう。それでこそ理《ことわり》というものだ」

「わたしはたくさん知りました。けれどその理を知らない。ですから訓《おし》えてくれませんか、その理を」

反響の声はいよいよ大きく大気を揺るがせ、

「わたしは知るモノではない、成ったモノだ。ごらんなさい。其方の下から水が掬《すく》われ、そうし

てこのなかを上り、あの天にむかって返している。地のなかの根源を蜘蛛が呼んで、あの巨きな樹の上で雲にもなっているのだから、クモというモノが、おそらく神なのであろう。それらは知ったのではない、成ったモノだ。其方らは、そうして成ったモノを知るモノなのであろう。知るモノは、其方の側にある」

と、それきりを響かせて、もう黙った。

指に触れられていたモノが感じられなくなったので、わたしも黙って指もとを見ると、地蜘蛛はもういなかった。

なにやら喧《かまびす》しくうねっていた尻の下が、袋に閉じられてしまったように、しずかになった。

わたしは、ひどくぼんやりした身で自分の指先ばかりをながめ、そうしてながめているうちに、この指が五つに裂かれていながら手の半分のところで止まっているのは、それはハドメのためであり、掌《てのひら》に盛られた平たいところはわたしのところへ、そして指のあいだは、わたしではない人へ滴《したた》りおとすために裂かれた五つなのだと、そう知った。

やはり、水は摑《つか》むものではなく、掬《すく》われてあるものだとわたしは知ると、きゅうに喉の渇きをふたたびおぼえていった。

しずかになったあたりから、ちろちろちろと、音がする。

尻をあげて巨樹を見あげ、そのはかりしれない巨きな幹にひやりと耳をよせ、そして聞いてみた。

わたしの耳もとに聞こえてくるのはちろちろちろの音ではなく、地が裂かれてしまうほど唸《うな》りのどよめきにも似て、滔々《とうとう》としている音だ。その音はなにやらおおぜいの祈りの声にも聞こえ、地球がまわっている音にも聞こえたので、この巨樹をみずから切り裂いてみなければ水を啜り入れることはかなわないのであろうが、けれどもわたしのリュックには切り裂いてしまえる道具などなにもなく、ただもうすっかり軽くあるばかりなのだ。

だから耳は、ひやりとした巨きな幹からはなれていった。

わたしは、ちろちろちろと、音のするほうをたよりに歩いていった。階段《きざはし》はもうなく、ただゆるい坂がビロードのように苔むし、下っている。

すると目のまえに、巨岩が立ちはだかった。音はどうやらその巨岩のなかから聞こえてくるのか、苔むして神《かむ》さびたまわりの気配は、いっきに暮れゆくように昏《くら》くなっていった。

わたしは茫然と立ちつくしてばかりいて、とにかくやたらと喉がただれたように渇いているし、舌までなめらかさをなくしてひび割れてもいるので、もう動こうにも動けないでいるのだ。だからリュックをおろし、その上にあぐらで坐《ざ》して、その巨岩をにらみつけ、

「水がほしい」腹の声をしぼりあげた。

わたしにはまだ巡らなければならぬ駅舎がある。わたしはどうしてもここで水を飲まなければ巡ることなどかなわないから、なにがなんでも水を飲まなければいけない。とにかく飲むのだ、水を。

「水がほしい」

ふたたび声をしぼりだした。

すると、わたしの舌がひび割れてしまったように、その巨岩の下のほうから、そうちょうど、わたしの背の丈とおなじあたりから、象《ぞう》のようなヒダの筋がタテに割れてきて、ちろちろちろの音がいっそううるわしく聞こえ、そうしてとうとう水が流れてきた。

わたしはくびれた唇を精いっぱいに開け、ひび割れた舌で水を舐《な》めようとした口をあわてて閉じると、掌《てのひら》を差しだして両掌で水を掬《すく》い、ごくりごくり飲んだ。

「岩割《いわわ》れ」て、そこから水が「生《あ》れ」てくる。

イワワレ、アレテクル。

イワアレ……イワレ。

そういえばわたしは、おもいだした。

ここの駅舎の名は、たしか「謂《い》われ」と呼ばれた。あんなに巨きな岩が割れ、深々とした下から水が生《あ》れてくるのだから、ともかく古昔《いにしえ》の謂われがここにあったのだと知り、わたしはなんどもなんども両掌に掬い入れ、水を飲んだ。

なんどもなんども掬われていったわたしの足もとで、昏《くら》がった苔が、水明りの灯《とも》りで、きらぎらと浮きあがってきた。

わたしはリュックに吊《つる》したコップを、ここに置いていった。

九　駅舎の灯《とも》り

ホームの白線は、あのころのままにあった。

危《あや》ういだけの黄色は、ここでは、いまもない。怖《おそ》れと勇《いさ》みの白の色が列車の扉を閉め、そして開《あ》けられていて、それは乗るものだけにあるのではなくて降りてゆくものにも、白線は、平生《へいぜい》と平生ではないところでホームに、いまでも白く、引かれている。

ここは、五月なのか、八月なのか、季節をたがえて、ともにある。

わたしは白の線をむこうへ降りて、ホームに立った。

この足がホームをひと蹴《け》りするたびにオルガンの音を呼んできて、そのオルガンの響きは改札口をぬけてもまだわたしの足裏からしてくるので、たいそう微睡《まどろ》む気分にもなってゆけるのだ。

オルガンの響きがわたしの足裏からしだいに遠のいてゆくと、ようやく聞こえてきた小川の流れはハーモニカの音……越えられそうで越えられない広さの小川の流れにさからわず、その音は流れている。

目のまえには仰向《あおむ》けた坂がなだらかに上っているようでもあり、下ってもいるようで、それはたぶん、日向《ひむ》かしの太陽にわたしの虹彩《こうさい》が焼かれているためだ。

路傍にはワスレナグサとワスレグサの花が交互に並んでいて、五月と八月が往ったり来たりして、わたしの目を手繰《たぐ》っている。

それでもこのじりじりとした太陽は八月のものだから、ワスレナグサなど咲いているはずもない。咲いているふうに見えるのは、やはり日向かしの太陽が東にあるために、わたしの虹彩がこんなにも焼かれているからであり、けれどももっとほんとうを云えば、あのころの甘ずっぱい苦みが忘れられないでいるので、こうして幻影のワスレナグサが咲いて映るのだろう。

淡い紅《くれない》色から、淡いコバルト色へ咲きうつるワスレナグサを、こうして忘れられないでいるのは、わたしにとって、淡い想いにひたされていたからなのであったが、そんな淡いものなど忘れてしまえと、ワスレナグサを両側から挟《はさ》みこんだワスレグサの花茎が、高く首肯している。

それなのに、ひとたび歩くわたしの虹彩は、こんどはワスレグサを挟みうちにし、低いところから淡い色の移ろいで、ワスレナグサの色にひたされてゆく。

ワスレル、ワスレナイ、ワスレル、ワスレナイ、ワスレル、ワスレナイ……。

わたしの脳はとろとろ溶けてゆきながら、屹立した一人の虹彩で、空に吸われない仰向けの坂を、目眩《めくるめ》く歩いていった。

やがて、消えていたオルガンの響きがまたいちだんと高く聞こえてきて、一人のハーモニカがその音を控えられてゆき、一列に並んだオルガンの歌声がわたしの腕を引っぱるようにうながしてくる。

八月の、それらの歌声は、ウソだ。ウソであるのにそれらの歌声にうながされ、私は想いの扉を重くひらいた。

じりじりとした太陽におもうぞんぶん焼かれて、学ばないでいた学舎《まなびや》が黒々とコールタールの匂いで焦げついてあり、それらの棟をしずめるように、校庭のひろさが白々のダムになってしんしんとしながら、ぎりぎりしている。

わたしはあのころのように、だれもいないプールに入り、底のほうでしばらく一人でいた。しばらくいてからわたしの身は魚になり、銀の鱗片にじりじりした太陽をはねつけながら、ただだれにも叱られないトビウオにもなって、学舎でさぼっていたわたしの身がしなやかにぎらぎらと光り、この水飛沫《みずしぶき》をあの学舎に……わたしを殴りわたしが殴ったヤツラに……あのへんぺいな黒の板に……そこに反射した灰色の許せない鈍いオトナの影に……そうだ、歯ぎしりしながらわたしは大きく口をひらいて空を吸い、このみなぎる魚体の水飛沫を、あれらの窓の学舎の、そのすべてのなかへ、かなしくも浴びせていたいのだ。

仲間は、どこへ散ったか。わたしはプールから出ると、白々とした校庭に立った。桜の影は、もう老婆にも散ったか。

どんよりと腰を曲げながら、いまだ列を乱さずきれいに並んでいる桜の木々をながめては、いっこうにめでたくもなれないでいたあの入学式の中間色の、ウソらしくあるのが、わたしにはどうしてもイヤだ。

桜の匂いも、その翳《かげ》った幹も、あの散ってゆくさまも、幼気《いたいけ》なものや荒《すさ》んでいるものの校庭から、死んでゆく空へ押しやっていたい。

唾吐きながら、あのころの校庭に、荒《すさ》んだ十五の心のままで、わたしは立っているらしい。

荒んだわたしの耳にふたたびハーモニカの音がやってきて、九歳のわたしが空を見あげており、ふうっと大きく息をつめてから視線を下へおろすと、白々の校庭よりもっと白い線がまっすぐむこうへ延びているのが、浮きあがった。

捻《ねじ》れたわたしの腰は低くおろされ、そうしてあのころのままに白線の内側から外へ飛びだすように、いまのわたしが走っていった。

いまのわたしはほどなく止まり、よろよろと校庭のかたすみのブランコへすわり、ようやく息のしずかになった顎《あご》をまっすぐむけると、白線の内側へ入ったり出たりしているあのころのわたしが、まだ走っている。

わたしはブランコを往ったり来たり漕《こ》ぎながら、走れなくなった足を宙にぶらつかせ、しずかになった息のなかから、
ワスレル、ワスレナイ、ワスレル、ワスレナイ、
を交互に、往ったり来たりさせてはブランコを漕いだ。

わたしの身は宙を往き来し、なんども揺れてはしだいに脳からぎりぎりするものが溶けてゆ

き、わたしという身が宙にふられて風にもなって、ずいぶんたった夏の空……むこうのほうへ太陽が、あちらのほうから月影が、二つの灯《とも》りに吊されて、淡いコバルトの、トワイライトのころにもなっている。

だれかは、呼んでいるのか。
オルガンの歌声も、呼んでいるのか。
忘れないでも、いたのか。

ようやく揺れていたブランコを止め、忘れてしまっていいことと、忘れてしまって放《ほう》れないことの、その真ん中で、わたしは降りた。
忘れてしまうにはあまりに淡く大きな二つの灯《とも》りをのぞみながら、忘れてしまっていいことが、もっと現在《いま》の近くにいっぱいあるのだと、そうわたしはたしかに信じて、校庭をあとにした。

十駅舎の灯《とも》り

この駅舎は「糺《ただ》すの駅」である。森厳《しんげん》としたホームは曲がることなくあくまでまっすぐで、背筋の流れに微塵《みじん》のスキもない。

杳《よう》として知れない懐《ふところ》に、匕首《あいくち》の光が冴え冴えとしまい込まれ、それらの魂がレールの色に照り返されて、殺気の息を忍ばせてもいる。わたしは小さい砌《みぎり》よりそれらの懐影《ふところかげ》の何たるかを凄まじいまでにこの眼《まなこ》へ刻み込まれ、そうしてその影の一矢がまちがいなくわたしの血潮へ射《い》られてきたのを、確《し》かと知っている。

砥石《といし》で研《と》がれてきた懐影の刃《やいば》、ザクリと刻まれたそれらの波光をその人の眼から、そしてその人の背《そびら》から、無言の凄絶《せいぜつ》さで、わたしは圧せられてきたのだ。

双影の人と人……。

ふくよかに自《おの》ずと成った一人の胸。

叩きあげ刻まれてあった一人の背。

二人の影はもう遺影となって飾られていったが、背の人はどんなに孤独であったものだろう。わたしは爛《ただ》れていったこの血潮のなかに、張りつめた一矢の傷みを思い知るに及び、背の人はどれほど孤絶であったろうかと、ようやくにして心得た気がする。

背《そびら》の人は、一矢の傷みをわたしに射り、それから自《みずか》らの矢をいったい何処《いずこ》へ放ち、隠れ消えていったというのか。やはり、森厳とした森の中へか、冴え冴えとした光を放って……。

わたしは、今一度、糺《ただ》されていたい。

糺されてあることの畏《おそ》れと安らぎが、あの森の中で武士《もののふ》のごとく端然《たんぜん》として堂々と、わたしの影を見とどけてもいるのだろうか。

曲がることのないホームを進み、改札を抜けると、いきなり迷路が幾重にもくねっている。蒼と黒との帳《とばり》は深々としてゆき、はしたなきものが一切に捨てられ、発散される息吹だけが香《かぐわ》しくも噎《む》せ返るほどに、こうして濃密だ。わたしの肩を斜めに切り込んでくる冷気は、武士の刃の袈裟《けさぎ》斬りか。わたしの胸は、数珠の滴《したた》りが葉の雫となって冷たい。

わたしの足は迷うようにくねっていて、森の中を万象《ばんしょう》にしている。

吐かれた息吹のその下で、粘液状のアメーバは曼陀羅《まんだら》のぬめりを蛇の色に充溢させ、狩猟の民の遠吠えやら白鹿の蹄《ひづめ》の余韻、樹間を縫い、横へギラリ一閃《いっせん》するは、オオカミの尾か。向こう斜めに横たわるは朽ちた倒木、それでも未だ生きているのか、気配ばかりのする厳《おごそ》かな死と再生。それらが存在する形の周りから、中から、膨張しては収束し、それらがぐるぐる絡み合い、深々とした息吹を漂わせながら、あまりに全体を、途方もなく潜《ひそ》めている。

歩く足もとで、わたしは、手にした羅針盤《コンパス》を捨てた。途方もない造化《ぞうか》の掌《てのひら》で、わたしもすっかり途方に暮れ、まったくの行方を失した。この造化の掌で随順のままにいることが、わたしには未だできない。これからを巡らなければならぬのだ。

いきなり何かの気配を背中に感じ、わたしは慌てて振り向き、そして見あげた。見あげたところのトーテムポールの枝、その野太くある一枝に、背《そびら》を向けているモノがある。

灰白に、褐色の斑をタテに走らせ、無骨なまでのその背は居丈高《いたけだか》であり、孤高でもある。背をしばらく背のままにしてから、やがてその貌《かお》だけを半円に振り向き、そうしてわたしの顔を睥睨《へいげい》するかのように、見下ろした。

振り向いた全円の貌の中枢には鋭い光が据えられており、その光が両眼からまっすぐに突き刺してきて、射抜く二矢がわたしをそこに、居竦《いすく》めさせた。

無骨なまでの背と眼とを同時にわたしへ預け、そうしてしばらく凝《じ》っとしてから、一度だけ眼光を閉じ、審神者《さにわ》のような風貌を湛《たた》え、そのフクロウは三日月の嘴《くちばし》を此方へ向けると、今一度わたしの顔を見下ろして、「まちがえずに……行け」とばかりに頷《うなず》き、深々とした森へ、父は、消えていった。

わたしは、三日月に灯《とも》った此方へ向け、歩いていった。

十一　駅舎の灯《とも》り

ホームに咲きこぼれる白い花、散りしおれたその花びらにまるく零《こぼ》れるいくつもの影、それらが、紅《あか》く灯《とも》っている。

改札口を出た一本の道はたおやかであるけれど、ひどくみすぼらしく、わたしは寒い。あのときは、ちょうどいまとおなじころで、道の両側には林檎《りんご》の実が地球の雫のように紅く、たわわに垂れていて、いま歩いている道も、ホームとおなじ紅い影が珠玉であるというのに、むしょうに、わたしは寒い。

一本のこの道は雲のつくったほそながい影で、林檎畑がこんなきれいであるのに、きょうの雲はあまりにたよりない線を烟《けぶ》りのように巻いていて、影の道は、たおやかではあるがもっとやるせなく、鋭い寒さのままなのだ。

わたしは雲のつくった、そんな鋭く寒い林檎の道を、引きちぎられるほどに歩いてゆく。

やがて林檎畑もとっくにとだえた村はずれ、道は右に左にわかれた。その追分《おいわけ》を右に折れてしばらく歩くと、野枯れた、なにも遮《さえぎ》るもののないゆるい曲がり角にまた一本の、あまりに巨きな林檎の実を宿した木が、むこうに見える。林檎の実は、ちょうど二個だ。

昔、わたしは、そんな木を目にしたことなどない。あったのはたった一つの道祖神と、その石像に背をあずけ、くずれるように坐していた黒い影ばかりで、林檎の木などけっしてあのようになかったのを、わたしは知っている。

わたしは、あそこに、ああしてある林檎の木を茫然と見やりながら、昔のことを、黒い影のことを想いだしていた。


あのころ、わたしは、やはり一人、歩いていた。もう日暮れにも近かったので、ずいぶんわたしは急いでいたものだった。野枯れた、なにも遮るもののない大きな風景のなかで、動いている影は、たしかに、わたし一人だけであるはずだった。なにぶんにもわたしは急いでいたので、ほとんど風景などこの目に留まることなく、ただその先だけが慌ただしくあったばかりのわたしの影は、疾走にも近い速さで、ひたすら歩いていたのだ。どうしても急がなければならない、ともかくわたしは、急《せ》いていた。

すると、なにもない風景のなかに、小さな影が見えてきた。わたしの足は、ひたひた近寄ってその影のまえに立った。道祖神が、そこにあった。

その道祖神は、もうずいぶんと古そうで、地に傾きながら膝からわずかばかりの高さで鎮まっている。苔むした石面をよく見れば、寄り添う男女の姿が質朴な彫りでかたどられていた。その彫りあとは幾年かの風雨に晒《さら》されてか、角《かど》をおとしてもう柔《やわ》らかみのなかにあり、その柔らかみの線で、男女は至上の微笑みを湛《たた》えている。

わたしは急いでいたのだが、その双体神のまえに座り、途次、林檎畑でもぎとり盗んできた林檎を一個手向《たむ》け、掌を合わせようとした。

すると、うすく閉じたわたしの網膜に、うす黒い影がするりとまっすぐ伸びてきて、五つのものに分かれていく気配を、わたしは認めた。

わたしは眼《まなこ》をひらいた。わたしの目のまえに映ったどす黒い影は、手向けたばかりの林檎を鷲《わし》掴《づか》みにしているところであり、鷲掴みにしようとした手のうしろから、うす黒い顔がぬんめりと石像の横から覗《のぞ》きだされ、わたしを見て、ニヤリと笑った。

猛然と、わたしは怒った。鷲掴みにされた林檎を五つの指を裂くようにして、わたしは奪いとった。それからすっかり腹のへこんで餓《う》えていたわたしは、むしゃむしゃと林檎にかじりつきはじめた。道祖神のうしろに蹲《うずくま》っていたその乞人《ほかいびと》は、ヨダレを垂らしながら両手を差しだし、なんどもなんどもわたしに乞うて頭をさげる。それでも、わたしはいっさいを黙殺し、乞人のまえで林檎をむさぼるように食らいついては、睨《にら》みつけたままでいた。

とうとう、わたしは芯だけを残し、林檎を食いつくした。

「おまえは、ナニ奴《やつ》だ」

ツバをゴクリと飲んだその乞人に、ツバ吐くように、わたしは訊いた。

「なぜ、ここにいる、どうしてこんなところに、いる」

「待って、います」

乞人は垂らしたヨダレを袖《そで》で舐《な》め、ふるえる指先を差しだしたまま、嗄《しわが》れて云った。わたしは、問い糺《ただ》してみた。

「手向けのものを摑みとるために、ここで待っていたのか」

乞人は差しだしていた両手の片方を顔のまえに立て、そしてそれを大きく横に振り、

「ちがいます」

と云ってから、その立てた手を道祖神のまえに伸ばすと、双体の女神のほうをゆるりと撫でながら、

「女、をです。女を待っているのです」

と、すがり哀れむ面相を黒くつくって頷いた。

「女？　どこの女だ」

「この女です」

撫でている女神を指差してから、ふたたび乞人は、その女神をいとうように柔らかく撫でまわした。

「こんなにも逢いたいあなたは、こんなにもう柔らかな線になっている。それだから禁忌はとっくに解《と》かれているはずなのに、わたしばかりを置いて、こうして乞人にもしてしまった」

そう呻《うめ》いた乞人を気が触れたものだとおもい、乞人をそのままに捨て置き、急がなければならない身を疾走させて、わたしはその先を歩いていったのだ。

わたしの目の先には、あのころ見えていない林檎の木が、あんなに巨きな二つの実をつけ、立っている。わたしはあいかわらずひどい寒さでいながらゆっくり、その林檎の木に近づいていった。

林檎の木は、道祖神をいとうようにしずかな翳《かげ》りをつくっている。

「逢いに、いったのだな」

わたしは、そう云った。

「ついに、逢えたか」

頭のうえに垂れている、あまりに巨きな林檎の一つをもぎとり、わたしはそれを両掌で掬《すく》いあげると、むこうの風景を透かすようにして、ながめた。

わたしの食い残しの芯を食べ、あなたの血肉をじわじわ吸いとって、あなたの身からどんどん種は大きくもなり、やがて芽をふくらませ、そうしてあなたの血肉をすっかり吸いとって、こんなに巨きく紅い林檎の実を、とうとうつけた。あなたはようやく還り、あなたはついに愛《いと》しい女に、逢いにいった。

わたしはその一つの紅い林檎を道祖神のまえに手向け、それからもう一つの林檎をもぎとって掌に掬うと、石像のまえで低く平伏《ひれふ》し、額《ぬか》ずいたままでしばらくいた。

「いただいて、ゆきます」

わたしの目は、紅涙《こうるい》に沈み、わたしの声は、嗚咽《おえつ》をもらした。

ようやくわたしは立ちあがり、紺の帽子をリュックからとりだすと、道祖神の頭へ、手厚く手向けた。

十二駅舎の灯《とも》り

この川は、其方《そなた》と此方《こなた》との、その間《あわい》を流れていた。月の晩のさらさらの、ハコヤナギの風にもはこばれて、さらさらと川の流れがきこえている。

さらさらと流れている音のものは、川のものか、それともハコヤナギの葉ずれか、あまりにしずかな月の晩なので、わたしはそれらの音をいずれとも知りながら、もう一つの流れの音を待っているために、この川の此方の側の川べりで、こうしてずうっと佇《たたず》んでいる。

満ちている月影は、あのようにも青ばんでいるので、こんな秋の夜に、しずしずと映えながら月の道を川面に浮かべ、川のむこうの其方から、わたしの佇む此方の縁《ふち》もとへ、さらさらと射しこんできてはわたってくる。

わたしは、その川面に映えた月の道をなぞりながら、もうずいぶんながいこと、其方の川岸に映るあの人の影を待っていて、その人影が月影に照らしだされ、やがて川面の道をわたってくるのをしずかでいながら、赤い血汐《ちしお》で待っていた。

そうしてあの人は、満ちている月影に幻灯となって浮かびあがり、ようやく川面の道のむこうに立って、わたしの足もとにわだかまる月道の縁《ふち》もとへ、しめやかにもかぐわしい匂いを揺らめかせながら、青ばむ霧のその双眸《そうぼう》に、迷彩の灯《とも》りの色をさしかざしては、こんなかわいた秋の月夜なのに、ひたひたと湿《しめ》りわたってくる。

さらさらと流れている音のものは、川のものか、それともハコヤナギの葉ずれか……そうではなくて、もうわたしのところへ流れている音は、川面の月道をわたってくる靡《なび》かれたあの人の髪筋の、そよめき音であるものだと、わたしは知った。

あの人は、とうとうわたしのもとに、立った。

双眸をふせたまま、あの人は微笑んでいるようだ。それがわたしにはうれしいようでもあり、かなしいようにも映った。蠟燭《ろうそく》のように青白くもいて、その灯火《ともしび》の揺らぎがめらめらと、あのころのわたしたちをあぶりだしては咽《むせ》んでいるのか、やるせなくもあるのか、ときめかしているのか、いたたまらなくなっているのか、狂おしくもあるのか、それとも、もうすっかり忘れていってしまいたいのか……。灯火の揺らぎがあの人の眸《ひとみ》をふせたままに、てらてらとあの人の胸のなかでしまわれながら、あの人は微笑んでいるように、わたしの皮膚へ流れている。

わたしは狂おしくもなり、あの人の眸の灯りを知ることにたじろいでもいて、わたしの皮膚をあの人の皮膚に埋《うず》めたくもなり、あの人のふくよかな身を抱きしめたくもあり、そうしてこの手にまさぐり沈めたくもなって、どうすることもできないでいるわたしの血汐を引かせようと、わたしの足が川べりの小径を歩かせていった。

小径は川の流れのままにゆるくなぞられていて、月影はわたしたちのところに、さらさらと流れては、わたしたちを浸《ひた》らせている。わたしのうしろをゆくあの人の影が、わたしには息苦しくもなっていったので、わたしは振りむき立ち、あの人の影が、わたしの影と並んでゆくように、あの人を待った。

もうこうした静謐《せいひつ》な秋であるというのに、あの人の、うすい匂いのハリエンジュがとどいてきている。

わたしの影に並んでゆくあの人は、匂いやさしいあのころのままの影法師となり、なにも云わずにいて、ときおりわたしの手に触れるその指をつめたくもし、からめるようにしながらも、やがてその両手をうしろで結んで揺れるように、それでいてしずしずと、わたしと並んで、歩いてゆく。

うすい匂いのハリエンジュは、けれども、川のむこうの其方のもとで、もっと濃密な、かぐわしいほどの艶《つや》やかな、寄りそい凭《もた》れるところにうねっていて、川面をわたりとどいてきたここでは、わたしの周りでこんなにもうすく、淡い匂いに、もうかすんでいる。

あなたの首筋が月になる、あなたの喉《のど》もとが青ばむ湖となり、あなたの髪があなたの心を川に流してゆき、あなたはもう黙ったままでしまうのか……。

「わたしは、待っていた。あなたをこんなにも、ずっと待っていた」

満ちている月影を浴びながら、わたしは、小径に映るあの人の影を濃く見て、そう云った。

「たぎるほどに、逢いたかったのです」

おさえきれない情が、わたしのなかから降《ふ》ってでた。

「わたしは、逢いたかった」

赤い血汐がらんらんとなり、わたしの唇から、迸《ほとばし》ってゆく。

その血汐をなだめてでもいるのか、ハコヤナギの葉ずれはさらさらときこえ、とうとうと流れる川面にわたっていっそうさらさらと、さらさらと、たぎったわたしの灯りをしずめるように、なぞられた小径の先までゆるやかな流れにしていった。

「わたしを、恨んでいましたか」

あの人の声がした。ずいぶん逢わないでいたあの人の声は、まったくあのころのままの慈《いつく》しみにあふれ、それでいてかなしくも、震えた。

「わたしのなかには、あなたの血汐が、わたしの心の襞《ひだ》に、いまでも熱く、強く、深く、なぞられています」

震えながらも、あの人の声は妙々とし、そして強くもあった。

「けれども……」

云いさしてからその喉もとに青い月影を孕《はら》ませ、それから一つの息を湿《しめ》りだすと、川の流れのせせらぎの、それとおなじくらいの音をささめかせながら、ハコヤナギの風を唇に梳《と》かして、あの人は声をつないだ。

「けれどもわたしは、赤くたぎる陽ではなく、青く孕む月でいたかったのです」

わたしはすぐに云った。

「わたしは、あなたと血肉を溶かしあい、そこから永久《とこしえ》の芽を出したかった。わたしの赤が、あなたの青に溶けてゆけば、いい」

わたしの影が、月夜のなかを、少し急《せ》かしてうごいてゆく。

足もとの小径はあのころのままに、とうとうと流れる川と並んでつづいており、ハコヤナギの木が月影に浮かんでは消え、浮かんでは消えながら、さらさらとあの人の声とおなじ音のままに、わたしの耳にきこえてくる。

わたしは急《せ》いてゆこうとするわたしの影を見て、あの人の肩越しから、月の道をつくって流れる川面に視線をあずけ、あの人とおなじ歩調にもどっていった。ハリエンジュの匂いはうすいままに淡くあり、唇にはこぼれていたハコヤナギの風が、あの人をしばらく黙らせ、透けたあの人の髪を梳かして、さらさらと鳴っている。

「わたしの赤が、あなたの青に溶けてゆけば、いい」

黙ったままでいるあの人へ、わたしはもう一度おなじことを云った。

あの人が云う。

「わたしのなかになぞられているあなたの赤は、わたしをこんなに苦しくさせてもいるのですから、わたしはもっと青がほしい。青にうすめられて生きてゆきたい」

かわいた秋の月夜であるというのに、あの人のまわりだけが湿っている。それなのにさらさらとした音が、あの人のところから流れてきている。ハリエンジュの匂いが淡くとどいてくる。

わたしが訊いた。

「これでさいご、もう逢ってはならないというのですか」

「……狂おしいほどに、わたしは逢っていたい」

あの人は、せせらぐ川へ小石を投げこむように、そう云った。

「もう、死ぬまで……」

吐こうとしていたわたしの息が、横からせき止められた。

「死んでからわたしは、あなたに逢いにゆきたい、真っ赤になって。……だから……だからもう、わたしを、待っていないでください」

急《せ》いた息をわたしにあずけ、あの人がきっぱりと告げている。

「もう、かならず、待たないでいてください」

あの人の声が、こうしてわたしのところにとどいている。

わたしたちは歩くことをやめないで、川の流れとおなじ速さで、ゆっくり小径を流れていった。

わたしのところからハリエンジュの匂いが遠くなり、うすく、淡いままでいたその匂いをもっと遠のけて、きこえてくるのは、ただ川の流れとハコヤナギの音ばかりで、それらの音がやがてわたしのなかで一つの音にもなり、余韻となってさらさらと、なびいている。

「あなたは、もっと青くうすめられて生きたいのですね？」

あの人の影が頷いている。

「わたしは、もうこんなに軽くなっていて、あなたに差しあげるものがない」

そうわたしが告げると、あの人はこう告げた。

「それならば、あなたの眸《ひとみ》のすずしげな、青の虹彩《こうさい》を、わたしにください。あなたは、あなたはわたしの、なにがほしいですか」

わたしは、月影に映しだされた靴もとを見ながら答えた。

「あなたは、わたしを、とうとう独りのものにした。あなたは、あなたの心の襞にすり込められたわたしの赤を忘れるために、こんどはわたしの青までほしいというのですか。あなたはどうしてそんなに、なんでもそんなに、ほしがるのでしょうか……」

キッと顔をあげ、わたしは頷いた。

「わかりました、差しあげましょう、お別れに」

あの人は激しく首を振った。

「わたしは、わたしは、そうではない。狂おしいほどに、わたしは逢っていたい」

「わたしを殺《あや》め、あなたがずいぶん先に死んでからですか、逢っていたいのは」

「殺められたのは、わたしのほうです。あなたを愛し、あなたに殺められました。わたしはもっと生きていたい」

立ち止まっていた足先を正面にむけ、

「あなたは、やっぱり帰ってゆくのでしょう？」

そう、わたしは云った。

「………」

「やっぱり、帰ってゆくのですね」

いま一度そう云うと、もう別れてゆこうとした顔で、あの人は云った。

「けっしてお別れではありません。わたしは、はなむけに、あなたになにかを差しあげたい」

「わかりました。わたしはまだ巡らなければならないのです。ですからあなたの髪の幾筋かを、ください」

そう云うと、あの人はキリリと爪を弾き、髪の幾筋かをわたしによこした。それからいさぎよいほどの影をつくって川面に向きあい、つんと川べりに立った。

月の道は其方から此方へむかい、まっすぐ川面に這《は》っている。

あの人は鎖骨《さこつ》にかなしい月影を青く映しながら、それでもきっぱりとした影で、ながい髪を振りあげた。するとハコヤナギの風がひときわ大きく流れてきて、月の道を横からなびかせ、まっすぐ伸びていた道が、とぎれとぎれて点々になり、月の階段《きざはし》をつくっていった。その階段を一つ一つわたり、あの人は其方へ帰っていった。

わたしは切れかかった靴の紐《ひも》をするりぬくと、あの人の髪の筋をたばね、しっかり締めて歩いていった。

十三駅舎の灯《とも》り

わたしは川に沿い、歩いていった。秋の月夜は冴え冴えとして、歩いてゆくごとに寒くなり、なんどもなんども月が昇っては消えていった。

リュックはもうわたしの肩にたった一つのものをしずめたままとなったので、それだからわたしの背《そびら》はいっそう軽くもなり、ひどく寒くもなって、わたしはただひたすら川の上流をめざし、草を結んで枕にしては歩いた。

川を上ってゆくにしたがい、銀のススキはしなやかに首を振らなくなり、かさついたその身をバサバサさせながら、そうして枯れたままに、露に濡れてしおれた。

わたしの身はひどく衰弱して、絶え絶えの気息《きそく》となり、なんども目のまえが暗くなっている。

髪の紐も切れてしまったので靴を脱ぎ捨てようとするのだが、血の気をうしなった指先が想うようにうごいてくれず、どうしようもなくなって、しばらく地べたに横たわっていた。

わたしの先に、橋が架かってぼんやり見えている。この橋をわたってむこうへ歩いてゆけば、わたしは帰ってゆけるのだ。

此方《こなた》から其方《そなた》のもとへ……。

しかしその其方の駅舎は、まだずいぶん遠くにあって、はたしてその駅舎までたどり着くことができるのだろうか、もうどうにもたどり着くことはできないらしい。

朦朧としたわたしの頭に、「帰れない」という絶たれた望みが猛然とふくらんでいった。それとどうじに、帰ってゆきたいほどの痛切な想いが、いったい其方にあるというのか、そういったいぶかしさがわたしの身にねばりつき、まとわりついている。

わたしの耳もとに、其方で、わたしを呼んでいるものの声が切ないほどに、とどいている。まちがいなく、わたしをひたすら待って呼んでいるものが、こうしてはっきりきこえてくる。

帰らなければならない、帰ってどうするか……。茫乎《ぼうこ》とした脳をかかえながらも、この身は枯れかけ朽ちようとしていて、もうどうにもダメなような気がしてならない。巡り巡ってきた十二の駅舎が、その風景やらが、網膜の底で、あざやかなばかりに彩《いろど》られてきた。

……ほんとうに帰ってゆきたいところは、どこなのか。

うすぼんやりと眸《ひとみ》をあけた。

わたしの眸に映る虹彩《こうさい》は、すでにほとんど色をもっていないらしい。色をもたないかすんだ眸のそのむこうに、ありやなしやのたゆんだ小さなものが、にじんでは浮かんでいる。それはちょうど、あの橋の真上にあった。其方と此方との間《あわい》、きらきら流れている川の真ん中で、もっときらきらきらと輝いた、掌《てのひら》ほどのぬくもりの、小さな懐かしさで灯《とも》っている。

あれはたしかに、駅舎だ。駅舎にちがいないと、そうわたしは安らいで信じた。

あの駅舎でしずかに眠っていたい、あの十三番目の駅舎で、黙ったままに眠っていよう。帰ってゆかなければならない十四番目の駅舎、その駅舎が、わたしの脳からすうっと溶暗《ようあん》していった。

横たえた身をもたげると、眸ばかりをあの駅舎にあずけ、強《こわ》らかな力をめいっぱいに絞りあげ、足を引きずり、這うようにわたしは歩いていった。

とうとうわたしはその駅舎にたどり着いていた。

だれもいないホーム、だれもいない小さな駅舎。

よろけるようにホームに立ち、いつしか、はらはら舞ってきた小雪を見あげた。はらはらと舞いおりてくる小雪がわたしの眸にこぼれ、わたしの虹彩をいっさいの白のものとするようにしめらせていて、わたしは無垢に還ってゆくようだ。

しばらくホームにいて、すっぽり肩が白く埋まるころ、だれもいない待合室でこの身を横たえようとおもい、二本のレールをわたり、だれもいない改札口へ歩み寄っていった。

わたしの身はすっかり朦朧としていて、溶け流れていったわたしのなかから、たった一つ、ひどく懐かしい匂いだけがふうんと鼻腔にからんでくる。

その匂いは、いったいなになのか……。

ぼうぼうとしてわからないままでいる冷えた身から、しだいに温かいものが、わたし自身を包《くる》みこんでゆく。閉じられようとしている瞼《まぶた》の内側には、ただ小雪の白の残影だけが、わたしの眸《ひとみ》に映っている。その眸をぼんやりさせたまま、わたしは改札口をぬけようとした。

はらはら舞っている小雪の残影に、滲《にじ》みあがってくるようなもう一つの残影が、わたしの眸のなかで灯った。わたしは懐かしい匂いに包《くる》められたその残影に、焦点を合わせようと目を見開いた。焦点は小雪の残影と、もう一つの残影とが交互に合わされ、ぼやけていっては、また合わされてゆく。そうしてようやく、もう一つの残影が、わたしの眸のなかできれいに合わされていった。

わたしの眸のまえに、オマエの姿がよろよろと立っている。よろよろと立って、まっすぐわたしを見つめている。オマエの姿が、オマエの目が、こうしてはっきりとわたしの眸に焼きつき、わたしはオマエを、オマエの姿だけを、こんなにもきれいに捉えている。

「待っていたのか……」

オマエはすっかり痩《や》せこけたその体で、よろよろと、こころもとない足どりで、それでもわたしのもとへ、まっすぐに、むしょうのままに、歩いてくる。

わたしは、なぶりつづけてきたわたしの犬を、ひざまずき、抱きしめ、へたりこんだ。オマエはたった一つの風景を、わたしだけの風景を、その目に焼きつけながら逢いにきて、そうしてずっとただここで待っていて、つぶされそうになっているわたしの懐《ふところ》で、いまわたしの眸を見つめている。

オマエの腹毛がびしょびしょに濡れ、それなのに、かさついた痛さでわたしの手に触れている。すぐ目のまえの床《ゆか》には、うごけないで伏していたオマエの屎尿《しにょう》のあとが、ドロドロと這っていた。

オマエは、わたしの懐のなかで、「くううん」と溜息のように大きく息を吐いて、うすっぺらで、すじだらけの濡れほそったその腹で、オマエはわたしの心臓を、このようにも鋭く突き刺してくる。オマエがわたしのなかで、あたたかくなってくる、けれどわたしの身は、オマエの温《ぬく》みに包められながらも、少しもあたたかさを知らずに、こうして冷たいままに、込みあげてくる痛さで、背筋を凍らせている。

十二の駅舎を巡ってきたオレ、十四の駅舎から走ってきたオマエ。オマエは、十三の駅舎を巡ってきたオレのところへ、オマエを見捨てようとしたこのオレのもとへ、こうして巡り逢いにきてくれたのか。

「寒かったか、冷たかったな」

這うように、駅舎の庇《ひさし》のむこうへ両手を差しのばし、舞いおりてくる小雪を、オレは両の掌《てのひら》に掬《すく》った。寒くて冷たかったオマエの時間をいとうように、わずかばかりに降りつもってくる小雪に手を差しのばし、いつまでも寒く、冷たいままに、オレは、掌《たなごころ》に掬いあげていた。

なんどもなんども降りつもった小雪が、やがてオレの手にうすい水をつくり、その両手をオマエとオレの間《あわい》に差し入れ、そうして喉もとへすすりいれた。

掌《てのひら》はオレ、指の先はオマエ……。

指から滴《したた》りおちる雫、それらの雫がオマエの舌をうるおしている。ゆるい音のぺちゃぺちゃで、オマエは小雪の雫を小さくすすり舐《な》めてはオレの目を、そんなにまっすぐ見つめている。

リュックのなかの底にしずませた、さいごの、たった一つの、もうずいぶんたつというのに、それでもつややかなままの、巨きな林檎を、オレは両手で掬いあげ、そうしてこれをオマエとオレの糧《かて》にしたい。オマエはいっぱい食べて、芯まで食べて、自我を宿さなかったオマエは、その種だけをもう、オマエの腹に宿すがいい。

オレの身は、いちだんと冷えてきたようだ。けれども少しも寒くはない。虹彩を失った目の先で、小雪はまだ、はらはら舞っている。

腕のなかで、胸のなかで、顔を埋めるように眠っていたはずのオマエの顔が、オレの懐に抱かれたまま、オレの顔をまっすぐ見つめるようにして、安らかに眠っていた。

そうだ、オレとオマエはすっかり疲れているのだから、このまま、ゆっくり眠りにおちてゆこう。

安らかなオマエの顔が、白く反射する。

なんどもオマエと一緒に眺めた月の灯《とも》りが、もうすぐそこにあるようだ。ああ、瞼がこんなにも重たい。こんなにうすい皮膜がこんなにも重たい。

重たい、重たい、重たい、重力が、ごくあたりまえに幕を下ろしてゆくこの瞼……。

その瞬間、安らかに眠っていたはずのオマエが、オレの腹を蹴りあげ、猛然と飛び出ていった。

おい、どこへ行くのだ。

瞼をあけた先、白い小雪はもう止んでいる。あれは月の灯りなのか、重層的な揺らぎにまぶしい虹彩をむけると、オマエの呼ぶ声がとどろいた。

「ワン！　ワン！　ワン！」

まぶしい灯りに消えて見えなかったオマエの姿が、どっとばかり躍り出てきた。ちぎれるほどに尻尾を振りながら、オマエはこっちへ来いとオレを呼んでいる。

「ワン！　ワン！　ワン！」

なにがそんなにうれしいのか、どうしてそんなに尻尾を振りふり、元気にオレを呼んでいるのか、そこに何があるのか、そこに誰かいるのか、夜を掬《すく》い、夜を浚《さら》ったそのむこうにあるそこは、いったいどんなところなのか……。

ゆっくり立ちあがると、オレは、そっちへ向かい、歩いていった。

〈著者紹介〉

森　昌文（もり　まさふみ）

1951年、東京生まれ。
教員を依願退職後、山居生活。

夜を浚う

定価（本体1500円+税）

乱丁・落丁はお取り替えします。

2017年 9月 7日初版第1刷印刷
2017年 9月 15日初版第1刷発行
著　者　森　昌文
発行者　百瀬精一
発行所　鳥影社（www.choeisha.com）
〒160-0023 東京都新宿区西新宿3-5-12トーカン新宿7F
電話 03(5948)6470, FAX 03(5948)6471
〒392-0012 長野県諏訪市四賀 229-1(本社・編集室)
電話 0266(53)2903, FAX 0266(58)6771
印刷・製本　モリモト印刷・高地製本

ISBN978-4-86265-621-6 C0093